原諒

Caught

哈蘭・科本 Harlan Coben｜著
王欣欣｜譯

M小說16

原諒
CAUGHT

作　　者　哈蘭・科本 Harlan Coben
譯　　者　王欣欣
特約協力　林婉華
封面設計　黃志勳
文字排版　林翠茵

業　　務　陳玫潾
行銷企畫　陳彩玉、蔡宛玲
主　　編　朱玉立
總 編 輯　劉麗眞
總 經 理　陳逸瑛
發 行 人　凃玉雲

城邦讀書花園
www.cite.com.tw

出　　版　臉譜出版
台北市民生東路二段141號5樓　02-25007696

發　　行　英屬蓋曼群島商家庭傳媒股份有限公司城邦分公司
台北市民生東路二段141號11樓
讀者服務專線：02-25007718；25007719
服務時間：週一至週五9：30～12：00；13：30～17：00
24小時傳眞服務：02-25001990；25001991
讀者服務信箱E-mail：service@readingclub.com.tw
劃撥帳號：19863813 書虫股份有限公司
城邦讀書花園網址：http://www.cite.com.tw
臉譜推理星空網址：http://www.faces.com.tw
臉譜出版噗浪網址：http://www.plurk.com/faces
臉譜出版部落格網址：http://facesfaces.pixnet.net/blog

香港發行　城邦(香港)出版集團
香港灣仔駱克道193號東超商業中心1樓
電話：852-25086231/傳眞：852-25789337
email：hkcite@biznetvigator.com

馬新發行　城邦(馬新)出版集團
Cité(M) Sdn. Bhd.(458372 U)
11,Jalan 30D/146,Desa Tasik, Sungai Besi,
57000 Kuala Lumpur,Malaysia
電話：603-90563833/傳眞：603-90562833
email：citekl@cite.com.tw

初版一刷　2012年07月03日

定價360元 (本書如有缺頁、破損、倒裝，請寄回本社更換)

國家圖書館出版品預行編目資料

原諒 / 哈蘭・科本(Harlan Coben)著；
王欣欣譯. -- 初版. -- 臺北市：臉譜出版：家庭傳媒城邦分公司發行, 2012.07
面； 公分. -- (M小說；16)
譯自：CAUGHT
ISBN 978-986-235-186-4 (平裝)

874.57　　101011010

名人推薦

哈蘭．科本擅於營造個人與個人、個人與群體間因信念及價值觀所產生的矛盾衝突，同時將讀者拉入故事中一塊進行涉及善惡是非的判斷，並承擔爆炸性的後果。刻意模糊現實與小說世界的界線，猶如看一部3D電影，那種直逼眼前的緊張感，實在過癮！

——冬陽（推理評論人）

不是沒有諷刺媒體亂象的小說、處理失蹤人口的故事也所在多有、網路暴力更是近年常見的題材，而哈蘭．科本厲害在於他把人性寫得深入，執正義之筆記者的自我反省、失蹤少女家屬的內疚哀傷、疑似戀童犯的親人面對的社會壓力，使得小說書寫增添了力道，而布局上的一案三破，更是推理讀者最感滿意的多重翻轉解謎了。

——呂仁（推理作家）

本書再次展現科本典型的黑暗核心議題……保證讓你會忍不住頻頻回頭看看背後有沒有人。

——茹安．萊斯（紐約時報暢銷小說家）

科本是我最愛的作家。他的書有我所愛的一切元素：驚心動魄的懸疑橋段、高潮迭起的情節、令人駐足深思的社會課題、完美的角色刻畫。最重要的是，他的故事總是能打動人心。

——克莉絲汀．漢娜（《沉睡的天使》作者）

真是個翻天覆地的故事……快坐好了，讓科本狠狠挑戰你的觀點。

——珊黛．布朗（《偷心計畫》作者）

驚險萬分的場景，急轉直下的情節，緊張氣氛貫穿全書。

——諾拉．羅伯特（《玫瑰花嫁》作者）

媒體讚譽

《原諒》絕妙地呈現出善惡、是非、好壞之間難以辨識，卻又引人深思的模糊界線。

——時人雜誌

科本的特徵是你還來不及察覺情節就急轉直下，他的風格是讓你總忍不住想停駐深思。

——每日郵報

科本總是能設計出引人入勝的法庭辯論，也有在日常生活裡擰絞出犯罪情節的上乘功力。更重要的是，他能為這些元素安排出一個既感人又有說服力的結局。

——倫敦標準晚報

科本筆下的人物可信度十足，他的對白既直率又有趣……一如既往科本又讓我們搭了一次驚悚飛車。

——金融時報

大師級的手法，無可挑剔的說故事技巧，以及完美的人物塑造。雖然不可能有所謂完美的驚悚小說，但科本已經逼近了。

——每日紀事報

情節複雜卻快速推進，角色生動、對白饒富趣味……讓人反覆推敲的故事，驚悚趣味滿點。

——晨星日報

就像個捕魚人一樣，科本用精巧的情節牢牢鉤住讀者，然後再拋出許多絕妙的轉折。

——北安普敦紀事報

妙不可言的故事，黑暗卻又極為日常的情節，以及絕對會讓你深思的議題。

——彼得柏洛電信晚報

這是科本最棒的一本。他的筆深入傷心父母的內心，呈現他們在失去孩子時會有的行動與反應，也使這些角色更為親近可信。唯有大師級的作家才能寫出這些人生滋味。

——赫芬頓郵報

科本就是有本領能讓日常的惡夢與「萬一是這樣」的假設源源不絕地湧出來。

——出版人週刊

科本是掀開現代郊區黑暗面的高手。這個故事讀來讓人忍不住發顫，尤其你家有青少年，更會如此。

——圖書館期刊

引人入勝的故事，教人不得不深思關於「原諒」的人生課題。

——文學評論

如果你想找一本小說讓你可以好好想想身處的世界，又能讀個痛快，讀科本的書吧，你一定會很享受的。

——寫作雜誌

透過科本筆下的角色，我們一同在受苦與憤怒中打轉，咀嚼失去親人的感受。科本非常擅長捕捉人的思緒與情感，不論那些情緒是多麼詭異與惱人，他總能轉換成文字傳遞給讀者。有人說看這書會讓他不忍釋卷，但我卻是讀了幾頁就停下，跑去抱抱我的妻子孩子，為他們深深感謝。

——紐約圖書月刊

〈推薦序〉

無關正義，只有私慾

杜鵑窩人

司法和醫學其實有許多相同之處，但是最大的相似點則是無知的人們以自己所謂的專業知識去扮演上帝的角色，憑一己之力試圖去審判制裁或是治療挽救另一個人類的『偉大』行爲。不能否認，人終究和神是有莫大的差距且難以跨越，所以人類總是有力不可迨的時候，因此出錯就在所難免。而最可怕的是，人類不知道自己的渺小，自我感覺良好地膨脹自己，把自己當神的化身，結果是以自己認定的正義去審判其他人，最後除了產生悲劇外並無其他救贖！

西方司法的象徵是希臘羅馬神話中的正義女神賈斯提莎（Justitia），以她作爲法律基礎公正道德的象徵。自文藝復興以來正義女神通常被描繪爲一名裸露胸膛的婦女，右手持利劍，左手持天平，雙眼戴著眼罩。這形象的含意是裸露胸膛代表胸懷坦蕩不先有立場，眼罩則是指無視於原告與被告的容貌、權力、身分、家世、地位而不偏不倚，利劍則是指司法所擁有那懲奸除惡的制裁能力，天平代表衡量雙方狀況再作出公正的審判。無論司法系統有多爛，惡法亦法，只有司法才能行使正義的那把劍。很多人常常以自我心中的標準去衡量事情，好像只要是自以爲正義就可以肆無忌憚地行事，甚至揪團拉人行使集體正義去制裁犯錯者。在網路力量大增的今日，甚至從集體正義變成集體暴力，還信誓旦旦地認爲不照其意思走的就是不公不義，殊不知這種行爲已然淪爲私刑了。像前一陣子，女明星毆人事件，如果當事者不是外籍女明星，其實也不過是報紙常見的重傷害社會事件而已。當然，公衆人物要有較高的社會道德標準，應該被譴責和批評，因爲這些人會帶來不良示範。但是一旦落實到法律層面，那就應該法律之前人人平等，這才是眞正的公平審判。

哈蘭．科本的新書《原諒》就是以這個概念貫穿全書。故事一開始就有許多自以爲正義的人抱持著一種未審先判的態度，在沒握有眞正的證據之前就去推論一個人是犯了什麼罪，甚至是將來有可能犯什麼罪，所以應該先予以排除！而主角甚至爲了證明自己塑造的立場，硬要找相關案件往她所認定的嫌犯身上套下去。這種無限上綱的擒凶模式，乾脆說是製造冤獄模式還快一些。當然本書還是有哈蘭．科本書中最常用的「昔日幽靈」模式，他的故事幾乎就像佛經一般，「今日之果，昨日之因」和「凡走過必留下痕跡」是必定存在的根源；其實，這是跑不掉的事，甚至是無心的也要付出代價。換句話說，在哈蘭．科本的心中，果報不論好壞，都是每一個人無法逃避的命運，而且這是公平的。

佛經說：「菩薩畏因，凡夫懼果」，當然如果一個人起心動念的出發點是良善的，自然就不會畏懼將來結出惡果。但是，一旦起心動念是僞裝成正義卻包藏私欲的惡因，那麼惡果就跑不掉。哈蘭．科本的《原諒》正是要說這樣的事，而寬恕的結尾讓這本幾乎全本醜陋的故事，有了一些人性的溫暖。

木嵩作者為資深推理迷，並曾任推理作家協會會長

登場人物

丹・默瑟	輔導兒童少年的社工
珍娜・惠勒	丹・默瑟的前妻
諾爾・惠勒	珍娜現任丈夫
艾曼達・惠勒	珍娜的繼女
凱莉・惠勒	珍娜與諾爾的女兒
溫蒂・泰恩斯	NTC新聞網記者
約翰・莫洛	溫蒂的先生，遭酒醉駕駛撞死
查理・莫洛	溫蒂的兒子，凱索頓高中四年級
老爹	約翰的父親
海蕾・麥奎德	失蹤少女，凱索頓高中四年級
瑪莎・麥奎德	海蕾的母親
泰德・麥奎德	海蕾的父親
派翠莎・麥奎德	海蕾的妹妹，凱索頓高中一年級
萊恩・麥奎德	海蕾的弟弟，凱索頓小學三年級
富萊・希克利	丹・默瑟的辯護律師
維克・蓋瑞特	溫蒂的上司，NTC新聞網監製
蜜雪兒・費斯勒	NTC新聞網新進記者
亞麗安娜・納斯布羅	酒後駕車撞死約翰的肇事者
皮特・澤克	凱索頓高中校長

艾德·葛雷森	兒子遭拍裸照的受害家長
哈絲特·昆斯汀	艾德的辯護律師
米奇·沃克	薩塞克斯郡警察局警長
湯姆·史丹頓	薩塞克斯郡警察局員警
法蘭克·崔蒙	艾塞克斯郡的調查員
史蒂芬·密奇阿諾	丹·默瑟的大學室友
法利·帕克斯	丹·默瑟的大學室友
克爾文·提弗	丹·默瑟的大學室友
菲爾·騰柏	丹·默瑟的大學室友，父親俱樂部成員
諾姆(田納福萊，簡稱福萊)	父親俱樂部成員，饒舌歌手
道格	父親俱樂部成員
歐文	父親俱樂部成員

獻給安

來自世上最幸運的男人

序幕

我知道，打開那扇紅門會毀掉我的人生。

沒錯，這說法太誇張，太芭樂，不像我平常會講的話。而且那扇紅門看起來並不恐怖，就只是郊區最常見的那種木門，四戶裡大概有三戶的大門都長這個樣兒，有點掉漆，高度及胸處有個沒人會用的門環，還有個仿黃銅門把。

可是我向它走去時，遠處的路燈幾乎照不到眼前的路，門前空地暗得像要張嘴把我吞掉，讓人有種不祥的預感，揮之不去。我舉步維艱，彷彿我不是沿著有裂紋的人行道走，而是穿越還沒乾的水泥地。我身上所有危機逼近的典型症狀全部發作：背脊發涼？有！汗毛豎立？有！頸根冒起一片雞皮疙瘩？有！頭皮發麻？也有！一樣不缺！

屋裡很暗，一盞燈都沒開，柴娜說過會這樣。可是這間屋子看起來有點太過平凡，太過無趣。不知道爲什麼，這讓我有點不安。它靜靜座落在黑漆漆的死巷巷底，彷彿要抵擋入侵者。

我感覺不太妙。

這整件事都很不妙，但我還是來了。接到柴娜電話的時候，我剛帶貧民區四年級學生組成的紐華克畢迪籃球隊打完比賽。我是他們的教練，隊上球員全跟我一樣是在寄養家庭長大的孩子，沒爹沒媽。我們在最後兩分鐘把之前領先六分的局面搞砸，反勝爲敗。無論是在球場上，還是眞實人生中，沒爹沒媽的人在壓力下總是容易失常。

我接到柴娜電話的時候，正在對這群小球員作賽後精神訓話。訓話內容通常都是「辛苦了！」「我們下次會贏回來！」「別忘了下週四還有比賽！」之類的，最後大家還會把手疊在一起，高喊：「守住！」也許正因爲我們守備實在太差，所以要喊這句口號。

「丹？」

「哪位？」

「我是柴娜，拜託你來一下。」

她的聲音在抖。我讓球員解散回家，趕忙上車，衝到這來，甚至連澡都沒洗，現在運動場的汗水加上恐懼的冷汗，臭得要命。我放慢腳步。

我是怎麼了？

我應該先洗澡的，沒洗澡實在很不舒服。可是柴娜語氣急切，求我立刻過去，在別人到家以前趕到，所以我只好穿著黏在身上滿是臭汗的灰T恤走向那扇門。

我教的這群孩子全都有很多煩惱，柴娜也是，也許我不安的感覺就是這麼來的。我不喜歡她電話裡的語氣，而且對這整件事的安排也很不自在。我深吸一口氣，望望背後，遠處人家有燈光，有電視或電腦螢幕的光，有開著的車庫門，但這死巷裡什麼都沒有，沒聲音，沒動靜，只有黑暗中的一片死寂。

手機忽然震動，嚇得我差點跳起來。不是柴娜，是我的前妻珍娜。我按下接聽鍵，說：「嘿。」

她問：「能不能幫我一個忙？」

「呃……可是我正在忙。」

「不是現在啦，想請你明天晚上幫我帶小孩，你要帶雪麗一起過來也可以。」

「我跟雪麗……有點問題。」

「又有問題？她很棒耶？」

「我跟很棒的女人相處都有問題。」

「這我瞭。」

珍娜是我可愛的前妻，再婚至今已經八年，現在的丈夫是受人敬重的外科醫生，名叫諾爾・惠勒，他還來青少年輔導中心幫我當義工。我喜歡他，他也喜歡我。他前次婚姻留下一個女兒，和珍娜又生了凱莉，今年六歲。我是凱莉的教父，兩個孩子都喊我丹叔叔。每當這家人需要保姆的時候，就會叫我過去。

我知道這聽來非常文明，超級正面，過分樂觀，沒錯。但對我這個沒有父母手足的人來說，最親近的家人就是前妻，再來是我輔導的這些孩子。我生活中最重要的事就是努力幫助他們、保護他們，只是到頭來，真不知道有沒有半點用。

珍娜說：「地球呼叫丹，你還在嗎？」

我說：「我會去。」

「那六點半到喔，你最好了。」

珍娜對著話筒親了一下，掛上電話。我呆呆望著手機，回想起我們的婚禮。結婚對我而言是個錯誤，我根本不該和別人太過親密，可是我沒辦法。容我講句有哲理的話：愛過再失去，總比沒愛過好。其實我並不認爲這句話適用於我，但人就是會明知不可爲而爲之，不斷重蹈覆轍，都是DNA的錯。我是個窮困的孤兒，奮發向上，在長春藤學校拿到優異成績，卻洗不掉本色。我想要有個伴，我知道這想法很老土，但我不想一個人，也不相信自己註定要一個人過日子。

「丹，我們是演化的垃圾……」

我待過許多寄養家庭，這是我最喜歡的一個「爸爸」說的，他是大學教授，熱愛哲學辯論。

「丹，你想想，全人類中，最強、最聰明的都做了些什麼？打仗。戰爭一直到上世紀才結束。那麼多年來，我們一直把最優秀的人送上前線，讓他們戰死，而留在家裡製造下一代的是誰？殘廢、病人、弱者、畸形人和膽小鬼，簡而言之，就是我們之中的劣等人。丹，我們是數千年來劣幣驅逐良幣的結果，我們全是垃圾，是幾世紀來不當繁殖出來的屎。」

我沒用門環，用指節輕輕敲門。門開了個縫，原來之前就沒關好。

我覺得這也不太妙，太不妙了。

小時候我看過很多恐怖片，這挺奇怪的，因爲我明明就討厭恐怖片。我討厭有東西跳出來嚇我，而且受不了電影裡的假血。可是我還是會看，還是會入迷地看那些低能女主角做你預料中的事。現在的情境就跟電影很像，弱智的女主角敲門，門開了條小縫，你忍不住大喊：「快逃，傻妹！」你不懂她爲什麼不跑，要呆等兩分鐘，等人來敲她腦袋、吃她腦髓。

我現在就該走。

對，我要走了。可是這時柴娜電話中顫抖的聲音突然在我腦中響起。我嘆口氣，把臉湊到門縫上往裡瞧。

一片黑。很可能躲著壞人。

「柴娜？」

我的聲音在室內回響。本來就該這樣，對吧？不應該有回應。我輕輕把門再打開一點，走了進去……

「丹？我在後面，進來吧。」

那聲音聽起來很遠，模糊不清，眞是太不妙了，但現在也回不了頭。不能放棄退縮，我這輩子因爲退縮放棄而付出過太多代價。我不再遲疑，該怎麼做就怎麼做。

我打開門，走進去，順手把門關上。

換做別人，可能會帶槍，或帶上別的武器。我也想過，可是我不是那種人，也來不及考慮那麼多，柴娜說過家裡沒人，要是有人，再看著辦吧。

「柴娜？」

「先去書房，我馬上來。」

那聲音聽起來……好怪。我看見客廳那頭有光，就朝那邊走，不但有光，還有聲音，我停步靜聽，是水聲。在洗澡吧。

「柴娜？」

「我在換衣服，馬上出來。」

我走進光線昏暗的書房，看見調整燈光明暗的旋鈕，想了一想，沒去碰。我的眼睛在暗處適應得很快。屋裡的飾板做得俗氣，看起來像塑膠，不像木頭。牆上掛著兩張畫像，畫中小丑領上別著花，表情哀傷，是那種隨便在低級旅館二手貨大拍賣就能買到的東西。吧台上有一大瓶開著的伏特加。

我想我聽到有人低聲說話。

「柴娜？」我喊。

沒人回答。我站著不動，仔細聽，沒聲音了。

我望著之前傳出淋浴聲的方向。

「我馬上出來。」我忽然感到一陣寒意，因為現在離那聲音近了，聽得清楚了，也聽出裡面有些不對勁。

那完全不像柴娜的聲音。

我腦中閃過三件事情。第一，驚恐：那不是柴娜，快離開這棟房子。第二，好奇：如果不是柴娜，那是誰？這怎麼回事？第三，還是驚恐：剛打電話給我的明明是柴娜……她出了什麼事？

我不能就這麼跑走。

我朝來時路跨出一步。說時遲那時快，聚光燈猛然打在我臉上，一瞬間我什麼都看不見，踉蹌倒退，摀住了臉。

「丹．默瑟？」

我眨眨眼，那是個女人，聲音低沉，聽起來很專業，而且怪耳熟的。

「你是誰？」

突然間屋子裡又多了兩個人，一個拿著攝影機，一個舉著像麥克風的東西。那個我覺得耳熟的女人非常漂亮，栗色頭髮，穿著套裝。

「我是NTC新聞網的溫蒂・泰恩斯。丹，你爲什麼會在這裡？」

我張開嘴，卻說不出話。她在電視上的新聞節目……

「爲什麼你會在網路上和十三歲女孩進行色情交談？我們有你和她的對話紀錄。」

……她就是那個設陷阱抓戀童癖然後拍下來給全世界看的記者。

「你來這裡是打算跟十三歲女孩發生性關係？」

原來如此，原來是這麼回事。我被寒意擊潰，連骨頭都凍結。又有人走了進來，大概是製作人之類的，還有一個攝影師，以及兩名警察。攝影機靠過來，聚光燈更亮了，我冒出大顆汗珠，結結巴巴地開始否認。

可是，來不及了。兩天後，節目播出，全世界都看見了。

我走近那扇門的時候就有預感，如今預感成眞——丹・默瑟的人生毀了。

□

瑪莎・麥奎德一開始發現女兒不在床上的時候，並沒有感到驚慌。驚慌是後來的事。

她早上六點起床。週六難得這麼早起，感覺眞好。和她結褵二十年的丈夫泰德就趴睡在身邊，一手摟著她的腰。泰德睡覺喜歡穿上衣不穿褲子，腰部以下全裸。「我需要有足夠的空間來大展雄風。」每當他得意地笑著說這種話，瑪莎都會學女兒那種青少年的腔調回他一句：「資，訊，過，載。」

瑪莎從他手臂下溜走，走進廚房，用新買的克悠瑞格膠囊式咖啡機幫自己煮一杯咖啡。泰德像個孩子似的，就愛新奇玩意，但這東西還眞有點用處，只要把咖啡膠囊塞進去，按個按鈕，馬上變出一杯咖啡。沒有螢幕，沒有觸控板，也不能遙控。很好，她喜歡。

他們家最近剛剛增建一間臥室、一間浴室，廚房也打出去一塊，裝上大片玻璃窗。這個角落早上採光極好，成了瑪莎的最愛，她帶著咖啡和報紙到窗邊，盤腿坐下。

這兒簡直就是個小小的天堂。

只剩幾分鐘可以看報紙了。她三年級的兒子早上八點有場籃球賽，泰德是教練，整個第二季他們那隊都沒贏過。

瑪莎問過泰德：「為什麼你們這隊老打不贏？」

「因為我挑隊員只看兩個條件。」

「哪兩個？」

「爸爸人要好，媽媽要辣。」

她聽了笑著搥他，因為她知道他在說笑，場邊那些媽媽她又不是沒見過。其實泰德是很棒的教練，他的長處不在擬定戰略，而在搞定小孩。孩子都愛他。他不好勝，不鼓勵競爭，所以就算是沒什麼運動細胞的孩子，球季時士氣低落、半途而廢的孩子，也每週都來。泰德還把邦喬飛的歌改編成：「你讓『輸』成了好事。」（You give losing a good name.）孩子們無論投得進投不進，都歡呼大笑，三年級的孩子就該這樣。

瑪莎十四歲的女兒派翠莎要去排練音樂劇，他們這些二年級的新生要演出《悲慘世界》的刪節版，她只擔任幾個小角色，但工作量並沒因此少些。大女兒海蕾正值高中的最後一年，負責主辦女子袋球隊的「隊長練習」。「隊長練習」是種非正式的練習，用來規避不許提前集訓的規定。簡單說就是沒教練、非正式，由隊長召集，想來的人就自願參加。

郊區父母對於體育活動都是又愛又恨，她也一樣，明知道這對孩子未來發展的意義不大，卻還是盡量參加。

至少在一整天緊湊行程之前，還有半小時的平靜時光，這就夠了。

她喝完一杯，又煮了第二杯，拿起「流行時尚」版。家裡還是一片靜悄悄的。她上樓巡視，見萊恩側身睡著，面向門口，那張臉長得跟他爸真像。派翠莎的房間在隔壁，她也還在睡。

「親愛的。」

派翠莎半睡半醒地嗯了一聲。她的房間跟萊恩一樣，都好像放了炸藥，抽屜被炸開，有些衣服橫屍在地，有些半死不活掛在衣櫥邊上，就像法國大革命爆發前倒在防禦工事上的人。

「派翠莎，再過不到一小時，排演就要開始了。」

「我起床了啦。」聽聲音就知道她根本還沒全醒。瑪莎繼續往下走，朝海蕾的房間瞄了一眼。

床是空的。

床上不但沒人，而且整整齊齊，但這沒什麼好大驚小怪，海蕾和弟弟妹妹不同，她的房間向來整潔，跟家具店的展示區差不多。地上沒有衣服，抽屜關得嚴實，至於獎杯……四層架子上排了好多獎杯。海蕾的球隊最近在法蘭克林湖區錦標賽又贏得一個獎杯，泰德就幫她裝了第四層架子。海蕾精心將獎杯平均擺放，不讓最後一層只放一個獎杯。瑪莎不太懂她的心態，也許是有點不想讓人覺得她在期待下一個獎杯，但主要還是因爲她痛恨混亂吧。她將所有獎杯等距安放，每次有新獎杯加入的時候，就縮短距離，七公分，然後是五公分、三公分。海蕾非常重視均衡，是個標準的乖孩子，雖說這應該算是好事……她積極向上，不用人催就自動把功課做好，不想讓人對她有負面看法，好勝心極強，但瑪莎總覺得不安，覺得這樣太緊繃了，多少帶點強迫症的味道。

不曉得昨晚海蕾幾點到家。他們沒有規定海蕾幾點以前回家，因爲根本不用規定，她向來自愛，規規矩矩。瑪莎昨晚很累，十點就上床了，泰德那個色胚當然隨後跟進。

瑪莎原本沒多想，打算去做別的事，但不知怎的忽然想先丟些衣服進洗衣機，就走進了海蕾的浴室。小的兩個，萊恩和派翠莎，把「洗衣籃」這個名詞當作「地板」的委婉說法，或者在他們看來，這名詞的眞正意思是「洗衣籃外的任何地方」，可是有責任感的海蕾每天晚上總是認眞地把換下的衣服放進洗衣籃，所以，瑪莎低頭一看，胸口就壓了塊石頭。

洗衣籃裡空空的。

瑪莎胸口那塊石頭愈長愈大，因爲牙刷是乾的，洗手槽和淋浴間也是乾的。全都乾乾的。

她喊泰德過來，想強壓住聲音中的驚慌，胸中的石頭卻繼續變大變重。他們開車到練球的地方找，海蕾沒去；她打電話、泰德發電子郵件問海蕾的朋友知不知道她在哪裡，結果是沒人知道。接著瑪莎和泰德聯絡警方，但不管他們怎麼說，警方都只認爲海蕾鬧情緒翹家。四十八小時後，聯邦調查局介入調查，然後一星期過去，瑪莎心上的大石一天天長大，海蕾還是不見蹤影。

就好像讓大地一口吞了。

過了一個月，沒消息；兩個月，沒消息。第三個月，終於，有了消息，而瑪莎胸中那塊石頭，那塊不斷長大、壓得她無法喘息、無法入睡的巨石，也終於停止成長了。

第一部

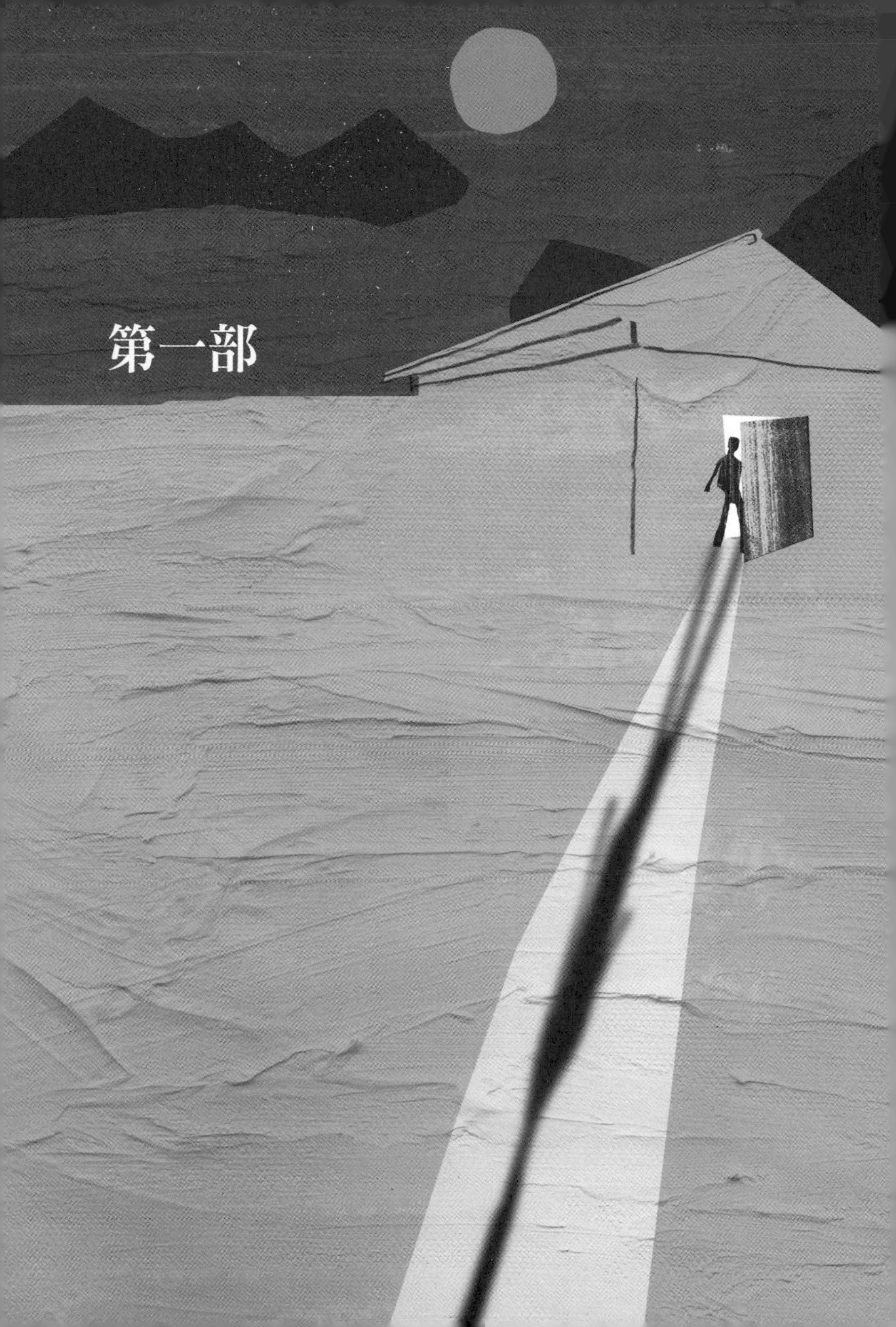

1

三個月後

「你在此向上帝發誓所說的都是實話，句句屬實，沒有一絲一毫隱瞞？」

溫蒂．泰恩斯宣誓完畢，走上證人席。面對台下的人，她覺得自己好像站上了舞台。她是電視記者，上台對她來說駕輕就熟，不該怯場的，但今天不知怎的就是有點不安。她朝台下望去，看見丹．默瑟案件中那些受害者的父母，這四組人天天都來。起初他們會在法庭高高舉著孩子的照片，後來被法官制止了。如今他們靜靜坐在那裡，靜靜觀看，卻更給人更大的壓力。

這位子坐起來不舒服，溫蒂調整一下坐姿，翹起腿，又放下。

站在面前的富萊．希克利是很有名的辯護律師。溫蒂挺納悶，不知道丹．默瑟怎麼請得起他，還出庭不只一次。富萊照常穿著有粉紅色條紋的灰西裝、粉紅色襯衫、粉紅色領帶，走起路來姿態深具戲劇效果，有點像利伯洛斯[1]，但就連利伯洛斯也得鼓起勇氣才能搞得這麼誇張吧。

「泰恩斯小姐。」一開始他先奉上和藹可親的笑容，這是標準的富萊式風格。他是個男同志，老愛在法庭上表現得像穿著皮褲跳爵士舞的哈維．菲爾斯坦[2]。「早安，我是富萊．希克利。」

「早安。」她說。

「你在電視台工作，做一個既聳動又沒有營養的電視節目，叫『直擊現行犯』，對吧？」

檢察官李．波特諾伊說：「抗議，那是電視節目，但並沒有證據說它聳動或沒有營養。」

富萊笑說：「波特諾伊先生，您要我提出證據？」

「不用。」洛莉．霍華德法官有點不耐煩，她對溫蒂說：「請回答。」

溫蒂說：「那節目我已經不做了。」

富萊裝出一副驚訝狀。「不做了？但你以前做過？」

「對。」

「怎麼不做了呢？」

「節目停了。」

「因爲收視率太低？」

「不是。」

「喔？那又爲什麼？」

波特諾伊說：「庭上，原因我們都很清楚。」

洛莉·霍華德點點頭。「希克利先生，直接問下一題。」

「你認得我的當事人丹·默瑟吧？」

「認得。」

「你闖入他家，對不對？」

溫蒂想逼自己和他對看，努力不露出有罪惡感的樣子。幹嘛要有罪惡感。「精確地說，沒有。」

「沒有？嗯，親愛的，我希望能盡可能地把話說到最精確的地步，所以，就讓我們回溯一下好了，可以嗎？」他在法庭上漫步的樣子眞像在走米蘭的伸展台，甚至還厚顏無恥地對受害者家屬微笑。那些家屬多半不肯瞧他，只有一位受害者的父親艾德·葛雷森對他怒目而視，但富萊似乎不受影響。

「一開始你是怎麼認識我當事人的？」

1 Liberace，美國五〇至七〇年代活躍於電視節目的鋼琴表演者，以秀場演奏風格，華麗服裝、精緻舞台而走紅。

2 Harvey Forbes Fierstein，美國知名同志藝人，最具代表性的作品是有自傳色彩的「火炬三部曲」（Torch Song Trilogy）。

「我在聊天室，他主動找我。」

「哦？」富萊挑起眉毛，像是從來沒聽過這麼神奇的事。「什麼樣的聊天室？」

「小孩子去的聊天室。」

「你在那間聊天室裡？」

「對。」

「泰恩斯小姐，你並不是小孩，我是說，雖然你不是我的菜，可是就連我都看得出來，你是位性感的成年女性。」

「抗議！」

霍華德法官嘆了口氣。「希克利先生？」

富萊笑著搖搖手，表示歉意。這種話只有富萊能說，換作別人那還得了。「所以，泰恩斯小姐，你在聊天室裡假裝自己是未成年少女，對不對？」

「對。」

「你以設計好的對話來引誘男人，讓他們想跟你發生性關係，是嗎？」

「不是這樣的。」

「那是怎樣？」

「我每次都讓他們採取主動。」

富萊搖搖頭，咂咂嘴。「要是我每這麼說一次就能得一塊錢的話……」

法庭中有幾個人笑出聲來。

法官說：「對話紀錄在此，希克利先生，有疑慮的話可以查閱。」

「太好了，謝謝庭上。」

溫蒂心想，不知道丹．默瑟為什麼沒來，也許因為這只是聽證會，不來也沒有關係。富萊．希克利想說服法官拋開警方在默瑟電腦裡找到的那些恐怖、噁心、讓人想吐的東西。如果他辦到了，這個案子就無法成立，丹・默瑟這個變態就能回到街上去找下一個受害者。但這是妄想，誰都知道他辦不到。

「對了……」富萊轉身面對溫蒂。「你怎麼知道網路的另一頭是我的當事人？」

「一開始我並不知道。」

「哦？那你當時認爲自己是在跟誰對話？」

「我不知道對方的名字，只知道他想釣未成年少女上床。」

「你怎麼知道？」

「知道什麼？」

富萊用手指做個「引號」動作。「你說他想『釣未成年少女上床』，你怎麼知道和你對話的人有這種企圖？」

「剛剛法官說過了，希克利先生，你可以看對話紀錄。」

「噢，我看了，你知道我看完之後得出什麼結論？」

檢察官波特諾伊立刻起身。「抗議。我們並不在乎希克利先生得出什麼結論，他並非本案證人。」

「抗議成立。」

富萊回到桌邊查看筆記。溫蒂眼光望向旁聽席，這動作有助她堅持下去。那些人正承受極大的痛苦，而她正在幫助他們尋求正義。雖然也許有人會抹黑她，或說那只是她的工作，可是對她來說，這件事意義重大——她是在做好事。只是不知爲何，她和艾德・葛雷森四目相對時，他眼中似乎透露出某種怪怪的東西，像是憤怒，又像是質疑。

富萊放下資料。「泰恩斯小姐，我們這麼說好了：叫一個有點理性的人來看這些紀錄，他是會十分肯定，這些出自於一位三十六歲的性感女記者之手……」

「抗議！」

「……還是會認爲由十三歲女孩寫的？」

溫蒂張開嘴巴，又闔上，等了一會兒。霍華德法官說：「請回答。」

「我僞裝成十三歲女孩。」

「噢。」富萊說。「誰不是？」

「希克利先生。」法官提出警告。

「抱歉，庭上，我一時忍不住。好，泰恩斯小姐，如果我只看這些交談內容，是無法知道你是僞裝的，對吧？我會以爲你眞的只有十三歲。」

李．波特諾伊雙手一攤。「這算問題嗎？」

「問題來了，親愛的，請聽好：這些內容是十三歲女孩寫的嗎？」

「庭上，這題早就問過也答過了。」

富萊說：「只是道簡單的是非題。這些內容的作者是不是十三歲女孩？」

霍華德法官點頭示意她作答。

溫蒂說：「不是。」

「事實上，據你所說，你在扮演十三歲女孩，對不對？」

「對。」

「而據你所知，網路另一頭的人扮演的是想找未成年少女性交的成年男子，但是就算他事實上是個長皰疹的白子修女，你也無法知道，對不對？」

「抗議。」

溫蒂直視富萊的眼睛。「跑去那孩子家的人並不是長皰疹的白子修女。」

富萊才不怕她。「你說誰家？泰恩斯小姐，你說的是埋伏了攝影機的那棟房子？請問，有成年少女住在那棟房子裡嗎？」

溫蒂不語。

法官說：「請回答。」

「沒有。」

「在那裡的人是你，對不對？也許網路那頭的人……雖然我們現在還不知道那人是誰……可是那人或許看過你的新聞節目……」富萊把「新聞」二字說得像是什麼令人難以啓齒的東西。「想藉此機會見見這位三十六歲的性感明星。這也不無可能，對吧？」

波特諾伊站了起來。「抗議，庭上，這要由陪審團決定。」

富萊說：「沒錯，我們要討論的是陷阱部分。」他轉向溫蒂。「我們就把重點放在一月十七號晚上吧，好嗎？那天晚上我的當事人走進你的陷阱之後，發生了什麼事？」

溫蒂不吭聲，等檢察官針對「陷阱」一詞提出抗議，可是檢察官好像不想太過分。她只好說：「你的當事人跑了。」

「因爲你帶著攝影師、聚光燈和麥克風跳了出來，對吧？」

她等了一下，還是沒人抗議。「是的。」

「請問，泰恩斯小姐，進入你陷阱的人通常都這樣反應嗎？」

「不，多半會留下來解釋。」

「而且多半都眞的有罪？」

「對。」

「可是我當事人的反應卻和他們不一樣，眞有意思。」

波特諾伊又站了起來。「在希克利先生看來，也許有意思。但是，在別人看來，他這種鬼把戲……」

「好，好，我收回。」富萊好像很受不了他打擾。「放輕鬆點啦，這裡又沒有陪審團，難道你認爲法官需要你指引才能看穿我的『鬼把戲』？」他把袖釦扣好，繼續說：「那麼，泰恩斯小姐，你打開攝影機和聚光燈，拿著麥克風跳出來，然後丹．默瑟就跑了。這是你的證詞，對吧？」

「對。」

「接著你怎麼做？」

「我叫製作人跟住他。」

富萊裝出一副大受驚嚇的樣子。「泰恩斯小姐，你的製作人是警察？」

「不是。」

「你認爲平民老百姓應該在沒有警方協助的狀況下致力於追捕嫌犯？」

「當時有一位警察在。」

希克利露出懷疑的表情。「噢，拜託，你的節目那麼擅色腥，全是廢話……」

溫蒂打斷他。「希克利先生，我們以前見過。」

這招有效。「我們見過？」

「我還在『時事觀察』當助理製作人的時候，發過你通告，請你來節目裡以專家身分討論勞勃．布雷克殺妻案的審判。」

他向旁聽席深深一鞠躬。「各位先生、女士，我們確立了一項事實，我是個爲求曝光，不擇手段的賤胚。眞是一針見血的發言。」台下又發出零星笑聲。「可是，泰恩斯小姐，你是想告訴法官，執法單位挺你們的新聞廢話節目挺到願意合作的地步？」

「抗議。」

「抗議駁回。」

「可是，庭上……」

「駁回，波特諾依先生，坐下。」

溫蒂說：「我們和警方以及檢察官辦公室都有關係，因爲我們不希望做節目的時候不慎違法。」

「是喔，所以你們和執法單位有合作關係？」

「也不算啦，不算。」

「嗯，到底是怎樣，泰恩斯小姐？你的意思是說，這整個陷阱是你們自己設計的，沒有知會執法單位，也沒和他們合作？」

「不是這樣的。」

「好，那這樣說吧，你要在一月十七日晚上對我當事人做那些事，有沒有預先通知檢察官辦公室？」

「有，我們跟檢察官辦公室聯繫過。」

「好極了，謝謝你。剛說到你叫工作人員去追我的當事人，對吧？」

「她不是那樣說的，」波特諾伊說，「她用的詞是『跟』，不是『追』。」

富萊用一種看惱人小飛蟲的眼神看波特諾伊。「好，好，隨便啦，追和跟的差別，我們有空再討論。總之，我的當事人跑掉以後，泰恩斯小姐你去了哪兒？」

「他住的地方。」

「為什麼？」

「我想他說不定會到那兒去。」

「所以你就在他住的地方等他？」

「對？」

「你在他住的地方外頭等？」

溫蒂不安地挪動了一下。終究還是講到這個了。她望向台下那些臉孔，目光鎖定艾德·葛雷森的雙眼，他九歲的兒子是丹·默瑟最早的受害者。「我看見燈亮著。」她說這話時，感覺得到他投射過來的目光。

「在丹·默瑟家裡？」

「對。」

富萊充滿諷刺地說：「太怪了，我從來沒聽說過，有人不在家的時候還會留一盞燈。」

「抗議！」

霍華德法官嘆了口氣。「希克利先生。」

富萊仍然望著溫蒂。「泰恩斯小姐，然後呢？接下來你怎麼做？」

「我敲了敲門。」

「我的當事人應聲了？」

「沒有。」

「有人來應門？」

「沒有？」

「那麼，泰恩斯小姐，你接下來做了什麼？」

溫蒂竭盡所能保持鎮定。「我想我好像看見窗裡有東西在動。」

「你想你好像看見窗裡有東西在動。」富萊重複她說的話。「我的老天，你有沒有辦法講得更模糊一點？」

「抗議！」

「收回。接下來你又怎麼做？」

「我試著轉動門把，門沒鎖，我就把門打開。」

「眞的？爲什麼？」

「我很擔心。」

「擔心什麼？」

「有些戀童癖被抓到以後會自殺，有過先例。」

「眞的？你是說，你擔心你設下的圈套會害我的當事人自殺？」

「之類的，對。」

富萊伸手撫胸。「我好感動。」

「庭上！」波特諾伊高喊。

富萊搖搖手。「所以你想救我的當事人？」

「如果眞是那樣，我要阻止他。」

「在電視上，你用『變態』、『有病』、『邪惡』、『禽獸』、『人渣』來形容中你圈套的那些人，對不對？」

「對。」

「但今天作證的時候，卻說你當時闖入我當事人的家……不惜違法闖入他家，是爲了救他。」

「我想應該可以這麼說吧。」

這下子他的聲音不單充滿諷刺，還像在諷刺裡浸了好幾天。「多麼高尚的情操。」

「抗議！」

溫蒂說：「那跟什麼高尚情操無關，我只是想讓這些人受到制裁，讓受害者家屬能得到一個結果。自殺解脫太便宜他們了。」

「這樣啊，那你闖進我當事人的家之後，又發生了什麼事？」

「抗議，」波特諾伊說，「泰恩斯小姐說門沒鎖。」

「好，好，『闖入』也好，『進入』也罷，只要那邊那位先生高興就好。」富萊用拳頭叉著腰。「我只求他別再干擾我。泰恩斯小姐，你**進入**我當事人的家之後，發生了什麼事？」

「沒事。」

「我的當事人沒自殺？」

「沒有。」

「那他在幹嘛？」

「他不在。」

「家裡有別人？」

「沒有。」

「那你之前『好像看見』在動的東西呢？」

「我不知道。」

富萊點點頭，開始踱步。「你剛作證說，工作人員追著我的當事人跑掉之後，你幾乎是立刻就開車去了我當事人的家。你眞的以爲他來得及跑回家自殺？」

「他比我早走，而且很可能知道捷徑。對，我以爲他來得及。」

「這樣啊。可是你錯了，是嗎？」

「你指哪件事？」

「我的當事人並沒有直接回家，對不對？」

「沒有直接回家，對。」

「但你卻進了默瑟先生的家……當時他不在家，警方也還沒到，對不對？」

「只有一下下。」

「一下下是多久？」

「我不確定。」

「嗯，你得去每個房間察看一下，確認他沒用皮帶之類的東西吊死自己，對吧？」

「我只有察看亮燈的地方，也就是廚房。」

「也就是說，你至少要走過客廳。請問，泰恩斯小姐，你發現我的當事人不在家之後，又怎麼做？」

「回到外頭去等。」

「等什麼？」

「等警察來。」

「後來他們來了嗎？」

「來了。」

「帶著搜索令來搜我當事人的家？」

「是的。」

「我了解你闖入我當事人的家有高尙的理由，但是難道你不擔心你設圈套搞出來的案子最後會無法成立？」

「我不擔心。」

「一月十七日晚上之後，你對我的當事人做了廣泛的調查。那麼，除了當天晚上警方在他家發現的證據以外，你有沒有找到別的有力證據可以證明我當事人有不法行爲？」

「還沒找到。」

「我就當你是說沒有囉。」富萊說。「簡而言之，除了警方搜到的證據以外，你沒別的東西可以證明我的當事人違法，對嗎？」

「他那天晚上出現在那棟房子裡。」

「可是那個陷阱裡面沒住半個未成年少女。所以，說眞的，泰恩斯小姐，這個案子，還有你……呃，你的名聲，全都繫於在我當事人家中找出的東西，沒有那些東西，你就一無所有。簡而言之，你既有辦法，也有強烈的動機栽贓，對不對？」

李・波特諾伊一聽這話就起身說道：「庭上，這太荒謬了，這該由陪審團來決定才對。」

富萊說：「泰恩斯小姐承認她未持搜索令，非法進入那間屋子。」

「好，那就告她私闖民宅，前提是你要有辦法證實。如果希克利先生想拿荒謬的推測來說什麼白子修女或栽贓的事，就在正式開庭的時候對著陪審團講，到時候我再拿證據出來讓大家知道他的說法有多荒謬。正因如此，本案更需要正式開庭審理。泰恩斯小姐是平民百姓，法院不該拿要求警察的標準來要求平民百姓，庭上，您不能排除那台電腦和那些照片，那是警方拿搜索票合法搜到的證據，有些變態照片藏在車庫，而且是藏在書架後面，泰恩斯小姐在屋裡只待了短短幾分鐘，不可能來得及栽贓到車庫裡去。」

富萊搖搖頭。「溫蒂．泰恩斯闖進那棟房子的理由太牽強了。有燈亮著？有東西在動？拜託，她不但有栽贓的強烈動機，也辦得到，而且還知道警方馬上就要來搜丹．默瑟家。這比毒樹上的果子還毒[3]，那屋子裡找到的所有證據都該排除。」

「溫蒂．泰恩斯是平民百姓。」

「那也不能因此就讓她爲所欲爲啊。她要在他家放筆記型電腦和那些照片太容易了。」

「這個部分你有異議可以跟陪審團說。」

「庭上，他們搜到的證物有嚴重瑕疵。泰恩斯小姐自己的證詞就說明了，她不只是個平民百姓。在我剛剛詢問她和檢察官辦公室的關係時，她自己承認她是檢察官辦公室的代表。」

李．波特諾伊脹紅了臉。「太荒謬了，庭上，報導犯罪案件的記者現在都被視作執法代表？」

「是她自己承認的，波特諾伊先生。溫蒂．泰恩斯說她和你們緊密合作，不信可以調剛剛的紀錄來看，她說過現場有警員，事前還和檢察官辦公室聯繫過。」

「就算那樣，她依然不是警察。」

「波特諾伊先生明明知道這只是語意學的問題，要是沒有溫蒂．泰恩斯，他們根本沒東西可告我的當事人。這整件案子……他們拿來控告我當事人的所有罪狀，都源自於泰恩斯小姐設下的圈套，要是沒有她介入，就連那張搜索令都不會有。」

波特諾伊走到台前。「庭上，這個案子雖然最初是由泰恩斯小姐向我們辦公室提出的，但依此標準來看，難道所有證人或申訴方都要算代表我們……」

「夠了。」霍華德法官敲下小木槌，起身說道，「你們的說法我聽夠了，明天早上之前，我會作出裁決。」

3 此處是指美國刑事訴訟裡的「毒樹理論」（fruit of the poisonous tree），也就是調查過程中以非法手段取得的證據，在訴訟程序中不能採納，即便該證據有扭轉判決結果亦然。

2

「噢，眞是糟透了。」溫蒂在走廊上對波特諾伊說。

「法官不會排除那些證據的。」

溫蒂可沒這種把握。

他又說：「換個角度來看，這是個好現象。」

「怎麼會？」

「這案子備受關注，證據不太可能排除。」波特諾伊指指對方律師。「富萊剛剛那樣反而暴露了他將來在法庭上的戰略。」

前方不遠處，丹．默瑟的前妻珍娜．惠勒正在接受敵台記者採訪，即使鐵證如山，珍娜依然挺她前夫，說檢方提出的控告不實。在溫蒂看來，珍娜採取這種立場只會讓自己遭到衆人排擠。

富萊站在較遠一點的地方，好多記者圍著。他是媒體寵兒，當然會有此盛況。溫蒂從前報導他出庭時也很愛他，他把誇張的手法用得淋漓盡致。但現在她成了被質問的人，才明白這些誇張手法有多麼傷人。

溫蒂皺著眉說：「我覺得富萊．希克利沒那麼笨。」

那些諂媚的記者笑聲連連，富萊拍了幾個人的背，轉身離開。他一落單，艾德．葛雷森就向他走去。

溫蒂看見了。「喔喔。」

「怎麼？」

溫蒂呶呶下巴，要波特諾伊往那邊看。灰髮平頭的大個子葛雷森就站在富萊．希克利身邊，兩人互瞪。葛雷森吋吋進逼，侵入了富萊的個人空間，但富萊堅守立場，毫不退讓。

波特諾伊走向前去。「葛雷森先生？」

他們倆的臉這才拉開一點距離。葛雷森回頭看是誰在叫他。

波特諾伊問：「沒事吧？」

葛雷森說：「沒事。」

「希克利先生？」

「沒事，好得很，我們正在進行友善的談話。」

葛雷森雙眼盯住溫蒂，她還是覺得他的眼神讓她很不舒服。希克利說：「好了，如果沒別的事，那麼葛雷森先生……」

葛雷森沒吭聲，希克利就轉身走了。葛雷森走向波特諾伊和溫蒂。

波特諾伊問：「有什麼我可以效勞的？」

「沒有。」

「我可以請教您剛和希克利先生聊些什麼嗎？」

「你想問就問。」葛雷森看著溫蒂說，「不過，泰恩斯小姐，你認爲法官會接受你的故事嗎？」

「那不是故事。」她說。

「也不是確切的事實，對吧？」

艾德・葛雷森撂下這話掉頭就走。

溫蒂問：「這話是什麼意思？」

波特諾伊說：「我也不懂。算了，別擔心他，也不用擔心富萊，富萊雖然厲害，但這一回他贏不了的。回家喝一杯，好好休息，沒事的。」

溫蒂沒回家，先回了攝影棚。她工作的新聞攝影棚位在紐澤西的錫考克斯，俯瞰牧草地體育中心，但是窗前景觀一點也沒有撫慰人心的效果，因爲那只是塊一天到晚在施工的濕地。她打開電子信箱，檢閱郵件，看見一封老闆發的短信。監製維克・蓋瑞特寫電子郵件向來精簡，這搞不好是最長的一封，信上寫著：「立刻來見我。」

現在是下午三點半，她在凱索頓中學讀四年級[1]的兒子應該到家了才對。家裡電話他從來不接，所以她打手機。響到第四聲，查理才接起來，問候語照例是：「幹嘛？」

她問兒子：「到家沒？」

「到了。」

「在幹嘛？」

「沒幹嘛。」

「有功課嗎？」

「一點。」

「做了沒？」

「會做。」

「爲什麼不現在做？」

「只有一點點，不用十分鐘就做完了。」

「就是啊，既然只有一點點，爲什麼不趕快做完就算了？」

「等一下會做。」

「那你現在做什麼？」

「沒什麼。」

「那爲什麼要等？現在爲什麼不做？」

每天講過來講過去都是這些老話。最後查理終於說他「馬上」去做了，不過他心裡想的應該是「我說馬上去做，你就不會再煩我了」吧。

溫蒂說：「我大概七點到家，要不要外帶中國菜？」

「竹屋。」他說。

「好，四點鐘要餵澤西。」

澤西是他們家的狗。

「好。」

「別忘了。」

「嗯。」

「也別忘做功課。」

「掰。」

掛了。

她深吸一口氣。查理十七歲，高中四年級了，是個讓人頭痛的小鬼。他將來要讀的大學已經確定。郊區父母在這件事上的專橫，就連第三世界的獨裁者都要自嘆不如。查理已經收到富蘭克林─馬紹爾學院的入學許可，學校在賓州的蘭開斯特。他跟其他青少年一樣，對生活即將產生的巨大變化有點緊張、有點害怕，但做母親的更怕。查理這個英俊又情緒化的傢伙雖然讓她頭痛，卻也是她僅有的一切，母子倆在這塊白人郊區相依為命十二年。時光飛逝，小孩子一下子就長大，溫蒂卻還沒準備好放手。她也不想放手。每天夜裡她望著這個讓她頭痛的小鬼，總覺得怎麼看怎麼好。打他四歲那年開始，她就常希望兒子能保持現狀，不要長大也不要變小，就這樣就好，凍結在此時此刻，留在她身邊久一點。

因為很快就要剩她孤單一人了。

電腦螢幕上跳出一封新信，又是老闆寄的。**「我說立刻來見我，很難懂嗎？」**

她回信：「來了。」

1 美國的高中有四年，相當於目前台灣的國中三年級與高中三年。

維克的辦公室就在走廊那頭，幾步路就到，根本用不著發信，可是現在這世界就是這樣。她和查理兩個人都在家的時候，也常互發簡訊。每當她懶得喊，就打：「該睡覺了」或「放澤西出去」，以及最常見的「電腦用太久了，去看書。」

溫蒂懷孕那年才十九歲，還在塔夫茨大學讀二年級。某個學生派對上，她喝得太多，跟足球隊的先發四分衛約翰．莫洛搞上了。如果你在溫蒂．泰恩斯的字典上查約翰．莫洛這個人，得到的答案本應為「不是我的菜」。溫蒂自詡為校園中的自由主義者、地下記者，愛穿緊得像止血帶的黑衣服，音樂只聽另類搖滾，還常參加新詩朗讀會、看辛蒂．雪曼的展覽。可是這顆泡在另類搖滾、新詩和藝術展覽的心，居然迷上了帥氣的運動健將，怎麼會這樣？剛開始其實沒什麼大不了，他們發生關係，常在一起，並不算正式的男女朋友。但一個月後，溫蒂發現自己懷孕了。

身為現代女性，溫蒂早就對自己說過一百次，如果發生這種事，她要自己拿主意，不要問別人意見。她才大二，大學還有兩年半，記者生涯剛剛萌芽，這時候懷孕時間點真爛，可是愈是這樣她愈是篤定要生。她打電話給約翰，說：「我們得談談。」他來到她住的小房間，她請他坐下，那是張看起來很可笑的懶骨頭沙發，身高一九〇的壯漢坐在上頭應該不會舒服，但至少他努力坐穩了。約翰聽溫蒂這種語氣，知道有事，所以盡力保持嚴肅的表情，坐挺身子，搞得很像小孩裝大人。

「我懷孕了。」接下來這段話溫蒂在腦中演練了兩天。「接下來的事我要自己決定，希望你能給予尊重。」

溫蒂說話的時候在屋裡來回踱步，不敢看他。她極力讓聲音聽起來就事論事，不帶感情，甚至在準備好的講稿全部說完之後，還謝謝他今日前來，祝他平安快樂。最後才鼓起勇氣抬頭看他。

約翰．莫洛也正抬起頭望向她，那雙藍得不得了的眼睛裡含著淚水。「可是，」他說，「溫蒂，我愛你。」

她差點笑出來，卻不但沒笑，反而哭了。約翰滑下那個該死的懶骨頭沙發，跪下來求婚。這下子溫蒂又哭又笑，然後，不顧所有人的疑慮，他們結婚了。沒人看好這段婚姻，但之後九年他們過得很好。約翰．莫洛溫柔體貼、聰明有趣又有擔當，儼然是她的靈魂伴侶。查理出生時，小倆口都還在塔夫茨念大三，省吃儉用過日子。兩年後存夠了頭期款的錢，在凱索頓的鬧街上買了一棟小房子當他們第一個屬於自己的家。溫蒂在地方電視台找到了工作，約翰繼續攻讀心理學博士，兩人前途一片光明。

然後，彈指之間，約翰死了。如今那棟小房子裡只剩溫蒂和查理，多出來的空間就像一個大洞，和溫蒂心裡的洞一樣大。

她敲敲維克的門，探頭進去。「你找我？」

「聽說你在法庭丟人現眼了？」老闆說。

溫蒂說：「喂，你應該要挺我才對啊，不然我在這裡工作為的是什麼？不就是為了老闆會情義相挺？」

維克說：「要挺？去買個胸罩吧。」

溫蒂皺眉。「別這麼無聊。」

「好啦。我看到你留的便條了，噢，還真多張，而且重複，全都在抱怨分配到的工作。」

「那些算工作嗎？這兩週來，你派給我的不是花草茶店開幕典禮，就是男士圍巾服裝秀。難道不能給我點像樣的事做？」

「等一下。」維克把手放到耳邊，好像想聽清楚她講什麼。他個子很小，肚子很大，臉長得像雪貂，而且是很醜的雪貂。

「怎麼？」

「你是在抱怨這個由男性宰制的行業對美女不公，怪我只把你當花瓶用？」

「這麼抱怨就能分配到比較好的路線？」

「不，抱怨無效，你知道怎麼樣才有效？」

「露乳溝？」

「這想法不錯，但現在重點不在那裡。現在最重要的是要能定丹・默瑟的罪。你得當個釘死戀童癖的英雄，而不是變成因為躁進反倒救他脫罪的記者。」

「救他脫罪？」

維克聳聳肩膀。

「要不是我，警方根本不會知道丹．默瑟的事。」

維多舉起不存在的小提琴，假裝拉琴。

她說：「別這麼討厭。」

「不然你要我叫同事們進來圍成一圈集體擁抱？還是手牽手唱一段鼓舞人心的黑人靈歌？」

「可以呀，排在你們男人的集體自慰表演後頭。」

「噢，好傷人。」

「到底有沒有人知道丹．默瑟躲在哪裡？」她問。

「沒。這兩週來沒人見過他。」

溫蒂搞不懂這是怎麼回事。她知道丹因為生命受到威脅，所以搬離了家，可是今天不來出庭還挺怪的。她想再問，維克的對講機就響了。

他把手指放在嘴上，要她噤聲。按下對講機，「幹嘛？」

櫃檯接待人員壓低聲音說：「瑪莎．麥奎德來找你。」

這下子兩人都說不出話來了。瑪莎．麥奎德和溫蒂都住凱索頓，兩家相隔不到兩公里，麥奎德家的女兒海蕾和查理就讀同一所學校。據說，在三個月前，海蕾從臥室窗戶溜了出去，從此一直沒回家。

「她女兒的案子有新消息？」溫蒂問。

維克搖頭。「正相反。」沒消息當然不是好事。海蕾．麥奎德失蹤曾經是條大新聞，持續報導了兩、三週的大新聞。究竟是遭人誘拐？還是蹺家？電視上不斷出現新聞快報和跑馬燈，許多不入流的「專家」企圖重建現場，說明當時可能的情形。可是再羶色腥的新聞缺少新材料也撐不了太久。天曉得新聞網眞的是盡力了，從人口販子到惡魔崇拜，什麼樣的謠言他們都報了，可是在這一行，「沒消息」眞的就是「壞消息」。很可悲，但人們的注意力就是這麼短。你可以說是新聞媒體的錯，可是電視播什麼其實是由觀眾決定。如果大家愛看，就會繼續播；如果大家不愛看，新聞網也只得去找新玩具來討好大眾善變的眼睛。

「要不要我來跟她談談？」溫蒂問。

「不，我來就好，不然公司付我高薪幹嘛？」

溫蒂讓維克給噓了出去，從走廊盡頭走出來，一抬頭就看見瑪莎·麥奎德正走到維克門口。溫蒂不認識瑪莎，但因為住同區，所以在星巴克、錄影帶店和學校巴士停靠站見過幾次。瑪莎總是精神奕奕，神采飛揚，拉著孩子快步走。出事之後，她並沒有一下子老十歲什麼的，只是變慢了許多，就連臉上的表情都慢半拍。瑪莎·麥奎德轉過身來，和溫蒂四目相對。溫蒂頷首致意，擠出一絲微笑，瑪莎毫無反應地轉身進了維克的辦公室。

溫蒂回到座位，拿起電話。瑪莎·麥奎德原本的生活多麼美好，嫁了個好先生，有幸福的家，卻在一夕之間變了樣。想到人所擁有的一切多麼容易瞬間就失去，她就忍不住要打電話給查理。

「幹嘛？」

這不耐煩的語氣居然也讓她感到些許安慰。「功課做了沒？」

「馬上。」

「好。」溫蒂說，「晚上你還是想吃竹屋？」

「剛不是才講過？」

掛上電話以後，溫蒂靠著椅背，把腳放到桌上。伸長脖子看看窗外醜得要命的景色。電話又響了。

「喂。」

「溫蒂·泰恩斯？」

聽見這個聲音，她立刻把腳放回地上。「是。」

「我是丹·默瑟，我得跟你碰個面。」

3

溫蒂有好一會兒說不出話來。

「我得跟你碰個面。」丹．默瑟又說了一遍。

「丹，我對你來說會不會太成熟了？我的意思是說，我都已經老到有胸部和月經了耶。」

她好像聽見一聲嘆息。

「溫蒂，你眞愛挖苦人。」

「你想怎樣？」

「有些事你應該要知道。」他說。

「比如說？」

「比如說事實和表相並不一樣。」

「你是個請到天才律師的邪惡、扭曲、噁心的變態。這就是我看到的表相，有錯嗎？」

她說這話的時候語氣有一點點遲疑。這遲疑能不能看成是合理的懷疑？應該不行。證據不會說謊，而且，她的女性直覺並不可靠。

「溫蒂？」

她沒答腔。

「我是被陷害的。」

「嗯哼，這倒新鮮，丹，我記一下。我會叫製作人在螢幕下方加一條字幕：『新聞快報：變態說他是被陷害的。』」

一片沉默，她有點擔心他會掛電話。不該這麼情緒化，太蠢了，要冷靜。跟他聊聊，跟他交朋友，態度好一點，才套得到話。

「丹？」

「我不該打這通電話的。」

「我在聽啊，你剛說到陷害什麼的？」

「我得掛了。」

她眞氣自己怎麼這麼耐不住性子，硬要逞口舌之快，又有點擔心他是想讓她隨他起舞，像之前那樣。去年她曾想就庇護所的事訪問他，卻一直訪不到。她不想屈服，可也不想讓他跑掉。

「是你打給我的耶。」她說。

「我知道。」

「我想聽你要說什麼。」

「那就來見我，一個人來。」

「這主意不怎麼吸引人。」

「那就算了。」

「好啊，隨便你，法庭見。」

沉默。

「丹？」

「你一點都不知道，對不對，溫蒂？」他的聲音輕到令她寒毛直豎。

「知道什麼？」

她聽見一個奇怪的聲音，有點像笑，又有點像哭，電話裡頭聽不清楚，她抓緊話筒。

「時間是明天下午兩點鐘，地點我會用電子郵件寄去。如果你要來見我，自己一個人來。如果你決定不來，那麼，很高興認識你。」

然後他就把電話掛了。

□

維克辦公室的門開著。她探頭瞄了一眼，看見他在打電話。他伸出食指要她等一下，隨即粗魯地對電話那頭說了聲再見，掛上電話。

「丹．默瑟剛打來。」她說。

「他打給你？」

「對。」

「什麼時候？」

「就剛剛。」

維克身體後仰靠向椅背，雙手放在大肚腩上。「他說了什麼？」

「他說他是被陷害的，還想跟我見面。」她看見他臉上的表情。「怎麼了？發生什麼事？」

維克嘆口氣說：「你坐下。」

「喔喔。」溫蒂說。

「沒錯，喔喔。」

她坐了下來。

「法官的裁決出來了。在屋子裡找到的所有證據都要排除在外，而且媒體和我們節目的態度偏頗，所以本案駁回。」

溫蒂心一沉。「你是開玩笑吧？拜託千萬別告訴我這是真的。」

維克不說話。溫蒂閉上眼睛，覺得整個世界向她逼來，她懂了，難怪丹那麼有把握她一定會去。

「所以現在是怎樣？」她問。

維克看著她，沒開口。

「我被炒了？」

「對。」

「就這樣？」

「對啊，經濟不景氣，樓上那些穿西裝的要裁員。」他聳聳肩膀。「不砍你砍誰？」

「我隨便想都能想出一狗票比我更合適的人。」

「我也是，可惜他們不是瑕疵品。抱歉，寶貝，只能這樣了，人事部門會處理解雇事宜，你今天就得打包走人，他們不想讓你再進公司大門。」

溫蒂整個人都傻了，起身時差點站不穩。「你至少爲我爭取一下。」

「毫無勝算的仗我打它幹嘛？」

溫蒂站著不動。維克低頭裝忙。

「你是在等我說些安慰的話？」

「不是。」溫蒂頓一下，又說，「也許是。」

維克問：「你要去見默瑟？」

她轉身背對他。「對。」

「別忘了預防措施。」

她擠出一絲微笑。「嘿，這是我剛進大學時，我媽說的話。」

「顯然你當時沒聽她的。」

「對。」

「於公，我要提醒你跟丹・默瑟保持安全距離，因爲你已經不在這裡工作，失去了記者的立場。」

「於私呢？」

「如果你能想出辦法釘死他，那麼，英雄重新受雇的機率比代罪羔羊大得多。」

□

溫蒂到家的時候，屋裡很安靜。她小時候，爸媽一聽家裡沒聲音，就知道她不在家，因為如果她在，手提音響的聲音會傳遍全家。現在的孩子每週七天、每天二十四小時都戴著耳機。不過，她對查理所在位置相當有把握，他一定在電腦前面，小小的耳機塞在耳朵裡，就算房子失火，他都不會發現。

然而，溫蒂還是用全身力氣大喊：「查理！」

沒人應，這種情況已經三年了。

溫蒂給自己倒杯石榴伏特加，擠上一點萊姆汁，整個人癱坐在破舊的安樂椅上。沒錯，留下約翰最愛坐的單人沙發，下班回來還拿著酒癱在上面，聽起來有點詭異，可是她覺得它很舒服，很堅固。

糟糕透了。之前溫蒂還在擔心單靠她的薪水要怎麼付查理的學費，現在可以不用擔心了，因為就連那份薪水都沒有了。她喝口酒，望向窗外，思忖接下來要怎麼辦。現在各個公司都不缺人，而且正如維克所說，她現在是瑕疵品。做別的呢？她又什麼都不會。她生性散漫，沒什麼條理，脾氣又不好，不是那種善於跟人合作的型。如果從公司帶成績單回家，上頭寫的應該會是：「不合群。」當記者追新聞這不成問題，可是做別的工作就不能這樣。

她整理郵件，發現亞麗安娜．納斯布羅寫了第三封信來，腹中升起一陣刺痛，手開始發抖。兩個月前看第一封信的時候，她差點吐了。她用兩隻指頭捏起這封信好像它很臭似的，她走進廚房，把信塞進垃圾桶最深處。

感謝老天，查理從來不會整理家裡的信。他知道亞麗安娜．納斯布羅是誰。他當然知道，十二年前，亞麗安娜．納斯布羅害死了他爸。

她上樓敲查理的門，沒回應很正常，所以她就把門打開。

他抬起頭來，臭著臉拔掉耳機。「幹嘛？」

「功課做了沒？」

「正要做。」

他看得出她生氣了，趕緊笑一下，那笑容太像他爸，太讓人心痛。她本想開始唸他，說她明明叫他先做功課。但是，說眞的，那有什麼大不了？那些都是小事，他們還能在一起多久？時光飛逝，很快他就會離開。

「澤西餵了沒？」她問。

「呃……」

她翻了個白眼。「算了，我餵。」

「媽？」

「嗯？」

「你有沒有去竹屋買晚飯？」

晚飯。她忘了。

查理也學她翻了個白眼。

「別那麼得意。」她原本想把壞消息先放一放，等適當的時機再跟他說，但不知怎的，話脫口而出：「公司今天炒我魷魚。」

查理望著她，沒說話。

「你聽見沒？」

「聽見了。」他說。「眞是爛透了。」

「對。」

「那我去買晚飯好了？」

「好啊。」

「嗯，那……買飯的錢還是你出嗎？」

「對啊，目前我還付得起飯錢。」

4

麥奎德夫婦傍晚六點抵達凱索頓中學人禮堂。那句老話說得沒錯，日子總要過下去。雖然海蕾失蹤了九十三天，但今天凱索頓中學還是要演出《悲慘世界》，他們的二女兒派翠莎還是要飾演路人四號和學生六號，以及大家夢寐以求的妓女二號。泰德聽說她要演這個角色的時候，海蕾尚未失蹤，那陣子他好愛拿這件事開玩笑，說他好驕傲，要昭告親朋好友，說他十四歲的女兒居然是妓女二號。那些事現在感覺已經好遠了，像另一個世界，像是別人在另一個時空過的日子。

他們走進大禮堂時，大家都沉默以對，沒人知道該怎麼和他們互動，瑪莎一切都看在眼裡，但也早已不在乎了。

「我想喝水。」她說。

泰德點點頭。「我先去找位子。」

她在走廊上的飲水機旁略作停留，然後又往前走，左轉，繼續走。有位工友在拖地，他戴著耳機，隨著只有自己聽得見的音樂節奏點頭，似乎並沒注意到她。

瑪莎上到二樓，這層樓更暗，腳步聲喀噠喀噠在四下裡迴響，白天充滿活力的走廊晚上竟如此寂靜，成了最超現實、最空洞與空虛的地方。

瑪莎回頭看看，沒有別人。她走得很快，因爲她知道自己要去哪裡。

凱索頓中學很大，四個年級將近有兩千名學生，校舍共有四層樓。這裡的居民持續增加，學生人數也跟著增加，學校只得不斷擴建，建築物外觀就只好東一塊、西一塊的，沒什麼整體感。這不是凱索頓獨有的問題，其他人口擴張的城鎮也是一樣。凱索頓中學最初的建物是座漂亮的磚屋，後來加蓋的部分可以看出主事者重視實用勝於美觀，因爲蓋得很亂，簡直像小孩子把木製積木、和樂高混在一起組出來的東西。

昨天晚上，在靜得嚇人的麥奎德家，她那好得不得了的丈夫泰德笑了，笑得好大聲。這是九十三天以來他第一次眞的大笑，笑聲好下流。泰德一出聲幾乎立刻就收，收得太猛，聽起來倒像是啜泣。她愛他，瑪莎想伸手過去安慰一下這個受盡折磨的男人，卻辦不到。

她的另外兩孩子，派翠莎和萊恩，外表看起來沒事，那是因爲孩子的適應力比成人強。瑪莎極力想要把重心放在他們身上，關心他們、安慰他們，可是這她也辦不到。也許有些人會認爲是做母親的太傷心了，多少也是，可是她之所以忽略派翠莎和萊恩是因爲她目前一心只想找到海蕾，接海蕾回家。她想等海蕾回家之後，再好好彌補另外兩個小孩。

瑪莎住在葛雷尼克的姊姊梅若麗自以爲什麼都懂，竟敢說出「你得把心放在先生和另外兩個孩子身上，不能再沉溺」這種話。當她說出「沉溺」二字的時候，瑪莎眞想一拳打在她臉上，叫她少管閒事，快回去管管自家嗑藥的兒子葛瑞格和疑似有外遇的先生哈爾。梅若麗，你知道嗎？派翠莎和萊恩很有希望安然度過危機，而且他們最需要的不是一個會幫萊恩把袋球的網袋弄軟、幫派翠莎挑對戲服顏色的媽媽，不是這種媽媽。他們要找回完整的美好人生只有一個辦法，就是把姊姊找回來。

當那一天到來，也唯有到那一天，他們一家人才能在這場災難中倖存。

但可悲的事實是，瑪莎並沒把所有的時間都用來尋找海蕾。她很想這麼做，也盡力要做，卻總是感到好累好累，累得要命，每天早上都爬不起來，手腳有千斤重。現在也是，這段走廊上的朝聖之路讓她舉步維艱。

九十三天。

瑪莎看見海蕾的置物櫃就在前方。她失蹤幾天之後，好些個朋友開始把櫃門布置得像死亡車禍後人行道邊擺設的祭壇，有照片、凋萎的花、十字架和許多字條，上面寫著：「海蕾，快回家！」「我們想你！」「我們等你。」「我們愛你！」

瑪莎停下腳步，伸手去摸那個密碼鎖，想著海蕾平常怎樣把書拿出來、把背包丟進去、把外套掛起來，一邊做這些事，一邊和同學聊袋球或喜歡的男生。

走廊那一頭有聲音傳來，她轉身看見校長室的門開了，皮特・澤克校長和兩個她不認得的人走了出來，看起來應該是家長。沒人講話，皮特・澤克伸出手，兩人都沒握，轉身快步向樓梯走去。澤克校長目送他們離開，搖搖頭，然後望向置物櫃這邊。

他看見她了。「瑪莎？」

「嗨，皮特。」

皮特・澤克是個好校長，平易近人，只要是對學生有益處，就算惹老師生氣也不怕。他自己就是在凱索頓長大的，這裡是他的母校，當上這間中學的校長就是他此生最大的志願。

他走向她。「打擾你了？」

「不會，」瑪莎擠出一點笑容，「我只是受不了那些眼光，想逃開一下下。」

皮特說：「我看過彩排，派翠莎演得很棒。」

「謝謝，那太好了。」

他點點頭。他們倆都盯著置物櫃看。瑪莎看見有人用轉印貼紙在上頭印了「凱索頓袋球隊」的字樣和兩根交叉的球棍。她車子後窗上也有同樣的東西。

「那兩位家長有什麼事？」她問。

皮特微笑。「機密。」

「噢。」

「但我可以跟你說個假設性的情況。」

她靜靜等他說。

「你念高中的時候，有沒有喝過酒？」他問。

「我是乖小孩。」她差一點就說「跟海蕾一樣」。「可是呢，我們當時會偷喝啤酒。」

「怎麼來的？」

「啤酒嗎？我鄰居的叔叔是賣酒的。你呢？」

「我有個長得比較成熟的朋友，叫麥可．文德。你知道的，就是六年級開始刮鬍子的那種男生，他會去買酒。」皮特說。「現在這招行不通了，到處都要檢查證件。」

「這跟我們的假設性狀況有什麼關係？」

「大家都認爲現代小孩取得酒精的方法是用假證件，有些例子確實是這樣。不過，在我當校長任內只沒收過五張假證件，而現在孩子喝酒的問題卻比從前還嚴重。」

「那他們的酒都怎麼來的？」

皮特望向訪客離去的方向。「從家長那兒來的。」

「小孩偷喝酒櫃裡的酒？」

「最好是。剛剛跟我談話的那對夫妻……我是說假設……姓米爾納，人很好，先生賣保險，太太在格蘭洛克有間精品店，家裡四個孩子，兩個念這所高中，老大在棒球隊。」

「所以？」

「所以，星期五晚上，這對關心孩子的好爸媽買了一桶啤酒，在家裡的地下室爲棒球隊開了個派對。其中兩個男生喝醉了，朝另一個孩子家丟雞蛋，有個孩子還醉到差點要洗胃。」

「等等，酒是那對父母買的？」

皮特點點頭。

「你們剛剛談的就是這個？」

「對。」

「他們的說法是什麼？」

「還不就是最常見的那種藉口：嘿，反正無論如何孩子都會喝酒，與其在外頭喝，不如在家喝還比較安全。米爾納夫婦怕他們跑去紐約市之類的危險地方，又怕他們酒醉駕車什麼的，所以就請全隊的人去他家地下室，以為這樣好控制，不會惹出麻煩。」

「也不是沒道理。」

「你會做這種事？」他問。

瑪莎想了想。「不會。可是去年我們帶海蕾和海蕾的朋友去托斯卡尼的時候，也讓她們在葡萄園裡喝酒。那樣錯了嗎？」

「在義大利並不違法。」

「這兩件事好像只有一線之隔吧。」

「你不認為這對父母有錯？」

瑪莎說：「我認為他們錯得離譜，而且理由空洞。買酒給孩子喝應該不只是為了安全，還想讓孩子覺得爸媽夠酷。他們太想當孩子的朋友，就把做父母的責任放到後頭去了。」

「同感。」

「可是……」瑪莎轉身面對那個置物櫃。「我又憑什麼說別人？」

一陣沉默。

「皮特？」

「嗯？」

「那些八卦是怎麼說的？」

「什麼八卦？」

「別裝傻，你們聊起這件事的時候，不管老師還是學生，都怎麼想的呢？他們覺得海蕾是被人擄走，還是蹺家？」

又是沉默，她看得出他在思考。

「不用過濾，皮特，請不要挑好聽的說。」

「我不會。」

「是嗎？」

「我別的沒有，就是有膽。」

「我知道。」

走廊上貼著海報，畢業舞會快到了，畢業典禮也是。皮特．澤克從海報看回海蕾的置物櫃，瑪莎也隨著他望過去，目光停在一張全家福的照片上——泰德、海蕾、派翠莎和萊恩都在這張與米奇合拍的相片裡，只有她不在，她在海蕾的iPhone後頭幫大家拍照，那支手機有粉紅色的套子，套子上還印著紫花。假期過後三週，海蕾就失蹤了，警方一度懷疑海蕾會不會是在假期中被什麼人盯上了，跟蹤她回家。後來沒查出線索，也就不了了之。瑪莎到現在還記得當時海蕾有多開心，毫無壓力。回想起來，那幾天全家人都開心得像小孩。拍這張照片也是臨時起意。在迪士尼樂園，很多小孩搶著要拿簽名簿給米奇蓋章，光是排隊就大約要花上一個半小時。但是，海蕾忽然發現「明日世界」有個米奇旁邊居然沒人排隊，她高興得不得了，立刻拉著弟、妹妹跑過去。「快！我們趕快來拍一張！」瑪莎堅持要當攝影師，那一刻的激動到現在都還記憶猶新，全家——也就是她的全世界——圍著米奇幸福地聚在一起。如今照片還在，她望向照片，回想那個完美的瞬間，看著海蕾的笑容，她心都要碎了。

皮特．澤克說：「我們自以為了解孩子，但他們都有祕密。」

「連海蕾也有？」

皮特雙手一攤。「你看這排置物櫃，我知道這是廢話，但每一個櫃子的主人都是孩子，有夢想、有期待，正在經歷一段艱難、瘋狂的時期。青少年時期就好像在打仗，充滿壓力，有些是想像出來的，有些是眞眞實實的。社交、學業、運動，都很累人，再加上身體不斷變化，賀爾蒙又不穩定。這些櫃子的主人，這些充滿煩惱的個體每天困在這裡七個小時，以我這個學科學的人看來，那就好像實驗室裡高溫下的粒子，迫切需要釋放。」

「所以，你認爲海蕾蹺家？」

皮特．澤克凝視迪士尼世界拍的那張照片許久，彷彿專注在那令人心碎的笑容上。他回頭時，瑪莎在他眼中看見淚光。

「不，瑪莎，我認爲她沒有蹺家，我認爲她出事了，而且是很嚴重的事。」

5

溫蒂一早就起床，用帕尼尼機（panini maker）來做早餐。這個東西只是名稱炫而已，其實和「烤三明治機」或「拳王健康智烤爐」是一樣的東西。不過，它還是以極快的速度躍升為全家最重要的一台機器，她和查理幾乎可說是靠它維生。她把培根和起士夾進從喬記食品買回來的全麥麵包裡，然後把熱熱的上蓋壓下來。

查理每天早上都像踩著鐵蹄的超重賽馬，咚咚咚地跑下樓，一屁股坐到餐桌旁，深吸一口三明治的香氣。

「你幾點要去上班？」查理問她。

「昨天剛失業。」

「對喔，我忘了。」

青少年都以自我為中心，可是有時候，例如現在這樣，還挺可愛的。

「可不可以送我去上學？」查理問。

「當然可以。」

早上開往凱索頓中學的路真是塞得過分，有時候她很受不了，有時候又覺得應該要好好珍惜和兒子在車上聊天的機會。雖說他不太可能會主動跟媽媽交心，可是如果用心傾聽，總會聽出些心事。只可惜今天並非那種好日子，查理上車後始終低著頭發簡訊，一路上都沒說半句話，手指頭卻打字快到讓人看不清。

車一停，查理就滾下車，手還沒停繼續在發簡訊。

溫蒂叫他：「謝謝媽媽！」

「噢，好，對不起。」

溫蒂開車回家，進車道時發現有輛車停在她家門口。她放慢速度，把車停好，拿起手機。雖說不一定有麻煩，但有備無患，她按下九一一，手指放在傳送鍵上，下了車。

有個人蹲在她保險桿後面。

他說：「你輪胎氣不足喔。」

「葛雷森先生，有事嗎？」

艾德．葛雷森，受害者之一的父親，站起來擦擦手，在大太陽下瞇起眼睛。「我去電視台找你，他們說你被開除了。」

她沉默以對。

「我想是因爲法官的裁定吧。」

「葛雷森先生，您來找我有什麼事？」

「我想道歉，昨天在法庭外我不該說那種話。」

「謝謝。」她說。

「不知道你有沒有空，」艾德．葛雷森說，「我想我們需要好好談談。」

□

進門以後，艾德．葛雷森什麼都不肯喝，溫蒂就坐在餐桌邊等他說話。葛雷森來回踱步好一會兒，突然拉開正對她的椅子，在離她不到一公尺的位置坐下。

他說：「首先，我要再道歉一次。」

「不用，我了解你的感受。」

「是嗎？」

她沒說話。

「我兒子叫小艾德，是個快樂的孩子，喜歡運動，尤其喜歡曲棍球。我從小打籃球，完全不懂曲棍球。可是我太太瑪姬是魁北克人，全家都玩曲棍球，簡直像是種遺傳。所以爲了兒子，我也學著去喜歡曲棍球。可是現在，嗯，小艾德對運動一點興趣也沒有了，我只要帶他走到冰上曲棍球場附近，他就嚇得要死，他只想待在家。」

他垂下眼。溫蒂說：「我很遺憾。」

一陣沉默。

溫蒂試圖轉換話題。「你跟富萊．希克利說什麼？」

「他的當事人兩個多星期不見人影。」他說。

「所以？」

「所以我想知道他在哪裡，可是希克利不肯說。」

「意外嗎？」

「不意外。」

又一陣沉默。

「那麼，葛雷森先生，你來找我幹嘛？」

葛雷森開始玩手表。那支表是天美時的，金屬表帶可以伸縮，溫蒂的爸爸也有一支，每次拿下來的時候，手腕上都留下一道紅色的痕跡。父親過世多年，溫蒂憶起的總是這些瑣事。

葛雷森說：「你那個節目一整年都在抓戀童癖，對吧？爲什麼？」

「什麼爲什麼？」

「爲什麼針對戀童癖？」

「原因重要嗎？」

他想擠出笑容，但擠不太出來。「我想聽。」

「因爲收視率吧，我想。」

「噢，那是當然，但還有什麼別的吧？」

「葛雷森先生……」

「叫我艾德。」他說。

「還是叫你葛雷森先生吧。請說重點。」

「我知道你先生的事。」

溫蒂感覺好像在受火刑，沒說話。

「她出來了，你知道嗎？亞麗安娜・納斯布羅出獄了。」

光是聽到這個名字她都會抽搐。「我知道。」

「你想她酒癮治好了嗎？」

溫蒂想到那封信，又想吐了。

「不是沒有可能。」葛雷森說。「我認識的某些人就再也沒喝，但那對你來說並不重要，對吧，溫蒂？」

「不關你的事。」

「沒錯。可是丹・默瑟就關我的事了。你有兒子，對不對？」

「一樣不關你的事。」

他繼續往下說：「丹那種人……我們可以肯定地說，是治不好的。」他靠近她，歪著頭說：「溫蒂，這也是原因之一吧？」

「什麼意思？」

「你想抓戀童癖，是因爲酒癮能戒，而戀童癖不能，他們無法贖罪，也得不到原諒。」

「別給我作心理分析，葛雷森先生，你對我根本一無所知。」

他點點頭。「說得對。」

「所以講你自己的事就好。」

「現在事情很簡單，如果不阻止丹．默瑟，他就會繼續傷害其他小孩，這是事實，我們都很清楚。」

「你應該去跟法官講。」

「現在她已經幫不了我了。」

「她幫不了，我就幫得了？」

「你是記者，而且是個好記者。」

「我已經失業了。」

「那就更有理由做這件事。」

「什麼事？」

艾德．葛雷森向前靠過去說：「溫蒂，幫我找他。」

「好讓你殺了他？」

「他不會停手的。」

「那是你說的。」

「然後？」

「然後，我不想成為你復仇計畫的幫凶。」

「你以為我為的是復仇？」

「我為的不但不是復仇，還恰恰相反。」葛雷森低聲說。

溫蒂聳聳肩膀。

「我聽不懂。」

「我仔細盤算過了，這麼做才務實。我們不能冒險，一定得確保丹．默瑟不會再害人。」

「所以就要殺了他？」

「難道你有別的辦法？這無關嗜血，或是暴力。我們都是人，可是如果這個人的基因有問題，或人生過於悲慘，搞到非得去傷害小孩不可……那最符合人性的作法就是除掉他。」

「你當自己是法官？」

艾德．葛雷森好像覺得這話挺有趣。「你認為霍華德法官判得對？」

「不。」

「那還有誰比我們這些了解狀況的人更有資格下判決？」

她想了一想。「昨天，從法庭出來以後，你為什麼說我說謊？」

「因為你確實說了謊，你根本就不擔心默瑟自殺，跑進他家只是怕他湮滅證據。」

沉默。

艾德．葛雷森起身走到洗碗槽旁邊。「我可以喝點水嗎？」

「請自便，杯子在左手邊。」

他從碗櫥裡拿了杯子，打開水龍頭。「我有個朋友，」葛雷森看著水注入玻璃杯。「他是好人，當律師，事業成功。幾年前，他跟我說他支持伊拉克戰爭，講了一堆伊拉克人應該要得到自由的大道理，我問他：『你有個兒子對不對？』他說，對，他兒子正要上維克森林大學。我說：『講老實話，你願不願意讓你兒子為這場戰爭犧牲生命？』我要他真的說心裡話，假設上帝現身跟他說：『好，我跟你談條件。不管美國對不對，我都讓它打贏伊拉克，可是你要付出代價，你兒子要頭部中彈而死。其他人都沒事，只死他一個，別人通通可以平安回家，但你兒子得死。』我問我朋友：『這交易你做不做？』」

艾德轉過身來，喝下一大口水。

「他怎麼說？」她問。

「溫蒂，你會怎麼說？」

「我又不是你那個贊成打仗的朋友。」

「眞會推托。」葛雷森笑了。「事實上，如果眞要說實話，我們誰也不會做那種交易，不是嗎？誰都不願意犧牲自己的孩子。」

「每天都有人送孩子上戰場。」

「對，沒錯，有人願意送孩子上戰場，但沒人會送孩子去死，雖然有點自我欺騙，但這兩者並不相同。你願意擲骰子賭一把，是因爲你並不相信死的會是你兒子。這跟直接選擇讓他去死是兩回事。」

他看著她。

「你在等我鼓掌？」她問。

「你不同意？」

「你那假設性的問題貶低了犧牲的價值，而且沒有道理。」

「嗯，好，也許那麼說不公平，我同意。可是就眼前這事來看，溫蒂，有一點是眞的，丹不會再傷害我的孩子了，而你兒子對他來說年紀太大。但是，你會因爲你的孩子不會有事，就任丹爲所欲爲嗎？難道受害的不是你我的孩子，我們就可以不管？」

她沒說話。

艾德．葛雷森站起來。「溫蒂，這事無法用禱告解決。」

「葛雷森先生，我不贊成濫用私刑。」

「這不是濫用私刑。」

「聽起來就是。」

「你想像一下。」葛雷森瞪著她，逼她也看他，專心聽他說話。「如果你能回到過去，在事發之前找到亞麗安娜．納斯布羅……」

「住口。」她說。

「如果你能回到她第一次酒醉駕車的時間點，或者第二次，甚至是第三次……」

「你他媽的立刻給我閉嘴。」

艾德・葛雷森點點頭，他一針見血，應該滿意了。「我想我該走了。」他走出廚房，走向大門。「考慮一下，好嗎？我只求你考慮一下，溫蒂，我想你很清楚，你跟我是同一國的。」

□

亞麗安娜・納斯布羅。

葛雷森走後，溫蒂一直努力逼自己忘掉廢紙簍裡的那封信。

她打開iPod，閉上眼睛，想靠音樂平靜下來。她在播放列表中選了之前挑好的鎮定音樂，有茁壯象牙樂團（Thriving Ivory）的〈月亮上的天使〉、威廉・費茲西蒙斯（William Fitzsimmons）的〈請原諒我〉和大衛・伯克利（David Berkeley）的〈高跟鞋與一切〉，通通沒用，全是些關於原諒的歌。她決定換個方法，換上運動服，放起小時候聽的那些快歌，從驚懼之淚（Tears for Fears）的〈吶喊〉、堅持樂團（The Hold Steady）的〈第一夜〉，聽到痞子阿姆（Eminem）的〈忘我〉。

沒用沒用。艾德・葛雷森的話糾纏不休……

「如果你能回到過去，在事發之前找到亞麗安娜・納斯布羅……」

她會，不用問。如果能，溫蒂一定會回到過去，砍掉那賤人的頭，然後繞著還沒死透的屍體跳舞。

可惜只能想，辦不到。

溫蒂打開電子信箱。丹・默瑟沒食言，真的寄來了兩點鐘要見面的地址：位在紐澤西的維克頓，一個聽都沒聽過的地方。她google了一下，大概要開一小時的車。很好，她還有將近四小時。

她把澡洗好，衣服換好。信，那封該死的信。她衝到樓下把垃圾翻了個透，找到那個平凡無奇的白信封。她仔細看信封上的字，好像從那字跡就能看出什麼來似的。廚房的菜刀正適合拿來拆這封信。溫蒂從信封裡抽出兩張橫條紙，很像是她小時候用的那種筆記簿。

溫蒂站在洗碗槽邊就看起亞麗安娜．納斯布羅的信，看那些該死的、可怕的字句。信的內容毫無新意，通篇都是自私的廢話，從前到現在都沒變過，全是陳腔濫調、矯揉造作的爛藉口，但是那一字一句卻像刀割在溫蒂身上。亞麗安娜．納斯布羅鬼扯什麼「自我定位的根源」、「賠罪」、「找尋意義」還有「跌落谷底」。可悲。她居然無恥到說得出「我學會了去原諒這輩子受到的虐待」和「原諒真是件奇妙的事」這種話，還說她想「和他人分享這種奇妙，例如你和查理」。

看見這女人寫到她兒子，比什麼都令人火大。

這封信諷刺至極，信末寫著：「我的酒癮會永遠在。」又來了，老是「我」。「我會」、「我是」、「我要」，信裡全是「我」。「我」、「我」、「我」。

「現在我知道我是個不完美的人，但我值得原諒。」

溫蒂看了就想吐。

而信中最後一句是：

「這是我寄給你的第三封信，請給我回應，好讓療癒得以展開。願上帝保佑你。」

噢，溫蒂心想，我會回應的，立刻就回，你給我等著吧。

她抓起鑰匙衝上車，將寄件人住址輸入衛星導航裝置，出發前往亞麗安娜目前棲身的中途之家。

那間中途之家位於新布朗史威克，正常速度要開一個小時，但溫蒂油門踩得那麼深，四十五分鐘就到了。她一停好車就衝進大門，向櫃檯自報姓名，要見亞麗安娜．納斯布羅。櫃檯後的女人請她先坐一下，溫蒂說她想站著，謝謝。

過了一會兒，亞麗安娜．納斯布羅出現了。溫蒂最後一次見她是七年前車禍命案審判的時候，當時亞麗安娜一副驚恐的慘相，駝著背，鼠色的頭髮亂七八糟，眼睛還眨個不停，好像怕隨時有人會揍她。現在這個人，這個出獄後的亞麗安娜．納斯布羅不一樣了。頭髮短了、白了，身子站得直挺挺的。她雙眼直視溫蒂，伸出手說：「溫蒂，謝謝你到這裡來。」

溫蒂當然不會握她的手。「我來這裡並不是爲你。」

亞麗安娜擠出笑容。「一起去散個步好嗎？」

「不好，亞麗安娜，我不想散步。信裡……你頭兩封信我都沒回，但我想你大概不懂暗示，這次的信裡你問我怎樣才能彌補。」

「是。」

「所以我親自來告訴你：別再寄那種自我陶醉的戒酒信給我。我不在乎，也不想原諒你，讓你能痊癒或復原或什麼鬼的。我對你能不能好起來一點也沒有興趣。這不是你第一次戒酒，對不對？」

「對，」亞麗安娜．納斯布羅抬頭挺胸說，「這不是第一次。」

「你害死我丈夫之前，就戒過兩次了，對不對？」

「對。」她的語氣也太過冷靜。

「當時有沒有做到第八步驟？」

「有。可是這次和之前不一樣，因爲……」

溫蒂抬手不讓她再說下去。「我不在乎，這次和之前一不一樣對我來說沒差，我不在乎你、不在乎你會不會痊癒、不在乎你的狗屁第八步驟，倘若你要是眞想彌補，我建議你走出去，在路邊等，一有巴士過來就衝出去讓它撞。我知道這聽起來很刺耳，但如果你上一回進入第八步驟的時候就這樣做，如果你上一個受害者收到你這種『我』、『我』、『我』的爛信時，就給你這種建議，而不是原諒你。那麼也許，只是也許，你會乖乖聽話去死，而我的約翰就能活到現在，我就有先生，查理就有爸爸，我在乎的是這個。我不在乎你，不在乎你保持清醒六個月後在匿名戒酒協會開的派對，更不在乎你的什麼邁向清醒的心靈之旅。所以你要是眞的想彌補，亞麗安娜，這回就別再把自己放在第一位。這次你眞的戒掉了嗎？眞的完全痊癒，百分百確定再也不會喝酒？」

「酒癮是治不好的。」

「好吧，匿名戒酒協會的屁話還眞多。我們實在不知道明天會怎樣，對不對？所以你如果眞想彌補，就別再寫信，別再參加聚會談你自己，別再戒一天算一天。這些都沒用。你想確保自己不再害死別人的父親，就只有一個辦法：等巴士來，然後衝到車子前面。辦不到的話，就別再來煩我和我兒子。我們永遠不會原諒你。永，遠，不，會。你居然會認爲我們應該原諒，好讓你痊癒，眞是自私荒謬到了極點。」

話說完了，溫蒂轉身離開，上車，發動引擎。

亞麗安娜．納斯布羅搞定了，接下來輪到丹．默瑟。

6

瑪莎・麥奎德和泰德並肩坐在沙發上。坐在對面的法蘭克・崔蒙是艾塞克斯郡的調查員，他來爲海蕾失蹤的案件作每週例行的簡報。

法蘭克・崔蒙穿著像花栗鼠毛色的棕西裝，領帶好像搓成球放了四個月才剛打開。他年過六十，快退休了，整個人看起來有種歷盡滄桑的厭世感，同一份工作做太久的人臉上常有這種表情。瑪莎剛開始四處打聽的時候曾聽人說，法蘭克的巔峰時期已過，退休前這幾個月恐怕會用混的。

可是瑪莎不這麼覺得，至少崔蒙還在這裡，還會來她家訪視，還會保持聯絡。之前有別人跟他一起，比如說聯邦探員、失蹤專家，以及各種各樣的執法人員。但這九十四天下來，人數逐漸減少，最後就只剩下眼前這個穿得邋裡邋遢的老警察。

剛開始那段時間，一有人來，瑪莎就忙著拿餅乾、咖啡招呼客人，現在都不用客套了。她心裡有數，法蘭克・崔蒙和他們對坐，看著郊區漂亮房子裡的這對傷心夫妻，正盤算著要怎麼啓齒，說他們的女兒依然杳無蹤影，沒有任何消息。

「很遺憾。」法蘭克・崔蒙說。

她猜得多準呀。

瑪莎看著泰德向後靠到椅背上，斜抬起臉，眨眨眼想把淚逼回去。她知道泰德是好人，很好的人，很好的丈夫和父親，也很會養家，可是並不堅強。這點她現在已經明白了。

瑪莎望著崔蒙說：「那麼接下來怎麼辦？」

「我們會繼續找。」他說。

瑪莎問：「怎麼找？我是說，還能怎麼找？」

崔蒙張開嘴，說不出話，閉上，又再開口說：「瑪莎，我不知道。」

泰德．麥奎德終於任眼淚落下。「我不懂。」這話他已經說過不知多少遍。「你們怎麼會一點線索都沒有？」

崔蒙靜靜讓他說。

「現在科技那麼發達，還有網路……」

泰德說不下去了，搖搖頭，他不懂。但瑪莎懂，事情沒那麼簡單。海蕾失蹤之前，他們是個典型的天眞美國家庭，對執法單位的認知與信心都來自電視。電視裡的案子通通都破得了，那些衣著整齊合宜的演員總會找到頭髮、腳印或皮屑之類的東西，拿到顯微鏡下面，然後「嗶」的一下，答案就在節目結束前出現。但是，現實並非如此，瑪莎現在明白了，那些戲劇不是眞的，新聞裡面的才是事實。比如說，科羅拉多警察到現在還沒找出殺害小選美皇后瓊班妮特．拉姆西[1]的凶手。瑪莎也記得十四歲漂亮小女孩伊莉莎白．斯馬特[2]的新聞，她在深夜裡被人從自家臥室擄走，媒體拚命報導，全世界都盯著警察、聯邦調查局和那些所謂犯案現場專家在伊莉莎白位於鹽城湖的家中搜尋線索，可是整整九個多月，居然沒人想到要查那個有上帝情結的瘋癲流浪漢。他在她家打過工，而且案發當晚伊莉莎白的妹妹還看見了他。如果同樣的狀況在電視影集「CSI犯罪現場」或「法律與秩序」（Law & Order）中出現，觀眾一定會摔遙控器，罵劇本不寫實。可是不管裹多少糖衣，說得多麼好聽，在眞實世界裡，這種事就是一再發生。

瑪莎現在懂了，在眞實世界裡，就連犯下重罪的白癡也能脫身。

「有沒有新的事情要告訴我，無論什麼小事都行。」崔蒙很努力。

泰德說：「我們知道的全都告訴你了。」

崔蒙點點頭，他今天姿態特別低。「有些像這樣失蹤的青少年最後會自己回來，有些小女生只是壓力太大，或偷偷交了個男朋友，所以暫時離家。」

之前他也提過這種論調，其實不光法蘭克．崔蒙，泰德和瑪莎也都很希望海蕾只是蹺家。

崔蒙又說：「之前康乃狄克有個十幾歲的女孩子，交了個不該交的男朋友，離家出走三週後才回家。」

泰德點點頭，又望向瑪莎尋求支持。瑪莎想勉爲其難給點好臉色，卻辦不到。泰德碰了一鼻子灰，起身走開。

好怪啊，瑪莎心想，怎麼只有她一個人看得清事實？當然啦，沒有一個做父母的願意相信自己看不出孩子心情爛到需要蹺家三個月，所以警方用放大鏡檢視這孩子生活中所有的不愉快。是的，海蕾沒能進得了她最想進的維吉尼亞大學；是的，她在班上作文比賽輸了；是的，她沒進得了文史藝術資優生計畫；是的，她最近剛跟男朋友分手。可是那又怎樣？十幾歲的孩子哪一個沒這些事？

瑪莎知道事實是什麼，事發當天就知道了。澤克校長說得沒錯，她女兒一定出了事，而且是嚴重的事。

崔蒙坐在那裡手足無措。

「法蘭克？」瑪莎說。

他抬起頭。

「我想給你看樣東西。」

瑪莎拿出從女兒置物櫃找到的那張米奇照片，遞給他。崔蒙接過來，看了好一會兒。他拿著照片，屋裡好安靜，連他呼吸的聲音她都聽得見。

「這照片是在海蕾失蹤前三週拍的。」

崔蒙仔細研究那張照片，好像能從裡頭找到線索似的。「你們全家去迪士尼世界玩，這件事我記得。」

---

1 JonBenet Ramsey，一九九六年，六歲的她遭人殺害棄屍在自家地下室，此案至今仍未破案。

2 Elizabeth Smart，二〇〇二年，她遭到四處流浪的宗教狂熱份子綁架，被監禁九個月後，因路人認出她來而獲救。

「法蘭克，你看她的臉。」

他聽話照做，目光停在海蕾臉上。

「你說，這孩子，有這種笑容的孩子，會一聲不吭就離家出走嗎？你眞的認爲這孩子會一個人跑掉，而且精明到完全沒用她的iPhone、提款卡和信用卡？」

「不，」法蘭克．崔蒙說，「我不這麼認爲。」

「法蘭克，請繼續找下去。」

「我會的，瑪莎，我保證。」

□

說到紐澤西的高速公路，大家通常想到的都是花園之州公路兩旁破爛的倉庫、亂糟糟的墓地和破舊的雙拼式房屋，或是收費高速公路旁的煙囪、工廠和《魔鬼終結者》中恐怖未來場景似的巨型工業區。少有人會想到薩塞克斯郡的十五號公路，以及路旁的農地、古老的湖畔社區、年代久遠的穀倉、四健會的露天市集，還有小聯盟的棒球場。

溫蒂照著丹．默瑟的指示，走十五號公路，接二〇六號公路，右轉一條石子路，經過一間倉儲公司，抵達了維克頓的拖車屋停駐場。這個停駐場很小，很安靜，有點像鬼片中會有生鏽鞦韆在風中搖晃的那種場景。裡面作格狀分區，D排七號在很裡面，靠近圍欄。

她下了車，發現這裡靜得出奇，一點聲音也沒有。整個停駐場看起來就像個末日小鎮——炸彈落下，鎮上所有居民瞬間蒸發，消失無蹤。她看見曬衣繩，但上頭沒衣服，地上有壞掉的摺疊椅、烤肉架和海灘玩具，感覺上好像有人玩到一半就扔下東西走了。

溫蒂檢查一下手機訊號，零格。眞讚。她爬上兩塊煤渣磚做成的階梯，在拖車門前站定。忽然開始懷疑自己到底該不該來，她是有孩子的人，不是超級英雄，也許不該做這些傻事，應該趕快掉頭回家。可是門突然開了，丹．默瑟站在門內。

她看見他的臉，不由得倒退一步。

「你怎麼了？」

「先進來吧。」丹．默瑟講話有點口齒不清，因爲下巴腫了，鼻子扁了，滿臉瘀青，更糟的是胳臂和臉上一堆圓圓的灼痕，有一個深得像要戳穿他的臉。

她指著那些灼痕說：「這是香菸燙出來的？」

他勉強聳了聳肩。「我說我的拖車是非吸菸區，他們就火了。」

「誰？」

「這是個笑話，我說非吸菸區是個笑話。」

「我知道，但這樣對你的人是誰？」

丹．默瑟搖搖頭。「進來吧。」

「在外頭挺好。」

「噢，溫蒂，你怕跟我在一起不安全？你不是才說過你不是我的菜？」

「還是不妥。」她說。

「我現在眞的不想出去。」他說。

「噢，可是我堅持。」

「那麼再見了。抱歉害你白跑一趟。」

丹關上了門。溫蒂希望他在唬人，撐不了多久就會開門，可惜沒用。算了，他現在這個樣子看起來也害不了人，她打開門走進去，丹靠邊站著。

她說：「你的頭髮。」

「怎麼樣？」

丹原本有一頭漂亮的棕髮，現在變成了古怪的黃色，要金不金的。

「你自己染的？」

「不，我在城裡找我最喜歡的染髮師迪安娜染的。」

她差點笑出來。「還眞不惹人注目。」

「我知道，看起來活像是從八〇年代華麗搖滾的音樂錄影帶裡走出來的。」

丹走到最遠的角落，彷彿不想讓她看見他滿身瘀傷。溫蒂鬆手讓門自動關上，車裡很暗，她腳下踩的是破舊的亞麻油氈，但遠處角落鋪了一塊連「妙家庭」[3]都會嫌太花稍的橘色長毛地毯。

丹站在角落裡，駝著背，看起來好慘。她眞不敢相信自己曾經那麼想訪問他，想報導他的「善行」。當然，那時候她並不知道一年後會在抓戀童癖的時候抓到他，現在想起來眞氣自己。當時丹．默瑟像這世上的稀有動物，不但用實際的行動去做好事，而且不想藉此求名得利。

她不想承認，但那時她眞爲他傾心。丹長得挺英俊，有自然捲的棕髮、深藍色的眼睛，望著你的時候，你會覺得世界上只有你一個人。他有種專注迷人的特質，又懂得取笑自己，她想像得到那些可憐的孩子有多喜歡他。

可是她又是怎麼回事，她這個多疑的記者怎麼會沒看穿他的假面具？

她連對自己都不敢承認，曾希望他會開口約她出去。兩人剛認識的時候，他一看她，她就有天雷勾動地火的感覺，她覺得他應該也有一點點感覺。

但現在想起來，只讓人毛骨悚然。

現在站在角落的丹仍想用那種專注的眼神看她，但沒用了。那清澈的眼神再也無法迷惑她，只讓她覺得可鄙又可憐。但是不知怎的，即使已經知道他做了那麼多壞事，溫蒂的直覺還是一直對她說，他不是個大壞蛋。

唉，太扯了，她居然會栽在騙子手裡。他故作謙虛，只是爲了掩飾眞實的自己。管他本能、女人的直覺還是什麼的，總之溫蒂每次順著感覺走都沒好事。

「溫蒂，我沒做那種事。」

又是「我」，今天她眞是受夠了。

「是喔，這你在電話裡就說過了，可以解釋一下嗎？」

他顯得有點迷惘，不知道接下來該怎麼講。「我被捕以後，你一直在調查我，對不對？」

「所以呢？」

「你找輔導中心的孩子談過了吧？找過幾個？」

「有什麼差別？」

「幾個？」

他打的算盤她心裡有數。她說：「四十七個。」

「有幾個小孩說我騷擾過他們？」

「零個。小孩哪會公開承認？匿名的檢舉倒有一些。」

「匿名檢舉？」丹重複這幾個字。「你說的是那些匿名的部落格？誰都有可能寫那些東西，連你也能寫。」

「也可能是個害怕的小孩。」

「你根本不信那些部落格，要不然怎麼沒播？」

「那也不能證明你無辜。」

「有意思。」

「什麼？」

---

3 Brady Bunch，美國一九六〇年代的知名影集，描寫一對再婚的夫妻各自帶著三個兒女，組成八人大家庭的情境喜劇。

「我還以爲應該先推定人是無辜的，然後找到證據才能定罪，想不到竟然是相反。」

她好想賞他個白眼，但極力忍住，不能隨他起舞，要扭轉局勢才行。「你知道我調查你的時候還發現了什麼？」

丹．默瑟好像往角落又縮了縮。「什麼？」

「什麼都沒有。沒朋友、沒家人，你的人際關係就只有前妻珍娜．惠勒和那個輔導中心，你簡直像個遊魂。」

「我很小的時候父母就過世了。」

「我知道，你在奧瑞岡州的孤兒院長大。」

「所以？」

「所以你的履歷表上有一大堆洞。」

「我是被陷害的，溫蒂。」

「是喔，那怎麼會剛好在那個時間跑去那裡？」

「我以爲某個孩子有了麻煩。」

「噢，你眞是個大英雄，就這樣走進去？」

「我聽到柴娜叫我。」

「她叫黛博拉，不叫柴娜，是電視台的實習生。她的聲音居然和你那個神祕女孩一模一樣，也太巧了吧？」

「距離很遠，我聽不清楚。你安排她假裝剛洗完澡，不是嗎？」

「原來如此，你以爲她是輔導中心某個叫柴娜的小孩？」

「對。」

「我當然去找過這個柴娜，丹。爲求嚴謹，我找過你的神祕女孩，還讓你口述，請人畫過素描。」

「這我知道。」

「那你應該也知道，我拿過那張素描給附近居民看，也給輔導中心的人通通看過，沒人認得，甚至沒人見過她。」

「我跟你說過了，她是私下來找我的，這是祕密。」

「噢，這麼簡單。是不是還有人偷用你的電腦上網聊天？」

他不說話了。

「還有，幫個忙，丹，那些照片也是別人下載的，對吧？噢，還有人……照你律師的說法，說不定就是我，把那些噁心的小孩照片放進你車庫。」

丹．默瑟閉上眼睛，認輸了。

「你知道你該怎樣嗎，丹？法律既然放過了你，不用坐牢，你就該去治療。」

丹搖搖頭，勉強擠出一絲笑容。

「怎麼？」

他抬頭對她說：「溫蒂，你追戀童癖追了兩年，還不明白嗎？」

「明白什麼？」

他的聲音從角落傳來，低得像耳語。「戀童癖是治不好的。」

溫蒂背脊一涼。就在這個時候，拖車門忽然打開。

她連忙跳開，才沒被門打到。有個戴滑雪面罩的男人走了進來，右手拿著槍。

丹舉起手，向後退。「不要……」

戴滑雪面罩的人舉槍對準他，溫蒂踉蹌閃避，然後，就這樣，那人開槍了。

他沒發出警告，沒叫丹別動或舉手，都沒有，就這麼開槍了。

丹轉身臉朝下倒在地上。

溫蒂尖叫一聲，躲到沙發後頭，趴到地上。她從沙發底下看見丹躺在地板上不動，腦袋附近有一灘血，滲進了地毯裡。開槍的人走過來，動作不急不徐就像在公園散步似的。他走到丹身邊，把槍對準丹的頭。

就在這個時候，溫蒂注意到他的手表。

天美時，金屬伸縮表帶，跟她爸戴的那支一模一樣。接下來幾秒鐘，一切突然變慢了。身高吻合，體型也吻合，再加上那隻表，溫蒂明白了。

這人是艾德·葛雷森。

他朝丹的頭補兩槍，衝擊力讓丹的身體彈了兩下。她驚慌失措，拚命叫自己冷靜，一定要保持清醒。

選項有兩個。

選項一，好好講，說服葛雷森相信她站他這邊。

選項二，快快逃，衝出門，跑上車，離開這裡。

兩個選項各有各的問題。先看選項一好了，葛雷森會信嗎？幾小時前她才剛拒絕過他，甚至對他說謊，然後偷偷跑來這裡跟丹·默瑟碰面。現在他當著她的面開槍殺死了丹……

選項一恐怕行不通，那就只剩……

門還開著，她向門衝去。

「別跑！」

她壓低身體，跌跌撞撞出了門。

「等一下！」

想得美。她一路踉蹌跑到了陽光下，心裡不斷對自己說，繼續跑，不能慢。

「救命啊！」她高喊。

沒人回應。這裡沒什麼人。

艾德・葛雷森大步追出來，槍仍在手上。溫蒂繼續跑，另一輛拖車停得太遠了。

「救命！」

槍聲。

唯一能躲的地方就是她自己的車後面，溫蒂努力朝那邊跑。槍聲又起。終於到了，她躲到車後，靠車掩護。

要冒個險嗎？

哪還有別的選擇？難道要留在這裡等他繞過來？

她伸手從口袋裡摸出車鑰匙，打開車門。幸虧查理一拿到駕照，就堅持要買這種冬天早上可以從廚房遙控暖車的新型遙控器。原本她還悲哀地想，兒子嬌弱到連幾分鐘的冷都受不了。想不到寵他居然寵對了，好想親親他。

車子發動了。

溫蒂打開駕駛座的車門，低著頭鑽進去，朝窗外望一眼，看見那把槍正對著車，趕緊放低身子。

又有幾聲槍響。

她等著子彈打破玻璃，沒等到。好，管不了那麼多了，她側躺著身子排檔，車子開始移動。她用左手壓油門踏板，盲目駕駛，只能希望別撞到東西。

十秒鐘過去。開多遠了？

夠遠了吧，她想。

溫蒂坐起身來。後照鏡裡，戴著面罩的葛雷森朝她跑來，舉起了槍。

她用力踩下油門，加速前進，直到後照鏡中再也沒人爲止。她抓起手機，還是沒半格訊號。管他的，先撥九一一，打打看再說。通話失敗。又開了快兩公里路，還是沒訊號。開回二〇六號公路再試，還是不行。

再開五公里路後，電話總算通了。

「請問是那一類的緊急事故？」電話那頭的聲音問道。

「我要通報一起槍擊案。」

7

溫蒂掉轉車頭回到現場，薩塞克斯郡的三輛警車已經停在拖車車廂旁邊了，有位警官正在拉封鎖線。

「您就是報案的那位小姐？」警官問她。

「是的。」

「您沒事吧？」

「我沒事。」

「需不需要醫藥協助？」

「不用，我沒事。」

「您在電話裡說，凶手有槍？」

「是的。」

「他一個人來的？」

「對。」

「請跟我來。」

他帶她走到警車旁，打開後座車門。她遲疑了一下。

「這只是爲您的安全著想，小姐，不是逮捕。」

她坐進後座。警官關上門，自己到駕駛座去坐好，沒發動引擎，只不斷問她一堆問題。每隔一陣子，就舉手讓她住口，還拿起無線電對講機，把她說的事情重述一次。溫蒂心想，他大概是在跟另一位警官通話吧。她把一切經過鉅細靡遺地講給他聽，還說她懷疑凶手就是艾德・葛雷森。

半個多小時後，另一位警官走了過來。這人身材魁梧，是個超過一百三十公斤的非裔美國人，他身上的夏威夷襯衫沒紮進褲子裡，尺碼大到應該能讓一般人做兩件連身寬裙。他打開後座車門。

「泰恩斯小姐，我是薩塞克斯郡警察局的米奇．沃克警長，請您下車好嗎？」

「抓到他沒有？」

沃克沒回答，逕自向前走。溫蒂快步跟上，看見另一名警官正在訊問一個穿汗衫和四角內褲的男人。

「沃克警長？」

「您說您認爲那個戴滑雪面罩的人叫作艾德．葛雷森？」他說話歸說話，腳步並沒放慢。

「是的。」

「他在您之後到？」

「對。」

「知道他開的是哪種車嗎？」

她想了一想。「我沒看見。」

沃克點點頭，好像早就知道會聽到這個答案。拖車車廂到了，沃克推開門，低頭彎腰擠進去，溫蒂也跟了進去。裡面有兩名穿著制服的警察。溫蒂望向丹倒下的地方。

不見了。

她問沃克：「屍體已經移走了？」不，她明知道答案是否定的，剛剛她就坐在旁邊的車裡，如果有救護車、搜證車或運屍車之類的東西來過，她不可能不知道。

他回答：「沒有屍體。」

「我不明白……」

「我們趕到的時候，拖車裡就是現在這個樣子。不管是艾德．葛雷森，還是哪個傢伙，都不在這裡。」

溫蒂指著最遠的角落說：「當時丹．默瑟就躺在那裡，眞的，我沒亂說。」

她瞪著原本該有屍體的地方，心想，噢，不會吧。怎麼會跟那種你看過一百萬次的電影一樣——屍體消失無蹤，女演員苦苦哀求「**你們一定要相信我**」，但卻沒半個人信她。溫蒂的眼光回到大個兒警察身上，想看他作何反應。想不到沃克並不懷疑。

他說：「我知道你沒亂說。」

她本來準備要繼續爭辯，現在既然不用爭辯，就聽他怎麼說吧。

沃克說：「深吸一口氣，聞到什麼？」

她深吸一口氣。「火藥味？」

「沒錯，我想是剛開的槍。另外，那邊牆上有個彈孔，子彈穿牆而過，打進了外頭的煤渣磚。我們找到子彈了，看起來像點三八手槍，但要晚點才能確定更進一步的資訊。現在，我要你看看四周，告訴我，有沒有什麼是和你跑出去之前不一樣的。」他停頓一下，又尷尬地說：「除了屍體消失以外。」

溫蒂立刻發現一點。「地毯不見了。」

沃克又露出一副早已料到的樣子。「哪種地毯？」

「橘色長毛地毯，丹中槍後倒在上面。」

「那塊地毯就鋪在角落？在你剛說的那個地方？」

「對。」

「給你看個東西。」

沃克在這小小的拖車車廂裡占據了好大的空間。他們走到另一頭，沃克用健壯的手指頭指指牆，溫蒂看見了那個乾淨俐落的小彈孔。沃克氣喘吁吁地在丹倒下之處蹲下。

「看見沒？」

地板上有幾絡粗粗的橘色纖維，看起來就好像奇多起司條。太好了，這證明她說的是眞話，可是沃克指的不是這個，她順著沃克的手指望去。

血。

量並不多，丹中槍的時候流的血當然不只這些，可是用來當證據足夠了。有些橘色纖維上還沾著黏答答的血。

溫蒂說：「血大概滲到了地毯下面。」

沃克點點頭。「外頭那個證人看見有人把一捲地毯放進車後面，是輛黑色的謳歌MDX，紐澤西車牌。我們打電話去車輛管理局查過紐澤西費爾隆鎮的葛雷森，他確實有輛謳歌MDX。」

□

節目一開始，先進片頭曲。那音樂很誇張，叭—噠—咚姆……

身穿黑袍的哈絲特．昆斯汀打開門，獅子似的昂首闊步走上法官席。這時鼓聲轉急，一個低沉有力的旁白男聲說：「哈絲特．昆絲汀法官到場，全體肅立。」聽起來像極了幾年前過世的那位電影預告配音員。

節目名稱打出來：**昆斯汀開庭**。

哈絲特就位。「我已作出裁決。」

女聲齊唱：「**裁決的時間到了！**」這組人也唱過另一個廣播電台台呼：「一〇二點七……紐約！」

哈絲特眞想嘆氣。這是她的新節目，才剛開播三個月。之前的節目在有線電視台，叫作「昆斯汀斷案」，號稱探討眞實案件，但其實聊的不過是些名人醜聞、政客緋聞和白人青少年失蹤案。

她的「法警」名叫瓦寇，是個退休的單人脫口秀諧星。是的，沒錯。這是個電視場景，看起來像法庭，但不是法庭。哈絲特雖然不是眞正的法官，對於節目中的法律糾紛卻眞有仲裁權，雙方當事人都簽了合約，同意由哈絲特裁決，製作單位付帳。原告和被告都能領到百元日薪，雙贏。

眞人實境節目的名聲很爛，也爛得有理，可是在節目中你可以清楚看出：這是個男人的世界，尤其在求偶節目和法庭節目裡更是明顯。就拿被告雷吉納德．佩皮來說好了。真是夠了。這傢伙喜歡人家喊他「大雷吉」，他向原告（也就是他當時的女友麥莉．巴多尼斯）拿了兩千塊錢，宣稱是女方送他的禮物。「小妞都喜歡送我禮物，我也沒辦法。」大雷吉五十歲了，體重大約一百一十公斤，挺著肚子，穿著網眼衫，正好讓捲捲的胸毛有足夠的空間鑽出來。他沒穿胸罩，但應該要穿；頭髮用髮膠抓得尖尖的，看起來活像最近那部動畫片裡的壞人；脖子上還掛了好幾條金項鍊。算他倒楣，哈絲特的節目以高畫質錄製，將大雷吉的寬臉拍得一清二楚。他臉上坑洞之多、之深，讓人想在上面找尋月球探測車的蹤跡。

原告麥莉．巴多尼斯小他至少二十歲，雖沒美到星探一見她就想立刻打電話給精英模特兒經紀公司的地步，但人也算長得不差。她只是太急著要找個男人，飢不擇食，才會問都不問就把錢交給大雷吉。

大雷吉離過兩次婚，和第三任妻子分居中，今天有兩個女人陪他「出庭」，兩個女人都穿露肚臍的平口緊身小可愛，而且體型都不適合這麼穿——衣服緊到把肉往下推，身體擠成了葫蘆狀。

哈絲特指著右邊那個葫蘆說：「你。」

「我？」

「我」就只有一個字，她竟還能在講到一半的時候「啵」一聲把口香糖吹爆。

「對，到前面來。你來幹嘛的？」

「蛤？」

「你幹嘛陪佩皮先生來這裡？」

「蛤？」

可笑的法警瓦寇唱起：「要是我有腦子……」那是電影《綠野仙蹤》裡稻草人的歌。哈絲特瞪他一眼。「謝謝你，瓦寇。」

瓦寇閉上嘴。

右手邊那個葫蘆也走上前去。「庭上，我們是大雷吉的朋友，所以陪他來出庭。」

哈絲特看大雷吉一眼。「朋友？」

大雷吉挑起一邊眉毛，彷彿想說：是啦，是朋友，最好是。

哈絲特傾身向前。「我要給兩位小姐一些忠告。這個人如果能認真受教，努力讓自己變好一點，也許可以晉級成窩囊廢，至少窩囊廢不害人。」

大雷吉說：「嘿，法官！」

「安靜，佩皮先生。」她眼睛仍然看著那兩個女的。「我不知道你們之間怎麼回事，但我知道這不是報復老爸的好方法。你們兩個知不知道什麼是『賤貨』？」

兩個女孩都一臉困惑。

哈絲特說：「不知道嗎？聽好了，你們就是賤貨。」

麥莉．巴多尼斯大喊：「法官，說得好！」

哈絲特眼光向聲音來處掃去。「巴多尼斯小姐，人在玻璃屋裡，還朝別人扔石頭，這樣子聰明嗎？」

「不聰明。」

「那就閉上嘴巴靜靜聽。」哈絲特回頭繼續對那兩個女的說：「你們知不知道『賤貨』的定義？」

「跟『蕩婦』差不多。」左手邊那個葫蘆說。

「對，但不一樣。『蕩婦』只不過是性關係比較亂，而『賤貨』在我看來比『蕩婦』要糟得多。『賤貨』就是會去碰雷吉納德．佩皮這種男人的女人。簡而言之，巴多尼斯小姐正在脫離『賤貨』的行列，你們也有同樣的機會，我懇求二位好好把握。」

可惜她們不會。這種事哈絲特見多了。她轉向被告。

「佩皮先生？」

「是，法官。」

「我本來想拿我祖父常說的一句話來勸你：『你只有一個屁股，沒法騎兩匹馬……』」

「方法對了就可以唷，嘿嘿嘿。」

噢，天哪。

「我『本來』想拿這話來勸你，但是你已經沒救了。我『本來』還想說你是死水上的浮渣，但想想又覺得對浮渣太不公平。畢竟，它沒害人。而你，你枉稱爲人，卻只會在這輩子行經的路上留下破壞和排泄物。噢，還有賤貨。」

雷吉雙手一攤，笑著說：「嘿，這樣講太傷人了，我會難過的。」

是喔。算了，這是個男人的世界。她對原告說：「很不幸，巴多尼斯小姐，人爛不犯法。你給了他錢，又沒有證據能夠證明借貸關係，如果換成是醜男人拿錢給漂亮的傻妹，這案件連成立的機會都沒有。簡而言之，我的判決是，被告勝訴。還有，他很噁心。退庭。」

大雷吉高聲歡呼。「嘿，法官，如果你不忙的話……」

片頭曲響起，哈絲特沒管那麼多，因爲她手機也響了。她一看來電號碼，就急忙下台接電話。

「你在哪裡？」她問。

「剛到家，正要停車。」艾德．葛雷森說。「警察好像等著抓我。」

哈絲特問：「有沒有先去我叫你去的地方？」

「有。」

「好，很好，行使緘默權，說你要等律師，我馬上到。」

8

溫蒂沒想到會在家門口看見老爹的哈雷機車。她今天累壞了，先是去見殺夫凶手，後來又目睹一場凶殺案，接受了一連串的訊問。現在她連走起路來都有氣沒力，但看見老爹這輛滿是褪色轉印貼紙（美國國旗、美國步槍協會會員標誌、海外作戰退伍軍人協會標誌）的重型機車停在車道上，還是浮現了一絲笑容。

她打開大門。「老爹？」

他從廚房探出頭來，說：「冰箱裡沒啤酒。」

「這裡沒人喝啤酒。」

「是啦，可是很難說誰會突然來訪啊。」

她笑了。這就是她的……先夫的父親該怎麼稱呼？先公公？好像不對，總之他從前是她公公，但他們一家子連查理在內都喊他老爹。「這倒是眞的。」

老爹走過來，用力給她一個深深的擁抱。他身上散發出淡淡的皮革味、菸味和啤酒味。她公公……管他什麼「先」啊「前」的，像隻毛茸茸的大熊，一看就是打過越戰的樣子。老爹個頭高大，大約一百二十公斤，呼吸的時候聲音很大，翹翹的灰色八字鬍給菸草染黃了。

他說：「聽說你丟了工作。」

「怎麼聽說的？」

老爹聳聳肩膀。溫蒂想了想，只有一個可能：查理。

「你是爲這事來的？」

「沒啦，只是路過，想找個可以免費過夜的地方。我孫子呢？」

「去朋友家玩，差不多快回來了。」

老爹端詳她一會兒。「你看起來好像在第五層地獄。」

「你眞會說話。」

「想不想跟我聊聊？」

想。老爹調了兩杯雞尾酒，和她去沙發上坐下，溫蒂把槍擊事件講給他聽。說著說著，溫蒂發覺自己雖然不想承認，但還眞懷念有男人在身邊的日子。

「強暴小孩的人被殺了？」老爹說，「哇噢，我可是會難過好幾個星期呢。」

「那樣有點假喔，你不覺得嗎？」

老爹聳聳肩說：「沒辦法。對了，你最近有沒有交男朋友？」

「轉太硬了吧？」

「不要規避問題。」

「好啦，沒有。」

老爹搖搖頭。

「怎樣？」溫蒂問。

「人都需要性生活。」

「我會拿筆記下來。」

「我是說眞的，你的條件還很好啊，小妞。要出去找點樂子。」

「你們這些步槍協會的右翼分子不都反對婚前性行爲？」

「不會，不會，我們唱高調只是爲了要減少競爭者。」

她笑了。「這招厲害。」

老爹抬頭問她：「是不是還有別的事？」

溫蒂本來不想講的，可是不知怎的，話終究脫口而出。

「我收到幾封亞麗安娜．納斯布羅寄來的信。」溫蒂說。

沉默。

約翰是老爹的獨子。若說溫蒂失去丈夫已經是夠難過了，那麼老爹的喪子之痛，是她連想都不敢想的。那痛活生生寫在老爹臉上，未曾或減。

他問：「咱們親愛的、可愛的亞麗安娜想要怎樣？」

「她在進行戒酒的十二個步驟。」

「噢，其中一個步驟是你？」

溫蒂點點頭。「第八或第九吧，我忘掉是哪一個了。」

大門忽然打開，打斷了談話。他們聽見查理衝進來的聲響，他肯定是看見了車道上的哈雷機車。「老爹來了？」

「小朋友，我們在書房。」

查理跑進書房，笑逐顏開。「老爹！」

查理出生以前，溫蒂的父母就都過世了，約翰的母親蘿絲兩年前也死於癌症。除了母親之外，查理的至親就只剩爺爺。兩個男人（查理還是孩子，但已經比爺爺還高）抱在一起，雙眼緊閉。老爹每次抱人都這個樣子，有種不顧一切的感覺。溫蒂看著他們，又心痛起來，他們的生活中真的少個男人。

兩人放開彼此之後，溫蒂故作輕鬆地問：「今天在學校過得怎樣？」

「不怎麼樣。」

老爹摟住孫子的脖子。「你介不介意我跟查理去兜風？」

她想反對，但看見查理臉上寫滿期待，就說不出來。那個陰鬱的少年瞬間消失不見，變回了小孩。

「有多的安全帽嗎？」她問老爹。

「有，當然有。」老爹對著查理挑起一邊眉毛。「誰曉得什麼時候會遇上在意交通安全的辣妹。」

溫蒂說：「別太晚回來。噢，還有，等一下，別急著走，我們應該要先發個警報。」

「警報？」

「提醒大家把小姐、太太們看好，你們兩個要出動了。」

老爹和查理伸手握拳相擊。「喔耶！」

男人哪。

她送他們出門，抱了又抱，家裡有男人眞好，光是單純的擁抱和蘊含其中的溫暖就能撫慰人心。她目送他們跨上老爹的重機，呼嘯出發，轉身正要進家門的時候，忽然有一輛車在家門口停了下來。是輛陌生的車，溫蒂站住。駕駛座的門打開，走出一名女子，眼睛紅紅的，臉頰濕濕的，都是淚。溫蒂認出她是誰了，是珍娜・惠勒，丹・默瑟的前妻。

溫蒂在丹那集節目播出的當天早上去惠勒家找過她，坐在亮黃底、亮藍花的沙發上，聽珍娜爲前夫辯護。珍娜公開大聲地爲丹辯護，使她付出了慘痛的代價。珍娜家和溫蒂家距離不到三公里，她女兒和查理還就讀同一所學校。這附近的家長都因爲丹・默瑟的事而嚇壞了。丹・默瑟常待在惠勒家，還常在他們不在時幫忙照顧小孩。鄰居都很難理解，一個關心孩子的母親怎麼能做這種事，怎麼能讓那個禽獸進入社區，還在罪證確鑿的狀態下幫他辯護？

「你知道了？」溫蒂問。

珍娜點點頭。「我是他最近的親屬。」

兩個女人就這樣站在門口。

「珍娜，我不知道該說什麼。」

「你在現場？」

「對。」

「你設計害丹？」

「什麼？」

「你聽到了，請回答我。」

「不，珍娜，我沒設計害他。」

「那你為什麼會在？」

「丹打電話給我，說想見面談談。」

珍娜看來不信。「跟你談？」

「他說他有新證據，可以證明他是無辜的。」

「可是法官都已經把案子駁回啦。」

「我知道。」

「那為什麼還要……」珍娜頓了一下，又說，「什麼新證據？」

溫蒂聳聳肩，好像這樣能回答似地，也許這的確就是回答。太陽已經下山，晚上暖暖的，有微風吹拂。

「我還有些問題要問。」珍娜說。

「那不如進屋說話。」

溫蒂之所以邀珍娜進去，並不完全出於利他心態。目擊凶案的驚駭消退以後，她身上的記者本能又回來了。

「我倒杯茶給你好不好？還是想喝別的？」

珍娜搖手拒絕。「我還是不明白，到底怎麼回事？」

溫蒂一五一十說給她聽，從丹打電話來開始，一直講到她跟沃克警長回拖車車廂為止。艾德．葛雷森來家裡找她的事沒提，這她跟沃克說了，但不想對珍娜煽風點火。

珍娜眼淚汪汪聽她說完。「他就這樣開槍射丹？」

「對。」

「沒先說什麼？」

「沒，什麼都沒說。」

「他就這樣……」珍娜環顧周遭，彷彿在求援。「怎麼有人會對另一個人做出這種事情？」

溫蒂心中自有答案，但沒說出口。

「你看見他了，對不對？艾德・葛雷森？你能幫警方指認？」

「他戴了面罩，可是，對，我想那是艾德・葛雷森。」

「你想？」

「珍娜，他戴著面罩。」

「你沒看到臉？」

「沒看到臉。」

「那怎麼知道是他？」

「我認得他的表、他的身高、體型和姿態。」

珍娜皺起眉頭。「那在法庭上有用嗎？」

「我不知道。」

「警方拘留他了，你知道吧？」

溫蒂原本並不知道，但決定保持沉默。珍娜又哭了起來，溫蒂不知道怎麼辦才好，無論說什麼安慰的話都是多餘，所以她靜靜等對方哭完。

「那丹呢？」珍娜說，「你有沒有看到他的臉？」

「什麼？」

「你去的時候，有沒有看到他那張臉被弄成什麼樣子了？」

「你是說那些瘀青？有，我看見了。」

「他們打他打得好狠。」

「誰？」

「丹怎麼躲都躲不了，不管躲到哪裡，鄰居都會發現，然後就找他麻煩。有的打電話騷擾，有的出言恐嚇，有的在他牆上噴漆，還有人會揍他，太可怕了。不管他怎麼搬，就是有人會找他麻煩。」

「這回是誰揍他？」溫蒂問。

珍娜抬頭和溫蒂四目相對。「他簡直是活在地獄裡。」

「你想把這些怪在我頭上？」

「你認爲不該怪你？」

「我並不想看見他挨揍。」

「對，你想看他坐牢。」

「這有錯嗎？」

「溫蒂，你是記者，不是法官，也不是陪審員，可是事情一經電視報導，法官怎麼判還有差嗎？丹還有可能過他原來的生活嗎？不，甚至不是原來的生活，他是連正常生活都過不了了。」

「我只是照實報導而已。」

「胡扯，你明知道這是胡扯，那故事是你編的，你挖坑給他跳。」

「是丹·默瑟自己跑去招惹未成年少女……」溫蒂講到一半自己住嘴，這件事早就說爛了，沒必要一再重提。這女人天眞無知，可是她現在正在爲死者傷心，就放過她吧。

「你要問的都問完了？」溫蒂問。

「他沒做那種事。」

溫蒂懶得搭腔了。

「我和他一起生活過四年，我嫁過他。」

「後來離婚了。」

「那又怎樣？」

溫蒂聳聳肩膀。「為什麼離？」

「這個國家有一半的婚姻都以離婚收場。」

「你們的原因是什麼？」

珍娜搖頭。「你以為是因為我發現他有戀童癖？」

「是不是？」

「他是我女兒的教父，我們不在家的時候請他幫忙當保姆，我女兒都喊他丹叔叔。」

「對，這些都很特別。但是，你們到底為什麼離婚呢？」

「那是兩願離婚。」

「嗯。你不愛他了？」

珍娜沒有立刻回答，仔細想了一想，才說：「也不是。」

「噢？也許你感覺出他不太對勁，只是不想承認？」

「不是你想的那樣。」

「那是怎樣？」

「丹有些地方我碰觸不到。別誤會，跟性變態之類的無關。丹小時候過得很苦，他是孤兒，寄養家庭換來換去……」

她沒再說下去，溫蒂也就沒再多問。孤兒，寄養家庭，也許受過虐待。在戀童癖的過往經歷中你總會找到這一類的事件。她靜靜等對方再開口。

「我知道你在想什麼，你錯了。」

「是嗎？因爲你夠了解他？」

「對，但不只這樣。」

「不然呢？」

「該怎麼說呢，我不知道該怎麼說。他大學的時候出過事，你知道他讀普林斯頓吧？」

「知道。」

「可憐的孤兒，努力向上，終於擠進一間長春藤學校。」

「嗯，那又怎樣？」

珍娜瞪著溫蒂的眼睛。

「怎麼了？」

「你對不起他。」

溫蒂不說話。

珍娜說：「不管你怎麼想，無論事實如何，有一件事千眞萬確。」

「什麼事？」

「你害死了他。」

沉默。

「他的律師在法庭上羞辱你，丹又無罪釋放，你一定很難受。」

「別太過分，珍娜。」

「過分嗎？你很生氣，覺得法官判錯了，然後你去見丹，突然間，巧得要命地跑來一個艾德．葛雷森。你跟這事脫不了關係，至少是幫凶。要不然就是，你也中了人家的圈套。」

溫蒂聽她說完，又等了一下，才說：「你該不會想說：『跟丹一樣』吧？」

珍娜聳聳肩膀。「也太巧了。」

「我想你該走了，珍娜。」

「沒錯。」

溫蒂送她出門。走到門邊時，珍娜說：「我還有一個問題。」

「問吧。」

「丹把他所在的地方告訴了你，對不對？所以你才會到那個拖車停駐場去。」

「對。」

「你有沒有把地址告訴艾德・葛雷森？」

「沒有。」

「那他怎麼會在那裡出現，還幾乎和你同時到達？」

溫蒂遲疑了一下，才說：「不知道，我猜他跟蹤我。」

「他怎麼會知道要跟蹤你？」

溫蒂不知道。她那天沿途在車少的路段還特地看過後照鏡好幾次，確定後頭沒車。

艾德・葛雷森究竟怎麼找到丹・默瑟的？

「看吧？最合邏輯的答案就是，你幫了他。」

「我沒有。」

「是喔。沒人相信你的感覺是不是很糟？」

珍娜轉身離開，留下的問題在空氣中迴蕩。溫蒂看著她把車開走，轉身正要進門時突然想到一件事。輪胎，葛雷森說她輪胎沒氣。

她立刻衝去檢查輪胎，輪胎好好的。她彎腰伸手順著後保險桿下面摸。啊！這樣會破壞指紋，太心急了，居然忘記這麼重要的事。她縮回手，蹲下來看。

沒東西。

沒辦法，她只好像個修車工似的躺下來。車道上裝了感應燈，光夠亮，她扭啊扭地鑽進車下，才鑽進去一點點，就看見了。那東西很小，比火柴盒大不了多少，用磁鐵吸在車上，就像有些人藏備份鑰匙那樣。但它不是鑰匙，是問題的解答。

艾德·葛雷森那天不是在檢查她的輪胎，他在她的後保險桿上裝了衛星定位系統。

9

「你的當事人有沒有話要說？」

哈絲特・昆斯汀律師陪艾德・葛雷森坐在薩塞克斯郡警察局裡，面對著碩大無比的警長米奇・沃克和一名年輕員警湯姆・史丹頓。她說：「別會錯意，可是，老兄，這很好笑。」

「很高興能讓您開心。」

「眞的很好笑，居然跑去抓他，笑死人了。」

沃克說：「我們並沒逮捕您的當事人，只是想跟他聊聊。」

「哦？原來是社交活動？那好。可是你們帶了搜索票去搜他家和他的車？」

「是的。」

哈絲特點點頭。「好，非常好。開始之前……」她拿出一張紙，連筆一起推到桌對面。

「這是什麼？」沃克問。

「請寫下你的姓名、職稱、辦公室地址、家裡地址、電話號碼、喜歡什麼、討厭什麼，總之有什麼寫什麼，好方便我們告你違法逮捕的時候發傳票給你。」

「我說過了，沒人逮捕他。」

「我也說過，帥哥，你帶了搜索票。」

「我認爲你的當事人有話想說。」

「是嗎？」

「有一名證人看見你的當事人動私刑將人處死。」沃克說。

艾德・葛雷森張開嘴巴，哈絲特・昆斯汀立刻把手放在他的胳臂上，不讓他說話。

「是喔。」

「我們的證人很可靠。」

「是喔，那個可靠的證人看見我的當事人動私刑將人處死？不是謀殺，不是射殺，而是處死？」

「是的。」

哈絲特露出甜甜的假笑。「警長，你介意我們一步一步慢慢來嗎？」

「一步一步慢慢來？」

「是啊，首先，那人是誰？我是說，死者是誰？」

「丹·默瑟。」

「戀童癖？」

「他是不是戀童癖並不重要，再說，那個案子已經被駁回了。」

「是喔，案子沒了倒是眞的，讓你同事給搞砸了。但是沒關係，一步步來。你說有人私自將丹·默瑟處死？」

「是的。」

「好，那屍體呢？」

沉默。

「大個子，你聽力有問題嗎？屍體在哪裡？我要找人驗屍。」

「別裝天眞了，哈絲特。你明明知道我們還不知道屍體在哪兒。」

「不知道屍體在哪兒？」哈絲特裝出一副驚訝的樣子。「嗯，那能不能告訴我，有什麼證據能證明丹·默瑟死了？等等，我太急了。沒有屍體，對吧？」

「還沒找到。」

「好，那麼下一步，你宣稱……雖然連屍體都沒有，但你宣稱丹·默瑟遭人私刑處死？」

「是的。」

「那總該有凶器吧？我們可以檢視一下凶器嗎？」

又是沉默。

哈絲特用手放在耳邊作出筒狀。「哈囉？」

「凶器也還沒找到。」

「沒有凶器？」

「沒有凶器。」

「沒有屍體，也沒有凶器。」哈絲特雙手一攤，露齒而笑。「現在你知道我爲什麼會說『老兄，這很好笑』了吧？」

「我們原本希望您的當事人會有話說。」

「說什麼？太陽能及其在二十一世紀扮演的角色？等等，還沒完哩，屍體和凶器都講了，還漏了什麼？噢，對了，證人。」

沉默。

「你那個證人看見我的當事人用私刑處決丹．默瑟，是嗎？」

「是的。」

「她看到他的臉？」

沃克沒回答。

哈絲特又把手放到耳邊。「說呀，大個子，說嘛。」

「他戴著面罩。」

「面罩？是那種會遮住臉的東西？」

「對，她是這麼說的。」

「那她怎麼認得出我當事人的？」

「她認得他的表。」

「他的表？」

沃克清清喉嚨。「還有身高和體型。」

「一百八十公分高，八十公斤重。噢，還戴著罕見的天美時手表。沃克警長，你知道為什麼我現在不笑了嗎？」

「我不笑是因為這未免也太簡單了。你知不知道我一小時收多少錢？收那麼多錢至少要有點挑戰性吧，處理你這個案子比射桶子裡的魚還簡單，根本是污辱人嘛。我不要再聽你『沒有』什麼了，我要聽聽你『有』什麼。」

「我想你一定會明示。」

她等著他回答。目前為止沃克透露的都是她知道的事，昆斯汀到現在還沒走，就是為了要了解他們握有多少線索。

沃克還是說：「我們希望您的當事人能說說話。」

「如果你們手上的證據只有這些，就不可能。」

「不只這些。」

他停頓了一下。

哈絲特問：「你在等人幫你開場？」

「我們有物證能將您的當事人和丹．默瑟以及犯罪現場連在一起。」

「噢，那好，請說。」

「請您諒解，目前物證的檢驗都還在初步階段，再過幾週才會得出詳細結果，但狀況我們已經大致了解了，所以才會請您的當事人過來協助，希望能藉助他的說明，早一點釐清案情。」

「你們人眞好。」

「我們在拖車車廂裡發現了血跡，在葛雷森先生的謳歌MDX上也發現了血跡，完整的DNA檢驗要花點時間，但初步測試看來兩者吻合，也就是說，在證人宣稱丹・默瑟中槍死亡之處找到的血跡樣本和您當事人車子裡的血跡樣本，是出自同一個人。血型已經知道了，是O型陰性，和丹・默瑟一樣。同時，我們在默瑟先生所租的拖車車廂和您的當事人車裡也發現了一樣的地毯纖維。噢，您當事人的鞋底上也沾了這種纖維。最後，我們還檢測了射擊殘跡，您當事人的手上有火藥留下的痕跡，他開過槍。」

哈絲特坐在那裡瞪著沃克，沃克也瞪著她看。

「昆斯汀小姐？」

「我在等你把話說完，不會就只有這麼一點點吧？」

沃克沒答腔。

哈絲特轉頭對艾德・葛雷森說：「好了，我們走。」

「完全不作回應？」沃克問。

「要回應什麼？我的當事人葛雷森先生是得過勳章的聯邦警官，是愛家的男人，是社會的棟梁，是一個完全沒前科的人，你卻拿這種無聊的事來浪費我們的時間。就算檢驗的結果非常非常符合你的期待，而且連我的專業、我的交叉訊問、我對你腐敗無能的指控全都失敗……我是覺得這些情形不可能發生啦，但就算一切都順你的意，那麼你也只不過是有可能找到我的當事人和丹・默瑟之間有些不重要的關聯，如此而已。眞是可笑，沒屍體，沒凶器，沒證人能指認我的當事人，你就連這起凶案的存在都無法證明，更別提要指控我的當事人涉案了。」

沃克向後靠到椅背，椅子發出嘎吱聲。「您對纖維和血跡能有所解釋？」

「我不需要解釋吧？」

「我只是在想，也許您會願意協助我們，徹底洗清您當事人的嫌疑。」

「告訴你我會怎麼做好了。」哈絲特寫下一組電話號螞，交給他。

「這是什麼？」

「電話號碼。」

「我知道，哪裡的？」

「射擊練習場。」

沃克望著她，臉上的血色慢慢褪去。

哈絲特說：「我的當事人今天下午去過，就在你接他過來之前一小時，剛練過靶。你可以打電話去問。」哈絲特搖搖手指。「射擊殘跡測試，掰掰。」

沃克的下巴掉了下來，看看史丹頓，努力想恢復鎮定。「還眞簡單。」

「葛雷森先生是得過勳章的退休聯邦警官，記得嗎？他常去射擊場練習。好了，聊完了吧？」

「你的當事人沒話要說？」

「我們要說的就是：『黃色的雪不要吃。』艾德，走吧。」

哈絲特和艾德站起身來。

「昆斯汀小姐，你們應該明白我們會繼續查下去的。我們會循線調查葛雷森先生在這段時間所做的每一件事，也會找出屍體和凶器。我了解他爲什麼會這麼做，但我們不能動用私刑殺人，所以我還是得辦這案子，做對的事。」

「沃克警長，我能不能跟你有話直說？」

「當然。」

哈絲特抬頭對著他頭頂上方的攝影機說：「攝影機關掉。」

沃克轉過去點點頭，攝影機的紅燈就熄了。

哈絲特握拳壓在桌上，身體前傾，她不用俯太低，因爲沃克坐著和她站著差不多高。「就算你找到屍體、凶器，就算現場直播我當事人在巨人球場當著八萬個證人的面開槍殺了那個強暴小孩的壞蛋，我還是有辦法讓他在十分鐘內脫身。」

她掉頭就走，葛雷森已經幫她開好了門。

哈絲特說：「祝你有美好的一天。」

□

晚上十點，溫蒂收到查理的簡訊。

老爹問最近的上空酒吧在哪裡。

她笑了，他傳這則簡訊是來報平安的，查理在這方面做得很好，從來不會失聯。

她回傳：**我不知道，而且現代文明的說法是「紳士酒吧」。**

查理：**老爹說他討厭這種拐彎抹角政治正確的狗屁說法。**

家裡電話響了，她笑著接起電話。是沃克警長回電。

她說：「我在車上找到一樣東西。」

「什麼東西？」

「衛星定位系統，我想是艾德・葛雷森放的。」

「雖然時間很晚了，但我人就在附近，你介不介意我現在過去看看？」

「沒問題。」

「給我五分鐘，馬上到。」

她走到外頭，在車旁和他碰面。沃克彎腰查看時，溫蒂邊說艾德來訪的事，連當時以為不重要的檢查輪胎的事也說了。沃克看了看那個衛星定位系統，點點頭，然後很費勁地慢慢直起身來。

「我會派人過來拍照、移除。」

「聽說你逮捕了艾德．葛雷森。」

「誰說的？」

「默瑟的前妻，珍娜．惠勒。」

「她搞錯了，我們只是帶他回來問話，不是逮捕。」

「他還在警局？」

「已經走了。」

「那現在怎麼辦？」

沃克清清喉嚨。「我們會繼續調查。」

「哇噢，聽起來像官方說法。」

「你是個記者啊。」

「已經不是了，以下談話不列入紀錄。」

「不列入紀錄，那好，事實是，這案子很難搞。我們沒屍體、沒凶器，只有一名證人，也就是你，可是這名證人沒看見凶手的臉，所以無法指認。」

「太糟糕了。」

「不然呢？」

「如果丹．默瑟是達官顯貴，而不是戀童癖嫌犯……」

「如果我少掉四十多公斤，變成白人帥哥，說不定還有人會誤認我是休．傑克曼哩。可惜事實就是如此，除非找到屍體和凶器，不然就沒搞頭。」

「聽起來你好像放棄了。」

「我沒放棄，可是那些高官絕對沒興趣追查這個案子，我的長官和對方律師今天都提醒我，就算真的成案，這個案子也不好看：性侵聯邦警官之子的傢伙被做掉了，然後我們控告為子報仇的聯邦警官。」

「那對政治生涯來說不是好事。」

沃克說：「別這麼憤世嫉俗。」

「不然要怎麼想？」

「要用實際的角度去想。警方資源有限。我有個同事，很資深，叫法蘭克・崔蒙，到現在還在找那個失蹤的女孩，海蕾・麥奎德。就拿它當例子好了，誰會想把那個案子的資源分出來，去爲人渣主持正義？更何況上了法庭，陪審團絕對不會判凶手有罪。」

「我就說你聽起來像是放棄了。」

「還沒，我打算調查葛雷森去過哪些地方，藉此找出默瑟的住處。」

「他不就住在拖車車廂裡？」

「不，我跟他的律師和前妻談過，默瑟一直搬來搬去，找不到地方定居。那個拖車車廂是當天早上才剛租的，連換洗衣物都還沒拿過去。」

溫蒂扮個鬼臉。「找到他的住處又怎樣？」

「我也不知道。」

「還有呢？」

「我會查你車上的衛星定位系統，應該是查不出什麼啦。不過要是運氣好到破表，能證明那是葛雷森裝的，也只能說他在監視你，離證明他殺人還有很長的路要走。」

「你得找到屍體。」她說。

「對，這是最重要的。我需要追溯葛雷森的車經過哪些地方，關於這一點，我倒有點概念，因爲我們知道葛雷森離開拖車停駐場兩小時之後，去過一家射擊場。」

「你開玩笑？」

「我聽說的時候反應跟你一樣。這招太厲害了。有人作證看見他開槍打靶，所以射擊殘跡測試無效。

我們檢查過他帶去打靶的槍，不出所料，子彈和我們在拖車停駐場找到的不合。」

「哇，葛雷森居然想得到去射擊場這招。」

「他從前是聯邦警官，對這些事內行得很。你想想看，戴了面罩，把屍體、凶器和射擊殘跡都解決掉，而且還雇了哈絲特．昆斯汀。現在你知道我要對付的是多厲害的角色吧？」

「知道了。」

「葛雷森一定是把屍體丟在半路上，可是那段時間很長，那個區域荒地又多。」

「而且你不會把人力花在上頭？」

「我剛說了，這不是找失蹤女孩，而是要找戀童癖的屍體。再說，如果葛雷森計畫得夠周詳，目前看起來是非常周詳，那麼他可能早在槍殺默瑟之前就挖好了洞，也就是說，屍體有可能永遠都找不到。」

溫蒂望向他處，搖了搖頭。

「怎麼了？」

「我成了他的餌。葛雷森先是想說服我幫他，我不肯，他就跟蹤我，而我就帶著他找到了默瑟。」

「不是你的錯。」

「是不是都不重要，我不喜歡被人利用。」

沃克沒接話。

溫蒂說：「這結局真是爛透了。」

「有些人會說這結局挺好。」

「怎麼會？」

「戀童癖逃過了法律制裁，卻逃不過天理昭彰，想想還挺有警世意味的。」

溫蒂搖頭說：「我覺得這樣不對。」

「哪裡不對？」

她沒說，但答案是，整件事都不對勁。默瑟的前妻說得也許沒錯，也許整件事打從一開始就錯了，也許一開始她就應該相信自己的女性直覺。

她突然覺得自己好像當了幫凶，害死了一個無辜的人。

溫蒂說：「總之你得把他找出來，不管他是什麼樣的人，你都有義務找到屍體。」

「我會盡力，可是你要明白，這案子永遠不會放到優先處理的位置上。」

10

可悲的是，沃克錯了。

不過溫蒂要等到第二天所有媒體都以快報播出這則可怕的消息之後，她才會知道。此刻老爹和查理還在賴床，溫蒂因為不斷想起珍娜昨晚提到的普林斯頓，而決心自己來調查一下。就從丹．默瑟的大學室友菲爾．騰柏開始查起吧，她心想，是時候來好好挖掘丹的過去了。

就在溫蒂走進紐澤西恩格伍德某家星巴克咖啡的時候，薩塞克斯郡的沃克警長和他的菜鳥副手湯姆．史丹頓正在四十公里之外的紐華克，搜索弗瑞迪高級豪華套房酒店的二〇四號房。這其實是家廉價旅社。沃克心想，弗瑞迪還真幽默，這家旅館既不高級，也不豪華，更稱不上是套房。

沃克勉力追查丹．默瑟生命中最後兩週的行蹤，但線索很少。丹．默瑟只用手機聯絡過三個人：他的律師富萊．希克利、前妻珍娜．惠勒，以及記者溫蒂．泰恩斯。富萊從不過問當事人住哪裡，他認為知道得愈少愈好。珍娜說她不知道。至於溫蒂，她昨天是第一次接到他電話，在那之前兩人並無聯絡。

好在認真找還是找得到的。據他的律師和前妻說，丹．默瑟雖然在躲，但躲的是那些「關心」案件的市民與熱心的正義使者，而不是執法單位。沒人希望社區裡有戀童癖，所以他常換旅館，從附近提款機提領現金付帳。但是為了等開庭，默瑟不能離開州境。

十六天前他住進威爾伍德的六號汽車旅館，後來在李堡的宮廷莊園旅店住了三天，又搬到拉姆西的費爾汽車旅館，最後一個住處是紐華克市中心的弗瑞迪高級豪華套房酒店，二〇四號房。

從房中窗戶望出去，正是大家戲稱為「度假中心」的庇護中心，也就是丹．默瑟從前工作的地方。這個房間竟成了他最終的住處，想想還真有意思。旅館經理說他這兩天沒看見默瑟，又說，客人來這裡住就是不想受到注意。

「看看我們能找出什麼吧。」沃克說。

史丹頓點點頭。「好。」

沃克說：「介意我問點事嗎？」

「不介意。」

「大家都不想跟著我查這個案子，認爲人渣就此消失也沒什麼不好。」

史丹頓點點頭。「而我卻自願跟來。」

「對。」

「你想知道原因。」

「對。」

史丹頓關了最上面的抽屜，打開第二格。「也許我還很菜，以後的想法會不同，但是法律明明判他無罪，也定案了。如果對判決不滿，就去修法嘛。我們執法人員不能帶著偏見辦案。速限是每小時九十公里，有人開九十一，你就得開單。如果你心想，不對，應該要一百再開單，那就去修法，把速限改成一百，倒過來也是一樣。法官依法釋放了丹．默瑟，如果你不爽，就去修法，不應該扭曲規則，應該要依程序修改法律。」

沃克笑著說：「你眞的是新人。」

史丹頓聳聳肩膀，說話時手也沒停，繼續在衣服裡翻找。「嗯，還有一點點別的原因。」

「我想也是，說吧，我在聽。」

「我哥叫皮特，是個很好的人，也是個優秀的運動員。畢業兩年後，進入水牛比爾隊的對內練習。是邊鋒。」

「嗯。」

「皮特加入後的第三季，表現優異。他想自己終於要大展身手了，就瘋狂健身、舉重，二十六歲的他眞的很有希望能成爲正式隊員。有天晚上，他去水牛城的班尼根酒吧，在那兒遇到了一個女孩子。你知道這家連鎖餐廳吧？」

「我知道。」

「好，皮特點了雞翅，有個慾火中燒的小妞晃過來，問她能不能吃一隻。他請她吃，她就極其誇張地吃了起來，你懂我意思嗎？她穿著超惹火的低胸上衣，一直用舌頭舔來舔去。我的意思是說，她眞的很辣。於是他們開始調情，她坐了下來，一步接著一步，最後皮特順理成章地帶她回家，讓她稱心如意。」

史丹頓怕沃克聽不懂，還搥了一下拳頭加重語氣。

「沒想到那女孩才十五歲，高中二年級。天啊，她看起來一點也不像。你也知道現在高中女生都穿成什麼樣子，那女孩穿得就像在貓頭鷹餐廳（Hooters）送酒的服務生，那個樣子簡直就像要把自己當菜送上去，你懂我意思嗎？」

史丹頓望著沃克等他回應。沃克爲了讓對話繼續進行，只好說：「我懂你意思。」

「好，總之，那女孩子的爸爸發現之後氣瘋了，硬說皮特誘姦他女兒。但說不定她勾引我哥就是爲了要氣她老爸。皮特被控犯了法定強姦罪，法律說他有罪，我所愛的體制說他有罪。我能理解，那是依法行事。可是皮特從此就被貼上性罪犯的標籤，貼上了戀童癖的標籤，再也無法翻身。太可笑了。我哥明明是個好公民，明明是個好人，但是從此以後再也沒有球隊敢碰他。所以，我在想，說不定這個傢伙，這個丹·默瑟，也是中了人家的招。他不是說有人挖坑讓他跳嗎？說不定他眞的無辜，我們在證明嫌犯有罪之前，不都應該假設他無罪？」

沃克轉過身去，因爲他不想承認史丹頓說得有理。生活中有太多你不想做也得做的決定，你希望這些決定能夠容易一點，你想將人簡單分成天使與魔鬼兩類，可是人並沒那麼簡單，到處都是灰色地帶。這些事討厭死了。如果一切都在極端多好，做起決定來就容易多了。

湯姆·史丹頓彎腰檢查床底下。沃克努力集中精神，此時此刻也許最好還是讓事情黑白分明，別去想道德相對主義。有人失蹤，說不定死了。找到他是沃克的責任，不管他是誰、做過什麼事，只管把他找出來就對了。

沃克走進浴室，檢查浴室櫃子裡的東西。牙膏、牙刷、刮鬍刀、刮鬍霜、止汗劑，沒什麼奇怪的東西。

史丹頓在臥室說：「賓果。」

「怎麼了？」

「他的手機在床底下。」

沃克本想高聲叫好，卻硬生生打住。

他已經查過，默瑟的手機最後發話地點是在十五號公路上某處，發話時間就在案發前不久。那地方離拖車停駐場大約五公里，從這裡開車過去至少要一小時。

那他的手機怎麼會在這裡？

沃克無暇細想，因為臥室中傳來史丹頓的哀鳴。「噢，不……」

他聽得毛骨竦然。「怎麼了？」

「天啊……」

沃克趕緊衝過去。「怎麼了？到底是怎樣？」

史丹頓拿著手機，面無血色，低頭瞪著螢幕。沃克看見那手機有亮粉紅色的套子。

那是iPhone，他也有一支。

「怎麼了？」

等得太久，手機螢幕已經暗了。史坦頓沒說話，對著他舉起那支iPhone，按下開關，螢幕又亮了起來。沃克向前一步，好看清楚些。

他的心沉了下去。

iPhone螢幕上的歡迎畫面是一張家人合照，標準的度假團體照。照片裡一共四人，三個孩子、一個大人，全都在笑。照片中央站著米老鼠，米老鼠右手邊，笑得最燦爛的，就是失蹤的那個女孩，海蕾．麥奎德。

11

溫蒂打電話給默瑟的大學室友菲爾・騰柏。騰柏從普林斯頓畢業後，就直接進入華爾街，住在恩格伍德的高級住宅區。

丹那集節目剛播出的時候，她和騰柏聯絡過，他拒絕回應。當時她也就算了，但現在默瑟已死，也許騰柏的態度會有所改變。

接電話的是騰柏太太，溫蒂沒聽清楚她叫什麼名字。溫蒂先自我介紹，然後說：「我知道您先生之前拒絕受訪，可是請相信我，我現在要說的事情他一定會想知道。」

「他不在家。」

「可以告訴我怎麼找他嗎？」

她有些遲疑。

「騰柏太太，我有很重要的事得找他。」

「他有個會。」

「是在他曼哈頓的辦公室開會嗎？噢，我之前抄過地址……」

「他在星巴克。」她說。

「什麼？」

「他在星巴克聚會，不是開會。他在星巴克。」

□

溫蒂在常去的鮑格咖啡門口找到一個停車位，走向相隔四家店面的星巴克。騰柏太太說，因爲經濟不景氣，所以公司資遣了菲爾。今天這個會，說穿了就只是一群前任宇宙主宰聚在一起喝咖啡、聊天的聚會而已。這是菲爾出資發起的團體，叫作「父親俱樂部」。他跟太太說，組這個社團是為了要讓突然失業的男人能和同伴一起在逆境中調適心情，但溫蒂從他太太的語氣中聽出一股酸味。也或許是溫蒂把自己的感受投射到她身上了吧，這群自以為了不起的雅痞吸血鬼從前坐領高薪，分明就是敗壞經濟的幫凶，現在竟還好意思喝著五塊美金一杯的咖啡在那裡唉唉叫。

吼，還真可憐哩。

她走進星巴克，看見騰柏坐在右手邊的角落，穿著燙得筆挺的西裝，和另外三個人擠一張桌子。其中一個穿白色網球衫的握著網球拍轉呀轉的，難道他以為網球明星費德勒在這裡當服務生？另一個胸前掛著嬰兒揹帶，而且裡頭真有個嬰兒，他不斷輕柔地上下搖晃，好讓小孩開心，免得哭鬧起來。這三人全都在專心聽一個戴棒球帽的講話，那帽子顯然過大，還翹向右上方。

「你們覺得不好？」歪帽子問。

她走到近處，發現歪帽子扮得挺像傑斯[1]，只不過像的是老十歲又沒健身的白人傑斯。

「不是不是，福萊，別誤會，」穿白色網球衫的說，「這樣很酷啦，很酷。」

溫蒂皺起眉頭。很酷？

「可是……我只是建議啦，那個歌詞好像……那個狗狗甩來甩去的說法要不要改一下？」

「嗯……太圖像化了嗎？」

「有點。」

「可是我得做自己，你懂我說的嗎？今晚，布蘭德餐廳，開放麥克風之夜上，我得做自己，不跟權威妥協。」

「我知道，福萊，我懂。你今晚肯定會大放異彩，不用擔心。可是項鍊？」白網球衫雙手一攤。「項鍊跟主題不合啦，想個別的嘛，狗又不戴項鍊，對不對？」

在座的人紛紛表示同意。

那個想扮傑斯[1]扮得不像、叫什麼福萊的，他注意到溫蒂，低頭說：「喲，注意，五點鐘方向出現美眉。」

除了菲爾之外，大家全轉頭看她。溫蒂沒想到會這樣，難怪騰柏太太說到這群前宇宙主宰的時候會用那種口氣。

「等一下，我認得你，」白網球衫說，「你是NTC新聞網那個叫溫蒂什麼的對不對？」

「對，溫蒂・泰恩斯。」

大家都笑了，只有菲爾沒笑。

「你來是爲了要報導今晚福萊的演出？」

溫蒂心想，拿這些男人當主題會有誰要看？「那個可能要以後再說，現在我是來找菲爾的。」

「我跟你沒話講。」

「你什麼話都不用講，來吧，我們得私下談。」

□

他們出了星巴克，在街上慢慢走。溫蒂說：「這就是你的『父親俱樂部』？」

「誰告訴你的？」

「你太太。」

他沒接話。

溫蒂繼續說：「那個『香草冰』[2]要幹嘛？」

---

1 Jay-Z，美國知名饒舌歌手、企業家，他是兩間音樂公司的CEO，並握有NBA籃網隊與數間知名俱樂部的股權。

2 Vanilla Ice，早期少數知名的白人饒舌樂手之一，曲風流行輕快，不同於之後街頭風的饒舌樂。其成名歌曲為〈Ice Ice Baby〉。

「諾姆……噢，他要我們叫他福萊。」

「福萊？」

「他唱饒舌歌的藝名叫作田納福萊，簡稱福萊。」

溫蒂嘆口氣，田納福萊是紐澤西的鎮名，就在附近。

「諾姆……不，福萊以前在城裡的賓納維斯提萬斯做行銷的時候，是個高手，離開職場差不多……我想想大概有……兩年吧，他認爲他發掘出自己新的才華。」

「什麼才華？」

「唱饒舌歌。」

「拜託，你是在開玩笑吧？」

「每個人處理傷痛的方法不同，福萊認爲他可以獨占這個市場。」

溫蒂的車到了，她打開車鎖。「唱饒舌歌？」

菲爾點頭。「紐澤西饒舌界的中年白人男子就他一個，至少他是這麼說的。」他們坐進前座。「你來找我有什麼事？」

怎麼講都不好，所以她乾脆直說。

「丹．默瑟昨天被人謀殺了。」

菲爾．騰柏聽了，不說一句話，直盯著前方擋風玻璃，臉色蒼白，眼眶含淚。溫蒂注意到他鬍子刮得十分乾淨，髮線也分得很完美。額前還有一綹捲髮，有點像小孩。溫蒂知道這消息太令人震驚，要給他點時間消化。

她問：「你還好嗎？」

菲爾．騰柏搖搖頭。「我還記得第一次見到丹，是大一新生訓練的時候，他那人很有意思，我們其他人都很緊繃，想讓人留下好印象，他卻輕鬆自在，反而顯得奇怪。」

「他好像覺得什麼事都不稀奇，沒什麼好大驚小怪，也不值得特別興奮。丹想做好事，嗯，我知道這聽起來很假，可是他雖然跟我們一樣會玩、會參加派對什麼的，但是他常說要做善事。當年我們對未來都有很多想法吧，大家都一樣，可是現在……」

他愈講愈小聲。

「我很遺憾。」溫蒂說。

「我想你跑來找我不只是爲了要告訴我他的死訊。」

「對。」

「說吧。」

「我在調查丹……」

「又來了？」他轉頭面向她。「人都死了還要說他壞話？」

「我不是這個意思。」

「那是什麼意思？」

「我們剛剛揭發丹惡行的時候，我打過電話給你。」

他不吭聲。

「後來你爲什麼都不回我電話？」

「回你電話？要說什麼？」

「說什麼都好呀。」

「我有太太，還有兩個小孩，我不想公開爲戀童癖辯護，就算他是冤枉的，我也不想惹麻煩。」

「你認爲丹被冤枉了？」

菲爾緊緊閉上眼睛。溫蒂想要伸出手安慰他，又覺得不妥，還是轉移話題好了。

「怎麼個奇怪法？」

她問：「去星巴克爲什麼要穿西裝？」

菲爾苦笑。「我向來討厭星期五的便服日。」

溫蒂瞪著這個英俊卻落魄的男人，他憔悴蒼白，想靠好西裝和亮皮鞋把自己撐起來。仔細看他的臉，溫蒂腦中突然浮現另一張臉，那是她親愛的爸爸，五十六歲，坐在餐桌旁，捲起法蘭絨袖子，把略嫌單薄的履歷表塞進信封。他在五十六歲那天突然失業，而且是長大成人以來第一次失業。她爸在某家紐約大報的印刷廠工作了二十八年，擔任主管，也是工會二七七支會的幹部，爲屬下爭取公平的待遇，他在一九八九年帶大家罷工過一次，很受同事愛戴。

後來公司被合併了。九〇年代初期企業之間的併購層出不窮，華爾街的人最喜歡這種事，菲爾．騰柏從前一定也愛，因爲股票會漲個幾點之類的。她爸卻因此成了多餘的員工，被裁掉了。就這樣，他這輩子第一次沒了工作。第二天，她爸開始在飯桌上準備履歷表，臉上的表情和菲爾．騰柏現在好像。

「你不生氣嗎？」她問爸爸。

「生氣只會白費力氣。」她爸把一份履歷表塞進信封，抬起頭對她說，「你已經長大了，老爸再給你建議，會不會嫌囉唆？」

「當然不會，永遠不會。」

「要爲自己工作，別的老闆都不可靠，你只能信賴自己。」

他從沒機會爲自己工作，後來也沒再找到任何一份工作。兩年後，她爸五十八歲，就在那張飯桌旁心臟病發過世，死前還在看分類廣告、寄履歷表。

「你不想幫忙？」溫蒂問。

「幫什麼忙？丹都死了。」

菲爾．騰柏伸手要開車門。

溫蒂拉住他。「走之前先回答我，爲什麼你會覺得控告丹不對？」

他想了一想，才說：「如果換作是你，你也會有這種感覺。」

「聽不懂。」

「沒關係，不重要。」

「菲爾，你出過什麼事嗎？我是不是漏聽了什麼？」

他笑了笑，那笑很苦。「無可奉告，溫蒂。」他拉動門把。

「可是……」

「以後再說吧。」他打開門。「無論如何，丹是我的老朋友，現在我只想一個人走走，想想他。至少他值得我這麼做。」

菲爾・騰柏下了車，整整衣服，朝北走去，丟下她，丟下還在星巴克的那些朋友，漸行漸遠。

12

又死了一個妓女。

艾塞克斯郡調查員法蘭克．崔蒙拉著腰帶提提褲子，低頭看那女孩，嘆了口氣。老樣子。這裡是紐華克南區，離貝絲以色列醫院並不遠，卻是兩個世界。法蘭克聞到空氣中的腐爛味，那不光是屍臭，而是這一帶的味道，很髒，沒人管，沒人想花力氣，大家就懶懶泡在這一堆爛泥裡。

總之，就又死了一個妓女。

她的皮條客已經因此被捕。他說那妓女「瞧不起」他，他爲了要讓她知道他的厲害，就割了她的喉嚨。他被捕的時候刀還帶在身上，眞聰明，眞是天才。法蘭克只花六秒鐘就讓他招了。方法很簡單，法蘭克只說：「我們聽說你沒膽對女人下手。」那個天才皮條客立刻就挺身證明自己的男子氣概。

他低頭看看死去的女孩，有可能才十五歲，也可能三十了，光用看的看不太出來。她身體攤在街上，身旁全是壓扁扭曲的汽水罐、麥當勞包裝紙和啤酒空瓶之類的垃圾，讓法蘭克想起了上一次處理的妓女命案。上次他搞砸的那個案子，差點害死更多人。不過往事不該再想，爲那件命案他已經賠上工作，被郡檢察官和主管逼著退休了。

接著卻碰上海蕾．麥奎德的案子，無法放手。

他跑去拜託長官讓他留到破案，長官諒解，但那也是三個月前的事了。法蘭克很努力想把那個高中女生找回來，還請聯邦警察和懂網路的警察一起調查，有可能幫得上忙的人他全找遍了，爲的不是光榮破案，而是想把那孩子找回來。

可是一點進展也沒有。

他低頭看著死去的妓女。這工作最常見到的就是這種事，婊子浪擲生命，吸毒買醉當寄生蟲，把自己的人生過爛，然後生出一堆不知道父親是誰的孩子。這些混吃等死的人大多都能糊裡糊塗過完一生，對社會既無貢獻，也無大害。如果哪天引起了社會注意，準沒好事，但是一般來說他們都能倖存，雖然是社會的負擔，上帝卻讓他們存活下去，有些還活到老。

因爲上帝愛怎樣就怎樣，所以祂把法蘭克的女兒帶走了。

群衆在黃色封鎖線外頭聚集，人不算太多，只是好奇圍觀，看過就走。

「法蘭克，你好了沒？」

問話的是法醫。法蘭克點點頭說：「交給你囉。」

他的女兒凱西才十七歲，可愛得不得了。不是有句話說什麼「一個微笑就能照亮整個房間」嗎？凱西的笑就是那樣。只要她一笑，「唰」就射出一道光芒，劃破黑暗。她從沒給人添麻煩，更不會傷害別人，一輩子沒做過壞事。凱西從不嗑藥、不賣淫、沒懷孕，那些婊子像禽獸一樣，死的卻是凱西。

這豈止不公平。

凱西十六歲那年診斷出伊汶氏肉瘤，骨癌。癌細胞從骨盆開始，慢慢侵蝕，他的寶貝女兒死得很痛苦。法蘭克只能坐在旁邊眼睜睜看她受苦，緊緊握著她瘦弱的手，努力維持理智。他看見侵入性治療留下的疤痕，凹陷的眼眶，他看著她慢慢死去，發燒的時候燙得刺人。他記得凱西小時候老做惡夢，所以常常爬上他們的床，鑽到他和瑪麗亞中間，輾轉反側，還會說夢話。可是生病之後，她晚上就沒事了，也許就連惡夢也無法面對她白天的痛苦而逃走了。總之，後來凱西在夜裡睡得很平靜，彷彿在預演死亡一樣。

他也禱告過，可是沒用。那畢竟只是一介凡人的感覺，上帝何必在乎？祂自有主張。如果你眞相信祂全知全能，難道還會以爲你和你可悲的乞求能動搖他偉大的計畫？崔蒙知道祈禱沒用，醫院裡有個男孩和凱西得同樣的病，他的父母殷切祈禱，他還是死了。他們的另一個兒子則是死在伊拉克。見過這種事以後，還有誰會相信祈禱有效？至少他不信了。

街上有這麼多人渣，凱西卻死了。在他看來，有家人的女孩，像海蕾・麥奎德和像凱西・崔蒙這樣有人愛、有未來、有前途的女孩，比那些人渣重要得多。這是事實，只是沒人願意說出來。有些孬種會說被裝在垃圾袋裡的那個妓女和海蕾．麥奎德或凱西．崔蒙同等重要，同樣値得關心。但我們都很清楚，那是屁話，只是在唱高調。大家都知道事實，只是嘴上說謊，不是眞的無知。

所以，就別裝了吧。妓女死掉，頂多在《明星紀事報》的十二版占個兩段，讓讀者嘆兩口氣；但是，海蕾．麥奎德失蹤，卻在全國電視網上報導了好幾小時。事實如何我們都很清楚，不是嗎？那何不直說？

在這個世界上，海蕾．麥奎德就是比較重要。

這麼想又沒錯，事實就是如此，不是嗎？並不是說死掉的妓女不重要，只是海蕾更重要。這跟種族歧視或其他任何會貼在他身上的標籤都無關。給人貼標籤很簡單，三言兩語就打發了，但那都是屁話。白人、黑人、亞洲人、拉丁美洲人，不管怎樣，少數就是少數，大家都知道，只是不敢說。

法蘭克又想起了海蕾．麥奎德的母親瑪莎和精疲力竭的父親泰德，這段日子他們一直在他心上。這個妓女已經死了，也許有人會在乎她，但機會大概只有十分之一吧。就算她有父有母，也早就放棄她了。瑪莎和泰德卻還在等，雖然害怕，但依然抱著希望。對，這很重要。也許這就是死掉的妓女和海蕾．麥奎德最大的差別，她們最大的差別不在膚色、貧富或階級，而在於有沒有人在乎，有沒有家人為她心力交瘁，父母親少了她會不會留下永遠的缺憾。

因此，法蘭克絕不會半途而廢，一定要查清楚海蕾．麥奎德出了什麼事。

他又想到凱西，努力想記起她快樂的樣子，想在腦中喚回那個喜歡水族館勝過動物園、喜歡藍色勝過粉紅色的小女孩，但那影像糢糊不清，被後來的凱西蓋了過去。現在想她，眼前浮現的總是女兒臥病在床愈來愈瘦的樣子，她一摸頭髮就掉一整把，難過得總是哭，而他身爲父親，卻只能坐在床邊，無能爲力。

法醫處理完畢，有兩個人將屍體抬起，當它像一包泥炭土似的扔到輪床上。

「輕點。」法蘭克說。

搬屍體的人回頭看他。「她又不會受傷。」

「你輕點就是了。」

屍體剛推走，法蘭克·崔蒙的手機就開始震動。

他眨眨眼把淚水逼回去，按下通話鍵。「我是崔蒙。」

「法蘭克？」

是米奇·沃克打來的。他是薩塞克斯郡的警長，黑人，個頭很大，以前跟法蘭克在紐華克共事過，是好男人，也是好警察，法蘭克很喜歡他。沃克正在辦那個戀童癖的命案，顯然是某位家長拿槍把壞蛋解決掉了。依法蘭克看來，幹得好。但他知道沃克無論如何都還是會認眞辦下去。

「是啊，米奇，是我。」

「你知不知道弗瑞迪高級豪華套房酒店？」

「威廉斯街上的幽會旅館？」

「對，就是它，我需要你立刻過來一趟。」

崔蒙打了個冷顫，將電話換隻手拿。「爲什麼？怎麼了？」

「我在默瑟的房間找到一樣東西。」沃克的語氣冰冷得像墓碑。「我想，這東西的主人是海蕾·麥奎德。」

13

溫蒂到家的時候，老爹正在廚房炒蛋。

「查理呢？」

「還在睡。」

「都下午一點了。」

老爹看看時鐘。「是啊，餓了吧？」

「不餓。你們昨晚去了哪兒？」

老爹炒蛋的架勢活像快餐店廚師，沒答她話，只挑起一邊眉毛。

溫蒂說：「發過誓要保密？」

老爹說：「差不多是這樣。你呢，你上哪兒去了？」

「早上跟『父親俱樂部』在一起。」

「可以詳述嗎？」

可以。

聽她說完之後，他說：「眞悲哀。」

「還有點自溺。」

老爹聳聳肩膀。「男人不能賺錢養家，就跟沒了卵蛋一樣，會感覺自己不像個男人，很悲哀。失業對工人階級和雅痞廢物一樣是人生大地震，說不定對雅痞廢物來說更可怕，因為他們習慣用工作來定義自己。」

「所以沒了工作就什麼都沒了？」

「沒錯。」

「那解決問題的方式也許不是找下一份工作，而是要找新的方式來定義自己的男性雄風。」

老爹點點頭說：「這想法有深度。」

「也有點唱高調。」

「是啦。」老爹在鍋裡灑了點起士粉。「但你不在我面前唱高調，還能對誰唱呢？」

溫蒂笑著說：「沒別人了。」

他關上爐子。「你確定不要吃一點？這可是我的拿手菜，而且分量夠兩個人吃喔。」

「那好啊，我也要吃。」

他們坐下來吃飯，她繼續講菲爾·騰柏和父親俱樂部的事，說她覺得菲爾有所隱瞞。快吃完的時候，查理睡眼惺忪地出現，穿著破短褲、大汗衫，頭髮睡得亂七八糟。溫蒂正心想他看起來眞像個男人，查理就開始摳眼睛，彈手指。

「你還好嗎？」她問。

「沒事，只是睡出一堆眼屎。」查理說。

溫蒂翻個白眼，上樓去用電腦。她google菲爾·騰柏，找到的資料很少。只有一筆政治獻金。照片倒有一張，兩年前的，菲爾和妻子出席某場慈善品酒會。騰柏太太，雪莉，是個嬌小的金髮美女。名單中寫著菲爾·騰柏在某家叫做貝利兄弟信託的證券公司工作。希望之前工作的密碼還能用，溫蒂登入媒體資料庫。是的，大家以爲用免費引擎什麼都搜尋得到，事實並非如此，好資料還是要付費取得。

她在新聞報導中搜尋騰柏，仍然一無所獲，但關於貝利兄弟的報導倒不少，其中一則提到這家公司要從派克大街和四十六街交口的舊址遷出。溫蒂認得那地址是洛克－霍恩大樓。她笑了，拿起手機。對，兩年過去，號碼還在，她把門關好，按下通話鍵。

響第一聲對方就接了。

「說吧。」

語氣高傲，帶著優越感，簡單一句話，就是做作。

「嘿，溫，我是溫蒂．泰恩斯。」

「有來電顯示。」

沉默。

她彷彿看見溫那張英俊得過分的臉，金色的頭髮，指尖相抵擺出尖塔狀的手，還有那雙銳利無情的藍眼睛。

「我需要幫忙，」她說，「我要打聽一件事。」

沉默。

溫（溫莎．霍恩．洛克伍德三世的簡稱）不接話，她只好尷尬地自己往下說。

她問：「你知不知道貝利兄弟信託？」

「我知道，你要打聽的就是這個？」

「你很壞耶，溫。」

「要愛就愛我的好與壞。」

「之前愛過了。」她說。

「噢，喵。」

沉默。

「貝利兄弟信託開除了一個叫菲爾．騰柏的人，我想知道為什麼，你能幫我查嗎？」

「晚點回你。」

喀嗒。

溫就是這樣。報章雜誌都說他是「國際性的花花公子」，她猜這說法應該是八九不離十。他出身豪門世家，家裡從古時候就有錢，大概是第一批坐五月花號來的移民。兩年前，他們在一個要穿半正式禮服的宴會上相遇，溫劈頭就說他想和她做愛，而且只要單純沒義務的性愛就好，一夜爲限。剛開始她有點震驚，後來想想，有何不可？她從來沒有一夜情的經驗，眼前的男人帥成這樣，機不可失，人只有活一次，不是嗎？她是現代的單身媽媽，而且正如老爹所說，人都需要性。所以，她隨他回他在中央公園達科塔大廈的住處。結果他溫柔、體貼又有趣，棒極了。第二天她回到家以後，哭了兩小時。

手機響，溫蒂看看表，搖搖頭，才過不到一分鐘。

「哈囉？」

「菲爾・騰柏被開除是因爲侵占公款兩百萬。祝你有美好的一天。」

喀嗒。

溫就是這樣。

她想起什麼了。布蘭德餐廳？沒錯，她去過，在里治伍德，她去聽過音樂會。溫蒂打開布蘭德餐廳的網頁，叫出節目表。沒錯，今晚是「開放麥克風之夜」，還註明今晚上場的是「饒舌新秀田納福萊」。

有人敲門，她喊：「進來。」老爹探頭問她：「你還好嗎？」

「當然。你喜不喜歡饒舌樂？」

老爹皺起眉頭。「你是說禮物外面的包裝紙[1]？」

「噢，不是啦，我是說饒舌樂。」

「貓咳痰都比它好聽。」

「今天晚上陪我去聽，就當拓展視野吧。」

□

1 wrap，音同饒舌樂（rap）。

泰德．麥奎德在凱索頓袋球球場看兒子萊恩打球。夕陽漸漸西下，這球場不但鋪了人工草皮，也有專業級照明。泰德來看九歲兒子的袋球賽是因爲沒別的事好做，不然怎樣，要待在家裡成天哭？他那些「前」朋友（用「前」這個字有點刻薄，可是泰德現在沒心情對別人寬厚）都禮貌性地對他點頭，避開他的眼睛也避開他，好像孩子失蹤會傳染似的。

萊恩雖然代表凱索頓三年級出來打袋球比賽，但球技就算說好聽點，也只在「開發中」和「不存在」之間。球大部分時間都在地上，沒一個小孩有辦法把球長時間留在袋網裡，愈打愈像曲棍球員在爭橄欖球。每個孩子的頭盔都太大，就像《摩登原始人》裡那個綠色的大頭外星人，很難辨別誰是誰。有一次泰德整場比賽都在爲萊恩歡呼，十分訝異他進步神速，直到最後那孩子脫下頭盔，泰德才發現他根本就不是萊恩。

到現在泰德想起那件事還會笑。然後現實又擠回來掐住他脖子不讓他呼吸。事情就是這樣，你有時候會恢復正常一下下，但那得付出代價。

海蕾也曾在同一個球場上打球，那天是這座球場第一次啟用。他還記得海蕾多麼努力鍛鍊左手，以防敵人趁隙而入。她的弱點就在左側，如果練不好，維吉尼亞大學一定不肯收她。所以她不停練習用左手，不光在球場，就連在家也是。她開始用左手刷牙，用左手抄筆記，用左手做很多事。鎮上其他父母都得督促孩子進步，逼他們在課業和運動上獲得更好的成績，希望藉此爭取到更好的學校。但海蕾不需要父母督促，她自己會逼自己。也許逼得太凶了？也許。到頭來維吉尼亞大學沒進成，但她左手變得超靈光，要拿美國大學運動協會的一級獎學金應該沒問題。只是進不了她最想進的維吉尼亞讓海蕾受到很大的打擊，怎麼安慰都沒用。爲什麼呢？這有什麼要緊？一輩子這麼長，將來回頭看，這算什麼？

該死，他實在好想她。

他想念的不是球場上的她，而是別的。比如說，一起看電視。還有她每次在YouTube上看到好玩的東西，就會和他分享，想要他「搞懂」那些影片和她喜歡的音樂。他想念一些蠢事。他每次在廚房表演拿手的「月球漫步」，海蕾就會翻白眼；每次故意誇張地摟著瑪莎親吻，海蕾就會皺眉大叫：「喂，有小孩在場耶，噁！」

泰德和瑪莎三個月沒碰彼此了。兩人從未討論這事，但很有默契，就好像兩人都帶著傷，不能碰。他感覺得出夫妻間有道很寬的裂縫，那並不是身體疏遠所造成的，好像也沒重要到必須處理，至少不該現在處理。

無知是個重擔。你會很想知道答案，無論答案是什麼，都想知道，但是這會令罪惡感更重，感覺更可怕。在罪惡感啃噬下，他夜夜失眠。泰德不擅與人對立，每次逼不得已做這種事，心就會跳得好快，去年爲住家地界和鄰居起爭執讓他好幾星期睡不著覺。如今他也失眠，反覆和自己辯論。

是他的錯。

男人守則第一條：女兒在家就很安全。你有責任照顧家人。不管怎麼說，事實明擺在那裡：泰德沒盡到責任。若是有人闖入他家，把海蕾擄走，那麼責任在他，不是嗎？父親就該負起保護之責，那是最基本的。如果海蕾那天晚上是自己離家的，那麼責任還是在他，因爲他不是好爸爸，所以女兒生活中出了問題才沒有跟他說。

這些念頭反反覆覆不斷在他腦中出現，他好想回到過去，改變些什麼，比如說修改宇宙的時間結構之類的。海蕾一直是個堅強的孩子，很獨立，很能幹。他一直覺得她的足智多謀是件很神奇的事，肯定遺傳自媽媽。是不是就因爲這樣，所以他也一直覺得海蕾比較不需要爸媽的關切或督導，至少不需要像對派翠莎和萊恩那樣？

想這些沒用，但他還是忍不住反覆去想。

他不是憂鬱型的人，從來就不是，可是有些時候，在特別陰鬱淒涼的時刻，泰德會想起父親放手槍的地方。現在他腦中就浮現那個場景：家中無人，他獨自走進父母家，從櫃子頂的鞋盒裡拿出手槍，走到七年級時第一次和艾咪・史坦親熱的那間地下室。他會去洗衣間做這件事，因爲那個房間沒鋪地毯，水泥地比較好清理。他會坐在地上，靠著舊洗衣機，把手槍放進嘴裡，終結痛苦。

只是想想，不會眞做。泰德不會對家人做這種事，他們已經有太多痛苦，不能再出事。身爲父親，他不能這樣，他必須承擔。然而，可怕的是，在誠實面對自己的時候，他還是會想，爲什麼在想像中自殺的感覺有那麼好？簡直就是解脫。

萊恩正在比賽，泰德努力把注意力放回球賽上，放回兒子臉上，企圖從中找回一點喜悅。萊恩面罩下的嘴緊緊抿著。泰德一直沒搞懂男生的袋球規則，怎麼好像跟女生的完全不同，但他知道兒子現在正在進攻，那位置最有可能得分。

泰德拿手當擴音筒，大喊：「萊恩，加油！」

那聲音聽來好悶。過去這一小時裡，其他家長當然一直在喊，可是泰德的聲音顯得特別突兀，好像來錯了地方。他突然有點畏縮，就改拍手，卻一樣怪，好像手的大小都錯了。他只好轉頭望向別處，就在這個時候，他看見了。

法蘭克．崔蒙步伐沉重地向他走來，每一步都像踏在厚厚的雪地裡。身旁還有一個高壯的黑人，肯定也是警察。有那麼一會兒，希望展開翅膀飛了起來，泰德激動得想大叫，但那感覺只持續了一下下。

法蘭克垂頭喪氣，肢體語言說明了要來的也絕非好事，泰德的膝蓋開始發抖，站都站不穩，只能勉強撐住。他迎向前去。

雙方近到能說話時，法蘭克就問：「瑪莎呢？」

「去看她媽媽。」

法蘭克說：「我們得立刻找到她，立刻。」

14

一進布蘭德餐廳的酒吧，老爹就笑了。

「怎麼？」溫蒂問。

「這裡的美洲獅比探索頻道上還多。」

酒吧燈光昏暗，人人都穿黑衣。從某個角度來看，他對顧客的形容還挺貼切的。

溫蒂說：「美洲獅指的好像是在夜店獵『嫩男』的熟女喔。」

老爹皺起眉頭。「有些人還沒走出父女關係不良的陰影？」

「以你的年紀，應該要希望她們有戀父情結才對，不，應該說戀祖父情結。」

老爹聽了這話，望著她，滿臉失望。她抱歉地點個頭，承認話說太重。

「介不介意我去跟別人混混？」老爹問。

「我害你施展不開？」

「對啊，這裡的美洲獅屬你最辣，雖然有些女人喜歡從別的女人偷男人，但你太強了，會把大部分的女人嚇跑。」

「別帶女人回家，我家有個敏感的青少年。」

「我向來去女方家，」老爹說，「我不想讓她知道上哪兒找我，也省得她早上離開時沒面子。」

「眞體貼。」

布蘭德餐廳分成三區，一進門是酒吧，中間是餐廳，最裡面是夜總會。今晚是夜總會的開放麥克風之夜，男士入場費五元，女士入場費一元，都附飲料一杯。溫蒂付了兩人的費用，走進夜總會，聽見諾姆……也就是田納福萊正在唱：

辣妹，你給我聽好了，

你也許不在田納福萊，

但田納福萊將會深深進入你……

哇，舞台邊上圍了四、五十人爲他歡呼。田納福萊一身閃亮的行頭連T先生都會嫉妒，頭上那頂卡車司機帽的帽簷斜抬四十五度角。他一手拎著垮褲（有可能是因爲褲子太大，也有可能是因爲他沒屁股），另一隻手握著麥克風。

諾姆以「田納福萊深入你之後，你就再也不想要恩格伍德」爲那首特別的浪漫短歌作結，得到在場觀眾（都是四十出頭的中年人）熱烈鼓掌。前排有名看起來像瘋狂歌迷的紅衣女子扔了樣東西上台，溫蒂驚覺那是條內褲。

田納福萊將它拾起，湊到鼻前深深吸氣。「唷，唷，那邊那位小姐，那邊那位辣妹，田納福萊愛你，FC也愛你。」

那個疑似歌迷的女子高舉雙手，老天爺啊，她T恤上的字是「田納福萊專用」。

老爹隨後過來了，臉上有痛苦之色。「我的媽呀，這是什麼情形……」

溫蒂環顧四周，看見父親俱樂部（也就是FC）的其餘成員也在觀眾群中，菲爾甚至站在前排，瘋狂歡呼。溫蒂目光往後掃，有一個嬌小的金髮女子獨自坐在較後方的座位上，低頭垂目喝飲料。

雪莉．騰柏，菲爾的太太。

溫蒂穿過人群，走到她身邊。「您是騰柏太太？」

雪莉．騰柏緩緩抬起頭來。

「我是溫蒂．泰恩斯，我們通過電話。」

「記者？」

「對。」

「當時我沒想到你就是報導丹・默瑟的那一個。」

「你認得他？」

「見過一次。」

「狀況是？」

「他跟菲爾在普林斯頓住同一間房，去年我們幫法利辦募款活動的時候他也來了。」

「法利？」

「也是室友。」她喝口飲料。台上的田納福萊請大家保持肅靜。「我要先跟大家說說下一首歌。」場內頓時安靜下來。田納福萊拿下太陽眼鏡，好像那副眼鏡惹火了他。他沉下臉想作出憤怒的樣子，但看起來比較像便祕。

「有一天，我跟我FC的兄弟在星巴克。」他開始說。

父親俱樂部的成員一聽提到他們，立刻出聲應和。

「我坐在那裡，享用我的拿鐵還是什麼的，這個辣妹正好經過。噢，我的媽呀，我簡直就要打九一一，全體肅立，你們懂我意思吧？」

啦啦隊說，我們懂你意思。

「我當時正在找靈感，有個超辣的辣妹穿著露背裝經過，於是我就想到了這句『搖你的狗狗』[1]。她抬頭挺胸，這麼閒晃過去，我心想：『這就對了，寶貝，搖你的狗狗。』」

田納福萊講到這裡停了一下，現場先是一片安靜，接著有人喊道：「天才！」

1 puppies在這裡是雙關語，是「小狗」也是「胸部」。

「謝啦，兄弟，我說眞的。」他用一種挺複雜的動作指指他的「歌迷」，手指作成彎曲的槍狀。「總之，父親俱樂部的兄弟們幫我把這首饒舌歌提升到了另一個境界，所以這首歌要獻給你們，當然還有你們這些上圍雄偉的美眉，你們是田納福萊的靈感來源。」

一片掌聲。

雪莉．騰柏說：「你認爲這很悲哀，對吧？」

「我沒資格評斷。」

田納福萊開始表演在某些人看來也許是「舞」，但在醫學界會被認定爲「痙攣」或「中風」的動作。

唷，女孩，搖你的狗狗
搖吧，就像我最愛的妞
搖你的狗狗
搖吧，就像你是舞台上的亮點
搖你的狗狗
唷，這裡有根骨頭餵你
搖你的狗狗
吃吧，女孩，「動物保護組織」不會抗議

溫蒂揉揉眼睛，眨兩下再張開。

這時候，父親俱樂部所有成員都站了起來，加入〈搖你的狗狗〉大合唱，讓田納福萊在合唱的間隙中獨唱。

搖你的狗狗，

搖你的狗狗。

田納福萊：「不用尖叫發牢騷。」

田納福萊：「搖得好，賞你個珍珠狗項圈……」

溫蒂皺起臉，那幾個男人全都站了起來。上回穿白色網球衫的，今天穿了鮮綠色的polo衫。菲爾穿卡其褲和藍襯衫，站在那裡隨節奏拍手，渾然忘我。雪莉·騰柏別開頭，不看他。

「你還好嗎？」溫蒂問。

「難得看見菲爾笑。」

台上的饒舌歌還在繼續，溫蒂看見老爹在角落和兩位小姐搭訕，重機騎士型的男人在郊區很罕見，而有些愛泡夜店的時尚女郎就喜歡帶壞壞的男人回家。

雪莉說：「你看坐在前面的那個女的。」

「丟內褲上台的那個？」

她點點頭。「那是諾姆……呃，田納福萊的太太。他們有三個小孩，現在得賣掉房子搬去她爸媽家住了，她卻還是支持他。」

溫蒂說：「眞好。」但再仔細看看，那種熱切加油的態度似乎過於刻意，有點勉強，不夠自然。

「你來這裡做什麼？」雪莉·騰柏問。

「丹·默瑟的事，我想找出眞相。」

「不嫌晚了點？」

「也許吧。今天菲爾對我說了些奇怪的話，說他了解被冤枉的感覺。」

雪莉．騰柏攪了攪飲料。

「雪莉？」

她抬起頭和溫蒂四目相對。「我不想讓他再受傷害。」

「我並沒有要傷害他的意思。」

「菲爾每天早上六點起床，穿西裝、打領帶，好像要去上班似的。然後他會買份報紙，開車去十七號公路的郊區餐館，一個人坐在那裡，喝咖啡，看分類廣告。穿著西裝打著領帶，一個人。每天早上都這樣，一個人，做一模一樣的事。」

溫蒂又想起父親坐在桌邊往信封裡塞履歷表的光景。

「我一直跟他說沒關係，」雪莉說，「可是我只要一提議換個小一點的房子，他就覺得是他的錯。男人就是這樣，對不對？」

「他的工作怎麼了？」

「菲爾很愛他的工作，他是理財顧問，管錢的，現在這是負面用語，可是從前菲爾常說：『人家信賴我，才把畢生儲蓄交給我管。』你想想，他多認真對待別人的錢，人家把辛辛苦苦賺來的錢、要讓孩子上大學的錢，還有退休金都託付給他。套句他說的話：『你想想那是多大的責任和榮譽啊。』對他來說，最重要的是信賴、誠實與榮譽。」

她停下來。溫蒂等她再說下去，她沒開口，溫蒂就說：「我做了點調查。」

「我想回職場工作，菲爾不願意，但我還是會去工作。」

「雪莉，你聽我說，我知道侵占公款的事。」

她的表情像讓人打了一巴掌。「怎麼會？」

「那不重要。菲爾所說的冤枉是指這件事嗎？」

「那件事情根本子虛烏有，公司只想拿它當藉口，辭退薪水最高的員工。如果他眞的有罪，爲什麼沒起訴？」

「我想跟菲爾談談這事。」

「爲什麼？」

溫蒂張開嘴，頓了一下，又把嘴合上。

雪莉說：「這和丹一點關係也沒有。」

「說不定有。」

「有什麼關係？」

好問題。

「幫我跟他講講看好嗎？」溫蒂說。

「講什麼？」

「就說我想幫他。」

突然，溫蒂靈光一閃，有件事珍娜、菲爾和雪莉不約而同都說到了，他們都提到過去，提到普林斯頓，提到「法利」這個名字。她得回家用電腦查查。「總之幫我跟他說說，好嗎？」

田納福萊開始唱另一首歌，歌頌某個叫做「玲秀媚莉」的辣媽。他抄襲自己另一首歌的創意，說他雖然沒有領袖魅力，但很想深深進入玲秀媚莉。溫蒂快步走到老爹旁邊。

「走吧。」她說。

老爹指指身旁兩個醉醺醺笑瞇瞇的乳溝妹。「我在忙耶。」

「先要個電話，叫她改天再對你搖她的狗狗。我們得立刻回家。」

15

法蘭克·崔蒙調查員和米奇·沃克警長目前的首要目標就是：找到猥褻犯丹·默瑟和失蹤女孩海蕾·麥奎德之間的關聯。

海蕾的手機能提供的線索很少，沒有新簡訊、電子郵件，也沒有通話紀錄。薩塞克斯郡的年輕郡警有點科技背景，正在想辦法。但他們光靠淚眼汪汪的泰德和鋼鐵一般的瑪莎，就把海蕾和丹·默瑟的關聯找出來了。海蕾·麥奎德是凱索頓高中四年級的學生，班上有個同學叫做艾曼達·惠勒，是珍娜·惠勒的繼女。丹·默瑟和前妻珍娜十分友好，據說常常待在她家。

關聯有了。

惠勒家是典型的錯層式住宅。珍娜和諾爾在客廳裡與崔蒙對坐。珍娜近來哭得太多，眼睛很腫。她身材嬌小，身體結實，看起來常常健身，要是臉沒哭得這麼浮腫，應該挺迷人。男主人諾爾聽說是谷地醫學中心的心臟外科主任，髮色很深，有點亂，有點過長，看起來比較像鋼琴演奏家。

法蘭克心想，又是張厚實舒服的沙發，放在美好的郊區房子裡，跟麥奎德家一樣，兩家的沙發都很好，應該也都很貴。這一張是亮黃色的，上頭綴著藍花，很有春天氣息。法蘭克可以想見惠勒夫婦或麥奎德夫婦買沙發的樣子，他們可能會去四號公路上的高級家具店，試試沙發的彈性；想像放在家裡和原有的裝潢風格搭不搭，和他們的生活習慣合不合；考慮舒適度和耐用性，以及和壁紙、東方風地毯和歐洲旅行帶回來的小擺設配不配。沙發送到家以後，東移移，西放放，終於找到最合適的位置，然後就癱在上面，叫小孩也都來試坐。說不定夫妻倆半夜還偷跑下來在沙發上做愛。

薩塞克斯郡警長米奇·沃克往他後面一站，就像突然日蝕似的。現在兩案有了交集，二郡必須通力合作——在找失蹤女孩的時候，卻沒人來爭管轄權。他們說好了，這場訊問由法蘭克主導。

法蘭克・崔蒙用拳頭遮嘴咳了兩聲。「謝謝兩位願意和我們談。」

珍娜問：「是不是丹的事情有了什麼新發現？」

「我想問兩位與丹・默瑟關係如何？」

珍娜一臉困惑，諾爾・惠勒靜止不動，身體微微前傾，手臂撐在腿上，十指交扣抱膝。

「我們的關係關案情什麼事？」珍娜說。

「你們很親近？」

「對。」

法蘭克望向諾爾。「兩位跟他都親？我是說，他畢竟是您太太的前夫。」

回答的還是珍娜。「我們全都跟丹很親，丹是我女兒凱莉的教父。」

「凱莉幾歲？」

「幾歲有什麼關係？」

法蘭克語氣硬起來一點。「惠勒太太，請直接回答問題就好。」

「六歲。」

「她和丹・默瑟單獨相處過嗎？」

「如果你是在暗示……」

「我在問問題。」法蘭克打斷她。「你六歲大的女兒有沒有單獨和丹・默瑟相處過？」

「有，」珍娜抬頭挺胸說，「而且她很愛他，還喊他丹叔叔。」

「你們還有一個孩子，對吧？」

諾爾接過話來。「我前次婚姻留下一個女兒，叫艾曼達。」

「她在家嗎？」

法蘭克早就做過功課，知道她在。

「在，在樓上。」

珍娜抬頭望向沉默的沃克。「我看不出這和艾德．葛雷森殺害丹的事有什麼關係。」

沃克雙手抱胸，迎向她的目光，不發一語。

法蘭克說：「丹有多常來？」

「有什麼差別？」

「惠勒太太，你是不是有什麼事需要隱瞞？」

珍娜的嘴張得大大的。「你說什麼？」

「不然爲什麼要爲難我？」

「我哪有爲難你？我只是想知道……」

「你爲什麼那麼在乎我爲什麼問這些？」

諾爾．惠勒伸手按住妻子的膝蓋，安撫她。「他常來，之前大約每星期來一次……」他停頓了一下，「那是在電視報導他的事之前。」

「之後呢？」

「之後就很少，只來過一、兩次吧。」

法蘭克將砲火對準諾爾。「爲什麼？你相信對他的控訴？」

諾爾．惠勒並未立刻回答。珍娜瞪著他，他身體好像僵住了，好一會兒才說：「我不相信那些控訴，我不相信。」

「可是？」

諾爾．惠勒又陷入沉默，也不看他太太。

「可是防人之心不可無，是吧？」

珍娜說：「是丹自己覺得不要來比較好的，怕鄰居說閒話。」

諾爾雙眼依然盯著地毯。

她又說：「我還是想知道你們問這些幹什麼？」

「我們想跟艾曼達談談。」法蘭克說。

聽見這話，珍娜第一個跳起來，但彷彿想到什麼又忍住了，看看諾爾。崔蒙覺得奇怪，也許是繼母症候群？畢竟諾爾．惠勒才是艾曼達的親爹。

諾爾說：「您是……崔蒙警探對吧？」

法蘭克點點頭，沒糾正他，其實應該說「調查員」才對，不是警探，可是老實說他自己也常搞混。

「我們很願意合作，您問什麼問題我都會回答，可是我不想讓女兒牽扯進來。警探，您自己有小孩嗎？」

法蘭克．崔蒙的餘光看見米奇．沃克不安地動了一下。崔蒙沒跟他說過，但沃克想必知道。崔蒙從來不提凱西的事。

「沒有。」

「如果你想跟艾曼達談，那我眞的必須先了解發生了什麼事。」

「也對。」崔蒙不急，讓沉默在他們身上施壓，等到時機成熟之後，才說，「你知道海蕾．麥奎德嗎？」

「當然知道。」珍娜說。

「我們認為你的前夫對她做了某些事。」

沉默。

珍娜說：「你說『做了某些事』是指……」

「綁架、猥褻、誘拐或謀殺。」法蘭克說。「這樣夠清楚了嗎，惠勒太太？」

「我只是想知道……」

「我不在乎你想知道什麼，也不在乎丹．默瑟名聲怎樣、死在誰手裡。我只在乎他和海蕾．麥奎德有沒有關係。」

「丹不會傷害任何人。」

法蘭克感覺到額頭上的血管在跳。「噢，你怎麼不早說呢？我只要相信你的話，就可以收工回家了，對吧？我要勸麥奎德夫婦把丹．默瑟擄走他們女兒的如山鐵證通通忘掉，因爲他的前妻說他不會傷害任何人。」

「沒必要說得這麼難聽。」諾爾用醫生的口吻說話，他平常對病人講話大概就是這樣。

「不然是怎樣？惠勒醫生，你剛也說了，你是個父親，對吧？」

「對。」

「那你想想，如果今天換作你們家艾曼達失蹤三個月，而麥奎德家這麼不合作，你會作何反應？」

珍娜說：「我們只是想要了解……」

諾爾再次把手按在她膝上，對她搖搖頭，高喊：「艾曼達！」

珍娜．惠勒身體後仰靠向椅背。樓上喊道：「來了！」是青少年那種悶悶不樂的聲音。

他們坐著乾等，珍娜望著諾爾，諾爾望著地毯。

法蘭克．崔蒙說：「請問兩位，就你們所知，丹有沒有見過海蕾．麥奎德？」

珍娜說：「沒有。」

「惠勒醫生？」

他搖搖頭。就在這個時候，艾曼達下樓了，她高高瘦瘦，身體和頭都好像被什麼東西拉長，彷彿有個巨人用手在人形黏土兩邊捏過。說來有點殘忍，但他瞬間聯想到的是「笨拙」這個字眼。她站在那裡，一雙大手放在身前，像是赤裸著身體想遮掩一下，眼神亂飄，就是不肯和別人四目相對。

她父親起身走過去，摟住她肩膀，帶她到沙發旁，讓她坐在自己和珍娜之間。珍娜也摟住繼女。法蘭克先不說話，等他們先坐定，安撫安撫小孩。

「艾曼達，我是調查員崔蒙，這位是沃克警長，我們要問你幾個問題，請放輕鬆，盡可能誠實、直接地回答，好嗎？」

艾曼達點點頭，眼神四處張望，像兩隻鳥兒在找安全的棲身之所。做父母的和她靠得很緊，身體前傾，彷彿準備要幫她擋子彈。

法蘭克問：「你認不認識海蕾．麥奎德？」

眼前這少女在他注視下顯得很畏縮。「認識。」

「怎麼認識的？」

「學校。」

「算不算朋友？」

艾曼達聳聳肩膀，青少年的標準動作。「我們在上化學先修班的時候同一組。」

「是今年的事？」

「對。」

「爲什麼？」

艾曼達聽不懂這個問題。

「你們是自願同組的？」

「不，是沃爾什老師分配的。」

「這樣啊，你們處得來嗎？」

「當然處得來，海蕾人很好。」

「她有沒有來過你家？」

艾曼達遲疑了一下才說：「有。」

「很多次？」

「不，只有一次。」

法蘭克．崔蒙稍候一秒，才問：「可以告訴我是什麼時候嗎？」

艾曼達望向父親。他點點頭說：「沒關係。」

於是她回頭對崔蒙說：「感恩節。」

法蘭克看看珍娜．惠勒，她面無表情，但看得出是在極力壓抑。「海蕾來你家做什麼？」

又是個青少年的招牌聳肩，艾曼達說：「沒什麼，就只是來玩。」

「感恩節耶，不是該跟家人在一起嗎？」

珍娜．惠勒說：「那是後來的事。她們都先在家裡吃完感恩節晚餐，才來我們家玩，反正第二天不用上學。」

珍娜的聲音彷彿來自遠方，平板、沒有活力。法蘭克眼睛緊盯著艾曼達。「那是幾點鐘的事？」

艾曼達想了一下。「我不知道，她到的時候差不多十點吧。」

「總共有幾個女孩？」

「四個。布麗和裘蒂也來了，我們在地下室玩。」

「感恩節晚上？」

「對。」

法蘭克等了一下，沒人主動開口，於是他就直接問了：「感恩節那天晚上，丹叔叔在不在？」

艾曼達不說話，珍娜一動也不動地坐著。

崔蒙再問一次：「他在不在？」

諾爾．惠勒傾身向前，雙手摀住臉。「在，感恩節那天，丹在這裡。」

16

回家路上，老爹一直抱怨。「到手的妹都給你弄飛了。」

「抱歉。」她頓了一下，又說：「妹？」

「就是妞啦，我這人跟得上時代，所以用的是現在流行的字眼啊。」

「您眞厲害。」

「你才知道。」

「別太拚了。」

「不會。」老爹說。「你急著回家是有重要的事？」

「對。抱歉害你沒把到妹。」

「沒關係啦，」老爹聳聳肩，「你也知道，反正大海裡頭魚多得是。」

「我懂。」

溫蒂衝進家門，查理正對著電視頻頻轉台，他的死黨克拉克和詹姆斯也在，他們三個懶懶坐著的那種姿態只有青少年做得出來，簡直像先把骨頭抽掉掛到旁邊櫃子裡，然後皮肉直接攤放在最近的沙發上。

「嘿，」查理說這話的時候嘴唇動都沒動，「這麼早回來。」

「是啊，你們不用起身。」

他笑笑，克拉克和詹姆斯咕噥了一句：「嘿，泰恩斯太太。」身體沒動，但至少回頭看了一眼。查理的選台器在突然成了她前公司的頻道上停住，NTC新聞網正在播報新聞的，是那個青春無敵討人厭的新人蜜雪兒・費斯勒。公司不該開除溫蒂，應該開除她才對。某個叫亞瑟・勒曼的人離開西奧蘭治的南山體育館時遭人開槍射傷雙膝，這則新聞做的是該事件的後續報導。

「射一邊還不夠喔？」

蜜雪兒以做作的記者腔重述這起新聞事件，溫蒂聽得眞難受。她一本正經地說，亞瑟．勒曼是在深夜練習後遭到槍擊。攝影機鏡頭搖過南山體育館，還照了照紐澤西惡魔隊在此練習的標誌，眞不知道那關這則新聞什麼事。

鏡頭回到播報台前露齒微笑的蜜雪兒．費斯勒臉上。

詹姆斯說：「我討厭她。」

克拉克說：「頭大身體小。」

費斯勒繼續用那討厭到爆的聲音說：「亞瑟．勒曼仍然不願對警方談論這起事件。」廢話，溫蒂心想，如果有人開槍打你兩邊膝蓋，不看、不聽也不說恐怕是最聰明的做法。就連詹姆斯都皺起鼻子裝出黑手黨的樣子。查理乾脆轉台。

詹姆斯回頭說：「泰恩斯太太，那個蜜雪兒根本沒辦法跟你比，不同等級。」

「對啊，」克拉克也說，「你贏她太多了。」

顯然他們已從查理那裡得知她失業的消息，義氣相挺，她很感激。「謝啦，各位。」

「說眞的，」克拉克說，「她的頭好像海灘球。」

查理不予置評。之前他跟溫蒂說過，他朋友都認爲她是數一數二的辣媽，說的時候沒不好意思，也沒特別得意，溫蒂不知道他認爲這是好事還是壞事。

她上樓去用電腦，法利這名字並不常見，雪莉．騰柏說他們幫他募過政治獻金，想想她好像聽過這名字，跟某起性醜聞有關。

她早該習慣網路的迅速與無遠弗屆，不該覺得驚訝，可是有時候還是會嚇到。輕輕點兩下，要找的東西就找到了。

「好痛。」克拉克說。

六個月前，法利·帕克斯在賓州競選國會議員時發生一件與召妓有關的醜聞。政客有性醜聞並不稀奇，所以媒體上消息登得不大，可是法利因此退出了選舉。溫蒂把搜尋到的前幾個網頁先看了一下。看起來呢，有個叫做「渴望」（可能不是眞名）的「情慾舞者」（也就是「脫衣舞孃」）把消息給了一家地方性報紙。「渴望」建了個部落格，詳述她和法利·帕克斯幽會的細節。溫蒂認爲自己算是見多識廣，但有些情節就連她看了都臉紅，很恐怖。噁。還有影片呢，她半閉著眼睛打開來看，好險，沒有裸體，「渴望」只以剪影出現，用經過變聲處理的氣音述說更多生動的細節。溫蒂只看三十秒就關掉。

夠了，她已經知道大概了。眞的很糟。

好，慢點，做記者的都知道要在事件之間找出共同的模式，這件事雖然毫無模糊之處，還是要查一下。用「法利·帕克斯」當關鍵字搜尋，第一頁所有結果都和那件醜聞有關。打開第二頁，找到了一頁個人簡介。是了，就是這個，法利·帕克斯二十年前自普林斯頓畢業，菲爾·騰柏和丹·默瑟也是。

會是巧合？

三個人讀同一所菁英大學，同一年畢業，都於去年毀在醜聞手裡。有錢有勢的人本來就容易惹上這種麻煩，巧合的可能性不是沒有。

可是這三個人的關係也許並不僅止於此。

同間套房。菲爾·騰柏和丹住同一間套房，大學的套房宿舍通常不只兩個人住，也許有三個人，或者更多。

要想知道法利·帕克斯有沒有和他們同住，該怎麼查呢？

珍娜·惠勒是丹的前妻，她也許知道。

時間有點晚，但現在不是在乎電話禮節的時候。溫蒂撥電話去惠勒家，有個男人——可能是她先生諾爾——在響第三聲的時候接起了電話。

「哈囉？」

「我是溫蒂．泰恩斯，珍娜在嗎？」

「她不在。」

掛了。

她瞪著話筒，嗯，這也太沒禮貌了吧。她聳聳肩膀，放下話筒，回到電腦前面，忽然靈光一現。臉書。受到同儕壓力，溫蒂去年開了一個臉書帳號，接受了幾個朋友的交友邀請，也邀請了幾個朋友，除此之外好像就沒幹嘛。也許是她老了吧。雖說那上頭有許多人比她年長，但溫蒂年輕的時候若有男人「戳」你一下，那意思可和臉書上的不一樣。有些她挺尊敬的知識分子老是發些蠢測驗給她做、邀她參加「黑幫戰爭」，或在她的塗鴉牆上貼文。她覺得自己就像電影《飛進未來》裡的湯姆．漢克，跟他一樣想舉起手說：「我不懂。」

可是她記得塔夫茨大學她那屆的畢業生有個專頁，點進去就能看見同學的老照片、新照片和資料。二十年前那一屆的普林斯頓畢業生會不會也有？

她登入臉書，搜尋了一下。

賓果。

普林斯頓那一屆的學生有九十八個人加入這個專頁，首頁上有其中八個人的小照片，還有討論區和連結。溫蒂正納悶要怎樣才能加入，以便看到全部內容，手機就震動起來。拿起來一看，上頭顯示有未接來電，應該是她還在布蘭德的時候打來的。號碼是前公司的，也許他們良心發現，決定要給她遣散費？不對，那通電話的時間距現在不到一小時，人力資源部不可能這麼晚來電話。

溫蒂聽取留言，赫然發現對方竟是維克．蓋瑞特，也就是兩天前開除她的那個人。

「嘿，寶貝，我是維克，有大事，快回電。」

溫蒂好緊張，維克平日講話並不誇張，講成這樣肯定有事。她打他辦公室裡的專線，就算維克不在，電話也會轉到手機。響第一聲他就接了。

「聽說沒？」維克問。

「什麼？」

「公司可能會重新雇你，至少有案子要請你做。不管是哪一種情況，我都要你過去。」

「去哪裡？」

「警方找到海蕾・麥奎德的手機了。」

「關我什麼事？」

「是在丹・默瑟的旅館房間裡找到的，不管她出了什麼事，他都脫不了關係，這報導不找你找誰？」

□

艾德・葛雷森一個人躺在床上。

他為丹・默瑟命案應訊的時候，結褵十六年的妻子收拾行李離開了家，這段婚姻完了。他想，他們的婚姻可能早在之前就已死去，只是人總會經歷一段懷抱希望的過程，如今終於連希望也沒了。瑪姬不會說出來，這他知道，她希望問題會自動消失。她向來如此，把不好的事裝箱，放進心中的櫃子裡，關上櫃門，然後掛上笑臉。瑪姬最愛說的，就是她遠在魁北克的母親告訴她的那句話：「野餐的天氣自己帶。」所以她們都常笑，而且兩人的笑容都可愛得能讓人忘了那笑毫無意義。

瑪姬的笑容多年來都發揮了作用，迷倒了年輕時的艾德・葛雷森。那笑容在他眼中有如女神，充滿吸引力，讓他一心想要靠近。可惜那笑容並不是女神，只是門面，只是用來抗拒壞事的面具。

小艾德的裸照剛出現的時候，瑪姬的反應令他震驚，她竟然想假裝沒那回事。瑪姬說小艾德好像沒怎樣，不用讓別人知道，他才八歲，又沒人真的碰過他……就算有，也沒留下痕跡。小兒科醫生什麼也沒檢查出來，小艾德看起來很正常，並沒為此困擾，沒尿床，沒半夜驚醒，也沒特別焦慮。

「就算了吧，」瑪姬說，「反正他還是好好的。」

艾德·葛雷森氣得要命。「你不想把這人渣關起來？你想讓他再去對其他小孩做同樣的事？」

「其他的小孩我不在乎，我只在乎小艾德。」

「你想教他這樣面對問題？就算了？」

「這是最好的做法，沒必要讓全世界都知道他發生過什麼事。」

「他沒做錯任何事，瑪姬。」

「我當然知道，你以為我不知道？可是人家會用異樣的眼光看他，會用這件事來定義他。只要我們不說，不要讓任何人知道……」

瑪姬給他一個標準笑容，但這一回，他只覺得不寒而慄。

艾德坐起身來，調了杯蘇格蘭威士忌加蘇打水，打開ESPN頻道，看體育中心的報導。他閉上眼睛，想到那些血，想到他以正義之名加諸在他人身上的痛苦與恐懼。他對那個記者溫蒂·泰恩斯所講的話發自眞心：一定要有人出來主持正義，如果法院辦不到，那麼責任就落在他這種人頭上。只是自行主持正義的人有時也不得不付出代價。

人家常說，自由不是天上掉下來的，正義也一樣。

現在他一個人在家，耳邊還聽得見他那天回家時瑪姬驚恐地壓低聲音說：

「你做了什麼？」

他不想多作辯解，只簡短地說：「結束了。」

這話同時也是指艾德和瑪姬之間的關係吧。現在回想起來，艾德都不知道他們夫妻到底有沒有過眞愛？把問題怪在小艾德出的事上固然簡單，但那是事實嗎？那道裂痕究竟是因小艾德的事產生的，或者早在那裡，只是小艾德的事扭開了燈，把裂縫照清楚了？也許我們一直就住在黑暗裡，讓微笑和美好的外表蒙蔽了，也許小艾德的事幫他們拿下了眼罩。

艾德聽見門鈴響。這麼晚誰會來？緊接在門鈴之後的，是不耐煩的敲門聲。艾德想都沒想就拿出床頭櫃裡的槍。門鈴又響了，那人繼續敲門。

「葛雷森先生？警察，開門。」

艾德望向窗外，來的是兩名穿著棕色制服的薩塞克斯郡警，那個黑人大個兒警長沃克不在。這也太快了吧，他沒嚇到，只是有點驚訝。他把槍收好，下樓開門。是兩個乳臭未乾的小警察。

「葛雷森先生？」

「小子，我是聯邦警官葛雷森。」

「先生，我們要以謀殺丹尼爾・J・默瑟的罪名逮捕您，請把手放到背後，聽我宣讀您的權利。」

17

溫蒂有點恍惚地跟前老闆（還是現任老闆？）維克．蓋瑞特講完電話。

警方在丹．默瑟的床底下找到海蕾．麥奎德的iPhone。

她努力摒除種種情緒，客觀分析這件事。但第一個念頭就是爲麥奎德家難過，她眞的好希望他們家能夠平安度過這一劫。好，先不想這個。溫蒂聽到消息太過震驚，有點嚇傻了。這雖然是噩耗，但不也稍稍解除了她心中的壓力，證明了她對丹的報導並沒有錯嗎？正義算是以某種方式伸張了，她並不是害死無辜好人的幫凶。

可是這會兒，在眼前螢幕上顯示的是普林斯頓丹那屆畢業生的網頁。她閉上眼睛，向後靠到椅背上，腦中浮現第一次見到的丹，在庇護中心最初的那幾次訪問中，他對街上救回來的孩子充滿了關愛，那些孩子看他的眼神充滿敬畏，她曾因此受他吸引。再想到昨天，在那輛該死的拖車車廂裡，同一張臉上滿是瘀傷，眼神黯淡無光，她明知道不應該，還是很想伸出手去安慰他。

你能不能先把直覺拋到一邊？

當然啦，壞人有各種僞裝，她也聽過連環殺人魔泰德．邦迪[1]的例子，可是老實說，她從來不覺得邦迪有半點帥。也許是後見之明吧，畢竟她已經知道他是壞蛋了。可是他眼神中的空洞那麼明顯，她相信就算她什麼都不知道，也看得出他油滑討厭，包藏禍心。邪惡這種東西感覺得出來，眞的，至少她這麼認爲。

偏偏她就是沒在丹身上感覺到半點邪惡，就連他死掉那天，她也只覺得他那個人很親切，很溫暖。原本只是直覺，但現在加上了菲爾．騰柏和法利．帕克斯的事，狀況肯定不單純，其中必然有鬼。

她睜開眼睛，好，就用臉書，她登入了，也找到普林斯頓畢業生的專頁了，可是要怎麼加入呢？總該有個辦法吧？

這就要問家裡的臉書專家了。

「查理！」

他在樓下喊：「幹嘛？」

「上來一下好嗎？」

「聽不到喔。」

「上樓來！」

「什麼？」然後，「幹什麼？」

「請你上來就是了。」

「要幹嘛用喊的不行嗎？」

她抓起手機，傳簡訊說她需要電腦方面的緊急技術支援，如果他不快來，她就取消他所有的網路帳號。其實她並不曉得要怎麼取消帳號，但總之沒多久就聽見他深深的嘆息，接著樓梯上響起沉重的腳步聲，查理從門外探頭進來。

「幹嘛？」

她指著電腦螢幕說：「我要加入那個社團。」

查理看看那個專頁，瞇起眼睛。「你又沒讀普林斯頓。」

「哇，原來如此，我都不知道哩，感謝您如此深入分析。」

查理笑了。「我最喜歡你這樣酸我。」

---

1 Ted Bundy，全名是Theodore Robert Bundy，靠著端正外型、舉止有禮潛入校園邀請女學生外出而後加以殺害，推估他自一九七四年至一九七七年間至少殺害了十九人，也因此有「校園殺手」之稱。

「有其母必有其子。」老天，她眞愛這個兒子。溫蒂突然有股衝動，有股爲人父母者偶爾都會有的衝動：她好想緊緊抱住孩子，永不放手。

「是要怎樣？」查理問。

她甩開那個念頭。「我沒念過普林斯頓，那要怎麼樣才能加入這個社團？」

查理皺著臉說：「你在開玩笑？」

「我看起來像在開玩笑？」

「很難說，你那麼愛講反話。」

「我不是在開玩笑，也不是在說反話，快教我。」

查理嘆口氣，彎下腰，指著網頁右邊說：「看到那個寫著『加入』的連結沒有？」

「看到了。」

「按下去。」

他站直身子。

「然後呢？」

「就好了，」她兒子說，「你加入了。」

這下子換溫蒂皺臉。「可是你剛不也說了，我沒念過普林斯頓呀。」

「沒差，這是開放性社團，封閉性社團寫的會是『要求加入』。這一個是對所有人開放的，只要點一下連結，你就加入了。」

溫蒂半信半疑。

查理又嘆了口氣。「點下去就是了啦。」

「好，等一下。」溫蒂點下去。眞的耶，好神奇，她就這樣成了普林斯頓的畢業生，不過只是臉書版的啦。查理用那種「就跟你說吧」的眼神看她一眼，搖搖頭，踏著沉重的步伐下樓去了。想到她這麼愛他，再想到瑪莎和泰德接到警方通知的心情。也許當初海蕾眞的好想要一支iPhone，收到的時候也許高興得大叫起來，如今那支iPhone卻出現在一個陌生男人的床底下。

想這些沒有用。

網頁出來了，繼續吧，第一步要做的就是瀏覽那九十八個成員。丹、菲爾和法利都不在裡面。也對，這三個人後來應該都很低調，就算之前加入過，之後也都不玩臉書了吧。社團中其他人的名字她都沒聽過。

好，那現在呢？

她看了一下討論區，有一則是爲罹病的老同學募款，另一則說的是地區性的同學會，沒什麼有用的資訊，還有一則討論的是即將召開的同學會。她在網頁上到處點來點去，總算點到一個可能有搞頭的：

「大一新鮮人宿舍照片！」

溫蒂在第五張照片裡找到了他們三個，標題是「史登斯館」，那棟磚房前頭大約有一百名學生集體大合照。她第一眼看見的是丹，丹年輕的時候和現在差別不大，捲髮從前長一點，後來短一點，但學生時代和中年後的他都很好看。

照片下面列著大家的名字。法利・帕克斯不愧是政客，站在前排中央。菲爾・騰柏站在右邊。丹穿牛仔褲和T恤，法利和菲爾穿得好像要爲《臭屁私校生月刊》拍封面，卡其褲、襯衫、休閒鞋不加襪子……就只差在脖子上綁件毛衣了。

好，現在她知道那間宿舍的名字了，然後呢？

她可以google照片上的每一個人，他們的名字全列在下頭，但是那很費時間，而且不見得有用，恐怕不會有人在網路上特別寫出他大一的時候和誰同寢室。

溫蒂決定繼續在那個臉書社團裡仔細找，十分鐘後，挖到金礦：

「我們的新鮮人相片名冊放上臉書了！」

她從那個連結下載了一個PDF檔案，用Adobe Acrobat打開，不覺莞爾，新鮮人名冊溫蒂當年也有，上頭放著你高中畢業紀念冊的照片，還註明你從哪兒來，讀哪所高中，最讚的是，分配到哪間寢室也會標在上面。溫蒂點下M開頭的部分，兩頁之後就找到了丹．默瑟，還有他大一的照片。

丹尼爾．J．默瑟
奧瑞岡州，瑞多市
瑞多高中
史登斯館一〇九號房

丹在照片裡露齒而笑，他的人生正要開展。不，照這張相的時候他才十八歲，那笑容說的是他準備好了，要征服全世界。對啦，但是之後他從普林斯頓畢業、結婚、離婚……然後呢？變成戀童癖，然後就死了？

還是，十八歲那年丹就已經有戀童癖了？當年他侵犯過誰嗎？他大學的時候就有那種傾向……或者更糟，他曾經綁架過少女？

爲什麼她總覺得事情並非如此？

別想那麼多，專心點。現在她有了房號，史登斯館一〇九號房。她點一下P開頭的姓，確認一下。沒錯，法利．帕克斯來自賓州的布林莫爾，畢業於勞倫斯維爾中學，分配在史登斯館一〇九室；菲立普．騰柏，也就是菲爾，照片和現在很像，來自麻州的波士頓，畢業於安多弗的菲立普斯中學，也住史登斯館一〇九室。

溫蒂用「史登斯館一〇九」當關鍵字搜尋。出現五筆結果。

除了菲立普・騰柏、丹尼爾・默瑟和法利・帕克斯之外，還有兩個：克爾文・提弗是非裔美人，笑得很謹慎，不怎麼放得開；史蒂芬・密奇阿諾戴著正中央串一顆大珠子的那種繩索項鍊。

這兩個名字她都沒聽過。溫蒂另開一個視窗，在搜尋引擎裡打「克爾文・提弗」。

什麼都沒有，幾乎什麼都沒有。他的名字就只出現在普林斯頓的畢業生名單裡，再來就沒了。沒有LinkedIn[2]，沒有臉書，沒有推特，沒有MySpace。

溫蒂不知道該怎麼想這件事。大部分的人，就算再無趣，也總有些什麼留在網上。克爾文・提弗和他那幾位室友比起來，簡直像個幽靈。

這意味著什麼？

也許根本沒事，不要太早做假設，先多找點資料。

溫蒂在搜尋引擎打「史蒂芬・密奇阿諾」，結果一出來，還沒點下任何連結，她就明白了。

「該死。」她大聲說。

身後有人問：「幹嘛？」

是查理。「沒事，怎麼了？」

「我可不可以去克拉克家？」

「可以。」

「酷。」

查理走了。溫蒂回過頭來，點下第一個連結，那是四個月前的新聞，《西艾塞克斯論壇報》。

2 美國知名職業商務社群平台。

本地居民史蒂芬・密奇阿諾，在紐澤西州利文斯頓的聖巴爾納伯斯醫學中心擔任整型外科醫師。他昨晚遭到逮捕，被控持有非法麻醉劑。警方根據密報，在密奇阿諾醫師的後車廂起出「非法持有的大批處方止痛藥」。密奇阿諾醫師暫時獲得保釋，等候聽證會。聖巴爾納伯斯醫學中心的發言人說，已將密奇阿諾醫師停職，靜候調查結束。

這就對了，溫蒂在西艾塞克斯論壇報上找後續報導，沒找到。再回網上找部落格和推特。最早提及此事的是某病患，他說密奇阿諾幫他偷藥。另有一則是「藥品供應商」寫的，他提供證據給州政府，將密奇阿諾定罪。還有一個部落客說密奇阿諾「舉止不當」而且「肯定嗑了什麼藥」。

溫蒂開始做筆記，記下部落格、推特、MySpace、臉書和各個論壇上的資料。

眞是瘋了。

五個大一同住的普林斯頓校友，個個都出事。噢，克爾文・提弗目前還沒有。其他四個：理財顧問、政客、社工，還有一個醫生。全都在去年因醜聞中槍落馬。

見鬼了，哪有這麼巧的事？

18

一通電話，艾德．葛雷森叫醒他的律師哈絲特．昆斯汀，告訴她，他被捕了。

哈絲特說：「聽起來是在嚇唬人，這種狀況我通常會派底下的人去處理。」

「可是？」艾德說。

「可是這時間太怪。」

「我也這麼覺得。」艾德說。

「沃克明明幾小時前才被海削一頓，怎麼還會來逮捕你？」她頓了一下，「除非我哪裡做錯了？」

「應該不是。」

「對，所以他們應該有新發現。」

「血跡檢驗？」

「那不夠。」哈絲特有點遲疑。「艾德，你確定他們不會找到……呃，什麼能怪到你頭上的東西吧？」

「當然。」

「你確定？」

「確定。」

「好，你懂規矩，別說話。我叫司機來接我，這麼晚了，路上花不了一小時。」

「還有個麻煩。」他說。

「什麼？」

「這回我不在薩塞克斯郡的警察局，在紐華克。這裡屬艾塞克斯郡，是不同的轄區。」

「為什麼？」

「不知道。」

「好，那你什麼也別做，我穿個衣服就出門，這回要使出殺手鐧，手下絕不留情。」

四十五分鐘後，哈斯特和她的當事人艾德．葛雷森坐在小小的偵訊室裡，地上鋪著塑膠地板，桌子是組合桌。他們等了好久，哈絲特愈等愈氣。

門終於打開，穿制服的沃克警長走進來。有個年約六十、挺著肚子、穿著皺巴巴松鼠灰西裝的男人和他一起進來。

「很抱歉讓您等這麼久。」沃克說完就靠牆站，另外那人拉椅子和葛雷森隔桌而坐，哈絲特還在踱步。

她說：「我們要走了。」

沃克搖搖手指。「再見，律師，我們會想你。噢，不過你的當事人哪兒都不能去，他被捕了，要送拘留。時間太晚，保釋聽證會得等明天才能安排，不過我們這裡住起來很舒服，您不用擔心。」

哈絲特當然不能接受。「不好意思，警長，您不是民選的嗎？」

「我是啊。」

「那請好好想一下，要是我動用所有人脈找你麻煩……畢竟你逮捕的人他兒子遭到可惡的……」

警長身旁的人終於開口了。「你的威脅可不可以暫停一下？」

哈絲特轉頭看他。

「昆斯汀小姐，你想幹什麼都隨你，好嗎？我不在乎。我們有問題要問，而你們要回答，否則我們的公文跑起來很麻煩、很慢，你的當事人在警局裡就有得待了，你懂我意思嗎？」

哈絲特．昆斯汀斜眼看他。「你是？」

「我叫法蘭克．崔蒙，是艾塞克斯郡的調查員。不如我們都再別裝腔作勢，直接進入主題如何？你們也想趕快了解狀況吧？」

哈絲特收住了凌厲的攻勢。「好，小子，你們弄到了什麼？」

沃克接手，把一份檔案「啪」一聲放到桌上。「血跡檢驗報告。」

「說？」

「你也知道，我們在您當事人車上找到血跡。」

「是喔。」

「車上的血和被害者丹・默瑟相符。」

哈絲特假裝打個大哈欠。

沃克說：「也許您能告訴我們這是怎麼回事？」

哈絲特聳聳肩說：「也許丹・默瑟搭過他的車，然後在車上流鼻血。」

沃克盤起胳臂。「你就只想得出這種說法？」

「噢，不，沃克警長，如果你要別種的我也有。」哈絲特眨眨眼，裝小女孩聲音說，「可以給你一個假設嗎？」

「我比較想聽事實。」

「抱歉，帥哥，我最多只能做到這樣。」

「好，那就說吧。」

「嗯，那麼容我假設一下。你們有個證人說她看見丹・默瑟被人殺了，對吧？」

「沒錯。」

「你們的證人是那個電視記者溫蒂・泰恩斯嘛，假設我已經看了她的證詞。」

「不可能，」沃克說，「證人的身分和證詞都是機密。」

「啊，眞對不起，我錯了。應該說是假設的證人和假設的證詞才對。我可以繼續說嗎？」

法蘭克・崔蒙說：「繼續。」

「好。根據那份假設的證詞，她在拖車車廂裡見到丹．默瑟的時候，明顯看出他不久前挨過揍。」

沒人接話。

「我需要回應，」哈絲特說，「你們隨便哪個點點頭也好呀。」

法蘭克說：「就假裝我們都點頭了吧。」

「好，那好。我們再假設丹．默瑟在幾天之前遇過他其中一名受害者的父親，假設他們打過一架，假設說他流了點血，而那點血流到了車上。」

她雙手一攤，眉毛一挑。沃克看看崔蒙。

法蘭克．崔蒙說：「這個嘛……」

「哪個？」

他擠出一絲笑容，想化解緊張的氣氛。「假設發生過打鬥，那麼你的當事人就有了犯案動機，不是嗎？」

「抱歉，剛說你叫什麼？」

「法蘭克．崔蒙，艾塞克斯郡的調查員。」

「你是新手？」

他雙手一攤。「我像新手？」

「不像，法蘭克，你像是幹了一百年卻錯誤連連。不過你對動機的說法就像腦缺氧的菜鳥在嚇唬腦死的律師助理。給我仔細聽好，會想回頭報復的人，通常是打輸的那個，對吧。」

「通常是。」

「那麼……」哈絲特像競賽節目主持人似的，指著她的當事人問，「你看看這個壯漢，有半點瘀血、擦傷嗎？沒有嘛。所以假如他們之間有過肢體衝突，贏的當然是我的當事人，對吧？」

「那不能證明任何事。」

「相信我，法蘭克，關於證明，要辯你是辯不過我的。但不管誰贏誰輸，在這上面找動機就是錯。這案子你還不熟，法蘭克，所以我幫你個忙，講給你聽好了。丹·默瑟拍了我當事人八歲兒子的裸照，要說動機，早就有了，懂嗎？有人性侵你的孩子，你就有報復的動機。拿筆寫下來吧，這是有經驗的調查員該有的基本常識。」

法蘭克哼了一聲。「那根本不是重點。」

「可惜啊，重點就在這裡。你拿血跡檢驗的結果小題大作，半夜把我們弄來這裡。我告訴你，你那所謂的證據一點用也沒有，叫沃克把上回訊問的錄影播給你看吧，該解釋的我們都說過了。」

哈絲特不再理他，轉向沃克。「我不是要威脅你，可是你真打算用這個狗屁血跡檢驗結果來抓我無辜的當事人，冤枉他謀殺？」

「不是謀殺。」崔蒙說。

哈絲特愣了一下。「不是？」

「不是，至少不是正犯。在我看來，他是事後從犯。」

哈絲特轉頭去看艾德·葛雷森，他聳聳肩，她回頭對崔蒙說：「就先假設我真的被你嚇到，要跟你討論什麼事後從犯的問題好了。」

法蘭克·崔蒙說：「搜查丹·默瑟旅館房間的時候，找到了這個。」

他把一張八乘十的相片推向桌子那頭。哈絲特看了看，是支粉紅色的iPhone。她拿相片給艾德·葛雷森看的時候，手放在他胳臂上，像在提醒他別作任何反應。哈絲特沒說話，艾德也是。哈絲特很清楚基本原則，有時該出擊，有時該沉默。雖然她比較習慣採取攻勢，有時候甚至說得太多，可是現在對方就想看你反應，什麼反應都好，所以她打算不給任何反應，讓對方乾等。

又過了一分鐘，法蘭克·崔蒙才說：「這支手機是在默瑟房間的床底下找到的，旅館在紐華克，離這裡不遠。」

哈絲特和葛雷森還是不吭聲。

「手機的主人是失蹤少女，她叫海蕾．麥奎德。」退休聯邦警官艾德．葛雷森忽然發出一聲呻吟。哈絲特轉頭看他，葛雷森面無血色，就好像有人打開水龍頭，把他的血全放乾了。哈絲特抓住他胳臂，用力捏一下，要他恢復理智。

她想爭取一點時間。「你們該不會以為我的當事人……」

「哈絲特，你知道我是怎麼想的嗎？」法蘭克．崔蒙打斷她的話，他要表現出自信，要能唬得到人。「我想你的當事人之所以殺丹．默瑟，是因為默瑟僥倖免去了應得的處罰；我想你的當事人是打算自行執法，要默瑟為他所做的事付出代價。從某種角度來看，我並不怪他，如果有人對我孩子做那種事，我也可能會找他算帳，老實說，不只是可能，我一定會。然後再聘請最厲害的律師來幫我打官司。那個傢伙一點也不值得同情，那種人渣，就算在巨人球場當衆被射殺，也不會有人需要為此受審。」

他瞪著哈絲特，哈絲特按兵不動，讓他講。

「可是自行執法會有一個問題，就是，有時候你無法預料後果。噢，對了，現在講的都是假設的狀況，有個十七歲女孩不見了，只有一個人能告訴我們她發生了什麼事，卻被你的當事人殺了。」

「噢，天啊。」葛雷森低下頭，雙手摀臉。

哈絲特說：「我要和我的當事人單獨談談。」

「為什麼？」

「你們給我出去就是了。」她想想也知道這樣不妥，低頭附到葛雷森耳邊問，「你知不知道這事？」

葛雷森轉過去看她。「當然不知道。」

哈絲特點點頭。「好。」

法蘭克又說：「聽好，我們並沒認為你的當事人傷害海蕾．麥奎德，可是丹．默瑟肯定有。所以為了找到海蕾，我們必須知道一切，包括默瑟的屍體在哪裡。現在每分每秒都很寶貴，丹可能把她綁起來關在某處，也許傷害過她，她可能嚇壞了，誰知道呢？他家院子我們已經挖遍了，也問過鄰居、同事、朋友，甚至前妻，問他愛去哪裡。可是時間一分一秒過去，那個女孩可能一個人困在某處，餓得要命。」

哈絲特說：「你以為默瑟的屍體有可能告訴你她在哪裡？」

「對，他身上或口袋裡說不定能找出線索。」

哈絲特搖搖頭。「你當真期待我會讓他承認自己有罪？你的當事人非得告訴我們丹・默瑟在哪兒不可。」

「我期待你的當事人會做對的事。」

「我看你們這是編的。」

法蘭克・崔蒙站起身來。「什麼？」

「我以前也遇過警察要這種技倆，說什麼只要招供就能救出女孩。」

他俯身靠過去。「你仔細看看我的臉，像在說謊？」

「有可能啊。」

沃克說：「並不是。」

「你的話我就該信？」

沃克和崔蒙兩人一齊望著她，他們都看得出這是真的。勞勃・狄尼洛也沒這麼好的演技。

哈絲特說：「我還是不會讓他自己認罪。」

崔蒙漲紅了臉。「艾德，你也這麼想？」

「不要跟我的當事人說話，有話跟我講。」

法蘭克不理會她。「你是警官出身的。」他俯身逼近艾德・葛雷森的臉。「殺了丹・默瑟，說不定也就害死了海蕾・麥奎德。」

「退後。」哈絲特說。

「你對自己說得過去？艾德，你能面對自己的良心？你以為我會浪費時間搞什麼花招……」

哈絲特說：「等等，」她的聲音突然冷靜下來，「他們之間的關聯就只在一支手機？」

「什麼？」

「你們目前找到的，就只有旅館房間裡的一支手機？」

「什麼？你認爲這還不夠？」

「我問的不是這個，法蘭克，我問的是，除此之外還有什麼？」

「問這幹嘛？」

「告訴我就是了。」

法蘭克．崔蒙回頭看看沃克，沃克點頭，法蘭克說：「還有他的前妻。默瑟常去她家，海蕾．麥奎德也是。」

「你們認爲默瑟是在她家遇見那個女孩的？」

「對。」

哈絲特點點頭，然後說：「那就請讓我的當事人離開吧。」

「你開什麼玩笑？」

「立刻放他走。」

「你的當事人毀了我們唯一的線索！」

「錯！」哈絲特的聲音像砲聲炸穿這房間。「如果你剛說的是眞話，那麼你唯一的線索就是艾德．葛雷森『給』的。」

「你到底是在說什麼東西？」

「你們這些白癡怎麼會找到手機？」

沒人應聲。

「你們跑去搜丹．默瑟的房間，爲什麼？因爲你們認爲我的當事人殺了他。要不是這事，你們到現在什麼都沒有。失蹤案查了三個月，查到什麼了？今天唯一的線索還不是我當事人給的。」

沉默。哈絲特還沒說完。

「說到這個，法蘭克，我知道你是誰。艾塞克斯郡調查員法蘭克・崔蒙，幾年前搞砸了一起備受矚目的謀殺案，從此就走下坡，你的長官羅蘭・繆斯也覺得你不適任，叫你走路，對吧？現在這是你最後一個案子了，你看看你，不但沒努力挽回名聲，連這麼明顯和被害者有關聯的知名戀童癖都沒去查，怎麼會這樣？法蘭克，你怎麼會漏掉他？」

現在換法蘭克面無血色了。

「然後呢，你這個懶警察居然還敢說我的當事人是從犯？你該感謝他才對。這麼多個月你什麼都沒查到，現在『多虧』有這件你們說我當事人犯下的案子，才總算有了進展。」

法蘭克・崔蒙變成一顆洩了氣的皮球。

哈絲特對葛雷森點個頭，兩人同時起身。

沃克說：「你們想幹嘛？」

「回家啊。」

沃克看看崔蒙，以為他會出手，但崔蒙還沒回過神，沃克只好自己來。「不可能，你的當事人被捕了。」

「你給我聽著，」哈絲特放柔了聲音，幾乎帶有一絲歉意，「你們這是在浪費時間。」

「你怎麼知道？」

她瞪著他說：「我們如果知道什麼幫得了那女孩的事，早就跟你說了。」

沉默。

沃克還想虛張聲勢，卻撐不起來了。「幫不幫得了要由我們決定。」

「是喔。」哈絲特站在那裡，瞄崔蒙一眼，再對沃克說，「你們目前為止所做的事已經夠讓人有信心了，現在應該專心致力去找那女孩，不該把時間花在唯一的英雄身上。」

敲門聲響起，有個年輕警察開門探頭進來，大家都轉過去看他。沃克說：「史丹頓，有什麼事？」

「我在她手機裡找到一些東西，你們可能會想看一下。」

19

走廊上，法蘭克·崔蒙和米奇·沃克走在史丹頓身後。沃克說：「哈絲特·昆斯汀是隻沒有道德觀念的鯊魚，臉皮比流鶯還厚。她說那些什麼不適任的話是想逼退我們，你知道的。」

「嗯。」

「你查這案子比誰都盡心盡力。」

「嗯。」

「聯邦調查局、那些三流的側寫員和你們警局的人也都盡了力，誰都想不到這個的。」

「米奇。」

「嗯？」

「如果我要找人來安慰我，會找辣一點、有女人味的，不會找你，好嗎？」

「噢，好。」

史丹頓帶他們走進地下室最底端的技術人員區。海蕾·麥奎德的iPhone連在一台電腦上。史丹頓指著螢幕說：「這是她手機裡的東西，用大螢幕看比較清楚。」

法蘭克·崔蒙說：「好。」

「我在一個應用程式裡有所發現。」

「一個什麼？」

「應用程式。手機應用程式。」

崔蒙抓著腰帶提提褲子。「就當我是個連錄影機都不會用的老化石，講解給我聽吧。」

史丹頓按了一個鍵，螢幕就變黑，整整齊齊排著三列圖示。「這些就是iPhone的應用程式。看，她有

iCal，也就是行事曆，海蕾把袋球比賽和家庭作業之類的東西記在裡面；『俄羅斯方塊』是遊戲，『賽車』也是；Safari是網路瀏覽器；iTunes可以下載歌曲。海蕾很愛音樂，除了iTunes之外還有另一個音樂類的應用程式叫Shazam，用來……」

「我想我們已經知道重點了。」沃克說。

「是，抱歉。」

法蘭克·崔蒙瞪著海蕾的手機，心想，她最後聽的是哪首歌？她喜歡快節奏搖滾還是傷心情歌？崔蒙是老古板，總覺得這些東西很可笑，年輕人走到哪兒都戴著耳機、傳簡訊、發郵件，但是從某方面來說，這些東西就是生活。她的通訊錄裡列著朋友名單，行事曆記在手機裡，喜歡的歌曲、照片……比方說那張和米老鼠的合照，都在裡面。

哈絲特·昆斯汀言猶在耳。雖然丹·默瑟並沒有暴力或強姦的前科，感興趣的對象年齡也比較低，而他的前妻雖和海蕾住在同一個鎮，但那是個大鎮，很難引起聯想。可是昆斯汀對他的攻詰仍像鐵鎚敲擊，迴聲不斷，法蘭克很怕那是實話。

他真的早該想到。

史丹頓說：「細節我就不說了，總之有件事很奇怪，海蕾跟其他青少年一樣，下載大量音樂，可是失蹤之後就再也沒下載音樂，也沒開網頁。我的意思是說，你們知道她用iPhone開過的網頁從伺服器上都查得到，而我在瀏覽器上看見的東西也不令人意外。她針對維吉尼亞大學做了許多搜尋，我猜她因為進不了那間學校而大受打擊，對吧？」

「對。」

「所以她也搜尋了一個叫琳恩·傑洛斯基的女孩，這女孩在西奧蘭治，靠著袋球進了維吉尼亞大學，是海蕾的對手。」

法蘭克說：「這些我們都知道。」

「好，伺服器……嗯，即時通訊和簡訊之類的你們也都知道了。我不得不說，海蕾在這些事上做得比同儕少很多。可是，請看，這裡有一個叫Google Earth的應用程式，你們應該知道它是什麼吧？」

法蘭克說：「你就解釋一下吧。」

「看這個，基本上它內建了衛星定位的功能。」

史丹頓拿起海蕾的iPhone，碰一下地球圖形，大地球轉呀轉，衛星影像拉近，地球變得更大，先是美國，再是東岸，然後紐澤西，最後停在離他們所在大樓約略九十公尺的上空，寫著：紐澤西州紐華克西市場街五十號。

法蘭克的下巴都要掉下來了。「這東西能把這支iPhone去過的地方都告訴你？」

「能就好了，」史丹頓說，「可惜不行，你得要把程式打開才行，海蕾沒有。只要有地址或地名，就能在這上頭查到衛星照片。我找了些專家，正在研究，我想Google Earth是獨立運作的，不需外求，所以伺服器上沒有搜尋紀錄。在程式裡看也不出她搜尋的時間，只能知道地點。」

「海蕾查過什麼地方？」

「下載後只查過兩處。」

「哪裡？」

「一個是她家，我猜是剛下載的時候打開來測試的那一次，所以不算。」

「另一個呢？」

史丹頓點了一下，巨大的Google Earth地球圖形又轉了起來，他們看著它再次將紐澤西拉近，停在一處林區，林地中央有一棟建築。

史丹頓說：「靈伍德州立公園，離這裡大約六十四公里，在拉馬波山脈的中心點，那座建築物是公園中央的史凱蘭茲莊園，周圍至少有五千畝的森林。」

接下來有一、兩秒鐘的沉默，法蘭克感覺得到心在胸腔裡猛跳，他看看沃克，兩人誰也沒開口，但彼此心裡都有數，這種事來的時候，你就是知道。那座公園很大，法蘭克記得幾年前有人躲在森林裡生活了一個多月。你可以在林間蓋個小屋，把人鎖在裡面。

當然，也可以把人埋在林子裡，讓別人永遠找不到。

崔蒙看看時間，現在是午夜，離天亮還有好幾個小時。他心中升起一陣恐慌，立刻撥電話給珍娜・惠勒。如果她不接電話，他就開車去她家，總之現在就要問個清楚。

「哈囉？」

「丹是不是喜歡健行？」

「對。」

「他愛去哪些地方？」

「我知道他以前愛走華強山區的小徑。」

「靈伍德州立公園呢？」

沉默。

「珍娜？」

她遲疑了一下才接話。

「嗯。」她的聲音聽起來好遙遠。「我是說，很多年前，我們還沒離婚的時候，常去那邊。」

「衣服穿好，我派車去接你。」法蘭克・崔蒙掛斷電話，對沃克和史丹頓說，「直升機、警犬、推土機、燈、鏟子、搜救小組、公園管理員，所有能用的人力都派上，當地志工也叫一叫，立刻出發。」

沃克和史丹頓都點點頭。

法蘭克・崔蒙再次掀開手機，深深吸一口氣，回味一下哈絲特・昆斯汀剛才那些話的重擊，然後撥電話給麥奎德家的泰德和瑪莎。

□

清晨五點，溫蒂才睡兩小時，就被刺耳的電話鈴聲吵醒。她上網查資料想關聯弄到好晚，卻怎麼也找不到克爾文・提弗的資料。莫非他是例外？暫時還無法斷定，但她愈挖愈覺得普林斯頓那群室友的醜聞實在怪異。

溫蒂摸黑抓過手機，啞著嗓子說哈囉。

維克省略招呼。「你知道靈伍德州立公園？」

「不知道。」

「在靈伍德。」

「你還眞是個很有洞察力的記者啊，維克。」

「快去那邊。」

「爲什麼？」

「警方在找那女孩的屍體。」

她坐起身來。「海蒂・麥奎德？」

「對。他們認爲默瑟在林中棄屍。」

「怎麼會想到那裡去？」

「我的消息來源說，好像是因爲她手機裡有個Google Earth什麼的。我會派攝影過去。」

「維克？」

「幹嘛？」

溫蒂用手指梳梳頭髮，想讓紛亂的腦袋停一停。「我覺得我可能會受不了耶。」

「嗚，好可憐。少來，誰管你受不受得了，動作快。」

他掛斷電話。溫蒂下床洗澡更衣。工作用的化妝箱向來放在那裡備用，但想到現在要錄的東西，化妝就顯得很噁。歡迎進入電視新聞的世界。維克說得沒錯，誰管你受不受得了。

她出去時經過查理臥室門口，看見他昨天穿過的髒衣服亂丟在地上。你若沒了丈夫，自然就學會不在這種事上浪費時間。她不看衣服，只看兒子熟睡的臉，想到瑪莎．麥奎德。瑪莎那天也像這樣起床，像這樣望進孩子的房間，發現床空著。如今，三個月後，警方在州立公園搜索她女兒，瑪莎．麥奎德在等消息。

這是亞麗安娜．納斯布羅那種人不懂的事，她不會明白人生有多脆弱，一件慘劇會掀起多少漣漪，一個不小心就會墜入絕望深淵，有些錯再也無法彌補。

溫蒂再一次無聲禱告，她的祈求和天下父母都一樣：別讓他受任何傷害，請保佑他平安。

之後，她就上車，前往州立公園，警方正在那裡搜尋，尋找那個早晨該在床上卻不在床上的女孩。

20

清晨五點四十五分，朝陽升起。

海蕾的妹妹，派翠莎・麥奎德靜靜站著，像身處在颱風眼一般。警方找到海蕾的iPhone之後，日子就像回到了她剛失蹤那幾天，所有感覺都麻木了。那時候全家人天天只忙著張貼尋人啓事、打電話給她朋友、跑她常去的地方、更新尋找失蹤女孩的網頁、在附近商場發放她的照片。

對他們家很好的那位調查員崔蒙這幾天好像老了十歲，對她擠出一絲笑容。「派翠莎，你還好嗎？」

「謝謝，我很好。」

他拍拍她肩膀，就去忙別的事。大家對派翠莎常常都是這樣，她不突出，不特別，但她並不在意，反正大部分的人也都不特別，只是自以爲特別而已。派翠莎對自己的處境挺滿意，至少目前爲止還挺滿意的。她想念海蕾。派翠莎和姊姊個性不同，不愛引人注意，討厭競爭，不喜歡當目光焦點。姊姊出事後，她突然就出了名，學校裡受歡迎的女生對她變得特別友善，想接近她，以便能在派對上說：「噢，那個失蹤的女生？她妹是我朋友。」

派翠莎的媽媽正在幫著給搜救人員分派工作。媽媽好強，和海蕾一樣，走起路來像豹子，彷彿就連走路也要向周圍的人挑釁。她們兩姊妹走在一起，永遠都是海蕾帶頭，派翠莎隨後。有些人以爲她會困擾，其實不會。媽媽有時候會說：「你應該要有主見一點。」但派翠莎從不覺得有這需要，她不愛做決定。海蕾想看什麼電影，她都願意跟著看；要吃中國菜或義大利菜，都好。有什麼關係？認眞想想，有沒有主見誰在乎？

警方圍出一個區塊讓新聞轉播車停放，很像西部電影裡牛仔圍牛。派翠莎看見某個有線電視台那位聲音尖銳、頭髮花白的女人也來了。有個記者偷偷溜過封鎖線，喊派翠莎的名字，笑得露出牙齒，舉起麥克風，就好像麥克風是糖，而他想用它誘拐她上車。崔蒙過去罵他，把他趕回圍欄裡。

另一家電視台的轉播車正在架攝影機，那組人的記者很漂亮，派翠莎知道她是誰。她兒子查理．泰恩斯和派翠莎讀同一所高中，派翠莎聽媽媽說，查理小時候爸爸就被酒駕的人害死了。每次在球場或超市之類的地方遇到泰恩斯太太，派翠莎、海蕾和媽媽都會變得安靜一點，一方面是要表示尊重，另一方面也有點害怕吧，派翠莎想，如果爸爸也出那種事，她的人生不知道會變成怎樣。

陸陸續續人愈來愈多，她爸跟大家打招呼，勉強擠出笑臉，像候選人似的和人一一握手。派翠莎比較像爸爸，隨波逐流。可是最近爸爸變了。她心想，全家都變了，但爸爸的內心深處有東西碎了，她不知道那是什麼，只知道就算海蕾回來，也無法令它復原。他看起來仍和從前一樣，笑起來也和從前一樣，他會努力像從前一樣大笑、做些小蠢事，但從前的他再也回不來了。現在他好像空掉了，好像肚子裡的東西都給挖了出來，或是像電影裡遭外星人掉換、沒有靈魂的複製人。

派翠莎看見好多警犬，是大丹狗，她走了過去。

「可以摸嗎？」她問。

警官遲疑片刻，才說：「當然可以。」

派翠莎抓抓狗耳後，牠開心得伸出舌頭。

大家都說孩子由父母塑造，但海蕾才是她生命中最重要的人。二年級女生開始找派翠莎碴的時候，海蕾揍了其中一個，以儆效尤。海蕾帶她去麥迪遜廣場花園看泰勒絲的時候，有群男的對她們吹口哨，海蕾站到她前面，叫他們閉嘴。在迪士尼世界，爸媽讓海蕾和派翠莎自己出去玩一個晚上，她們遇見幾個比較大的男生，在明星運動度假旅館喝醉了。好女孩不會做這種事，但海蕾並不是不乖，她是好女孩，可畢竟也是青少年。那天晚上派翠莎第一次喝啤酒，酒後和一個叫派克的親熱，但海蕾盯住了派克，讓他適可而止。

「我們要深入林區。」她聽見調查員崔蒙對帶狗的警官說話。

「爲什麼？」

「如果她還活著，如果那個混蛋蓋了個小屋來藏她，一定離路很遠，要不然早就讓人發現了。如果她離路很近……」

他沒把話說完，派翠莎知道他怕她聽到。她望向樹林，摸摸狗，假裝什麼也沒聽見。過去這三個月，外界所有的說法派翠莎都拒絕接收。海蕾很堅強，她會活下來的。派翠莎堅信姊姊只是去參加了某個詭異的冒險活動，很快就會回家。

可是現在，望著森林，摸著警犬，她心中卻出現了一個景象：海蕾孤伶伶的，還受了傷，又痛又怕，正在哭。派翠莎緊緊閉上眼睛。法蘭克・崔蒙走過來，站在她前面，清清喉嚨，等她睜眼。她過了好一會兒才把眼睛張開，以爲他要說些安慰的話。但他什麼也沒說，只是把身體的重心一下放左腳，一下換到右腳上，猶豫不決。

於是派翠莎又閉上眼睛，繼續摸狗。

21

溫蒂站在警方拉的封鎖線前面，拿著掛有NTC新聞網標誌的麥克風說話。「因此，我們還在等候進一步的消息。」她盡可能拿掉電視新聞聳動的語氣，說得莊重些。「以上是NTC新聞，溫蒂．泰恩斯在北紐澤西靈伍德州立公園所作的報導。」

她放下麥克風。攝影師山姆說：「最好重錄一遍。」

「爲什麼？」

「你的馬尾鬆了。」

「沒關係。」

「快啦，辮子重綁要不了兩分鐘。如果不重錄，維克一定會囉唆。」

「去他的維克。」

山姆翻了個白眼。「你不是當眞的吧？」

她沒說話。

「嘿，上回播出帶上的妝有一點點糊就發飆的人可是你耶。你是突然信教了還是怎樣？快啦，再錄一個版本。」

溫蒂把麥克風給他，就走開了。山姆說得沒錯，當然沒錯。她是電視記者，在這個產業中若有人以爲外表不重要，那不是太過天眞，就是腦子壞了。外表當然重要，過去她報導和這悲慘程度相同的新聞時還不是爲上鏡頭精心打扮一番。

簡而言之，她那張不斷增長的失敗清單上又多了一條「僞善」。

「你去哪兒？」

「我帶著手機，有事打給我。」

她朝自己的車走去，打算撥電話給菲爾・騰柏，又想起他太太雪莉說菲爾每天早上都一個人在十七號公路上的郊區餐館看分類廣告，那地方離這裡只有二十分鐘車程。

紐澤西典型的老餐館都有那種閃亮的鋁牆，新一點的（所謂「新」也就是一九六八年左右）門面都是人造石，看得溫蒂更懷念鋁牆。室內變得倒不多，每張桌子上都有投幣式點唱機；吧台有旋轉凳；圓弧型的玻璃罩下頭有甜甜圈；牆上有幾張你聽都沒聽過的當地名人簽名照，已經讓陽光曬得褪了色；店裡的女服務生會喊你「親愛的」，而你會覺得她人眞好。

點唱機播的是八〇年代的流行歌〈眞實〉，史班杜芭蕾（Spandau Ballet）唱的。早上六點挑這歌來聽還眞怪。菲爾・騰柏坐的是角落卡座，穿著灰色細條紋西裝，打著黃領帶，眼睛看的不是報紙，而是咖啡。他瞪著面前的咖啡，好像杯子裡頭藏著答案。

溫蒂走到旁邊，等他抬頭。他沒抬頭，低頭垂目問：「你怎麼知道我在這裡？」

「聽你太太說過。」

他笑得沒半點笑意。「怎麼說的？」

溫蒂沒接話。

「她到底是怎麼說的？『噢，可悲的菲爾每天早上都去那家餐館，自憐自艾』？」

「才不是。」溫蒂說。

「是喔。」

這話題不宜多談。「介意我坐下嗎？」

「我跟你沒什麼好說的。」

報紙攤開的那一頁，說的是警方在丹・默瑟旅館床底下找到海蕾的iPhone。「丹的新聞你看了？」

「對。你今天來，還是爲了幫他？或者你一開始就在騙我？」

「你在說什麼？我聽不懂。」

「你是不是早就知道丹誘拐了這個女孩子？是不是怕我不會說實話，所以假裝你想回復丹的名譽，不敢讓我知道你眞正的目的？」

溫蒂在他對面坐下。「我從沒說過要回復他的名譽，我說的是要查出事實。」

「眞高尙的情操。」他說。

「你爲什麼對我這麼有敵意？」

「昨天晚上我看到你跟雪莉講話。」

「對，那又怎樣？」

菲爾．騰柏用雙手拿起咖啡，一手執杯耳，一手扶著。「你想要她勸我合作？」

「也對，那又怎樣？」

他喝一口咖啡，輕輕將杯子放下。「我不知道該怎麼想。你說丹被人陷害，不無道理，可是現在……」他朝那篇提到海蕾手機的新聞努努下巴。「這又是怎麼回事？」

「說不定你能幫忙找到一個失蹤女孩。」

他搖搖頭，閉上眼睛。

「怎樣？」

服務生過來了。她個頭高大，金髮但非美女，髮色也染得不好，耳朵上面插枝鉛筆，是溫蒂的爸爸會說「蕩婦」的那型。她問：「要點什麼？」

可惡，溫蒂心想。她居然沒喊她「親愛的」。

「都不用，謝謝。」溫蒂說。

服務生慢慢晃開。菲爾眼睛還閉著。

「菲爾？」

「私人談話，不公開？」他說。

「好。」

「我不知道要怎麼說才不會引起誤解。」

溫蒂保持安靜，給他留點空間。

「丹的性偏好……」

他才說半句就講不下去了。溫蒂真想開罵，性偏好？他約未成年少女見面，還可能綁架了另一個，這哪能用「性偏好」這種詞輕輕帶過。但現在不是討論道德議題的時候，所以她忍下這口氣，等他往下說。

「別誤會我的意思，我不是說丹是戀童癖，不是那樣的。」

他又停住。這回溫蒂覺得還是稍稍催促一下比較好，她問：「那是怎樣？」

菲爾張開嘴，閉起來，搖搖頭。「這樣說好了，丹並不在乎她們會不會太小，你懂我意思嗎？」

溫蒂心一沉。

「你說不在乎太小是什麼意思？」

「從前……你要知道，那是二十幾年前的事了，好嗎？從前丹比較喜歡年紀小的女生，他不是戀童癖，不是變態，可是他喜歡參加高中派對，也會邀比較小的女生來參加我們學校的活動，如此而已。」

溫蒂口乾舌燥。「多小？」

「不知道，我又沒跟她們要證件來看。」

「菲爾，多小？」

「跟你說了我不知道嘛。」他不安地扭了一下。「別忘了，當時我們才大一，自己也只有十八、九歲，就算那些女孩子是高中生，也沒什麼大不了吧？我想丹應該是十八歲，也就是說，那些女生只比他小兩歲、三歲或四歲。」

「小四歲？那就只有十四歲了。」

「我不知道啦，只是隨便說說。你也知道，有些十四歲女生看起來比實際年齡大很多，打扮什麼的都很老成，想吸引大一點的男生。」

「菲爾，你扯遠了。」

「對。」他用雙手搓搓臉。「天啊，我女兒也正值這年紀，我不是要幫他辯解。丹不是變態，也不是強暴犯。如果說他喜歡上哪個年輕女孩，我能理解，可是要說他綁架，說他抓走一個小女孩，傷害她……？不，我不認爲他會做這種事。」

他不說了，背向後靠。溫蒂僵硬地坐著不動，回想海蕾．麥奎德失蹤至今的種種：家中沒有闖入跡象，沒有暴力跡象，沒有電話，沒有簡訊，沒有電子郵件，沒有綁架跡象，甚至連床也沒有睡過。

也許他們全都想錯方向了。

她腦中有一個新的推論逐漸成形，暫時還不完整，而且建立在一堆假設上，她得繼續往下追。下一步：回林子裡找沃克警長。「我得走了。」

他抬起頭看她。「你想丹對那女孩怎麼樣了嗎？」

「我一點頭緒都沒有，我不知道。」

22

溫蒂在車上打電話給沃克，電話轉來轉去，好不容易才找到沃克。

「你在哪裡？」她問。

「森林裡。」

沉默。

「找到沒？」

「沒。」

「能不能抽出五分鐘時間？」

「我在回莊園的路上，但主導海蕾．麥奎德這個案子的人叫法蘭克．崔蒙。」

這名字她聽過。她報導過他之前辦的幾個案子。那人幹了一輩子警察，頗爲聰明，但過於憤世嫉俗。

「我認得他。」

「酷，那待會兒見。」

她掛上電話，開回靈伍德，停在媒體區，走向守在犯罪現場入口的警察。山姆抓起攝影機跟上去，溫蒂搖搖頭，不讓他跟。山姆停下腳步，一臉困惑。溫蒂向警察報上姓名，獲准進入。其他記者很不滿，紛紛跑過去要求同等待遇，溫蒂頭也不回。

帳篷外有另一名警察守著。「沃克警長和崔蒙調查員請你在這裡等。」

她點點頭，在帆布折疊椅上坐下，家長看小孩踢美式足球的時候坐的就是這種椅子。這裡散亂停放了幾十輛警車，有些警察穿制服，有些警察穿便服，還有幾個穿著聯邦調查局的防風外套。很多人開著筆電。溫蒂聽見遠處有直升機螺旋槳的聲音。

有個小女孩獨自站在林子邊上，是派翠莎．麥奎德，海蕾的小妹。溫蒂認出了她，心中有點掙扎，不知道現在時機對不對，但她沒掙扎太久，畢竟機會難得來敲門，稍縱即逝。她朝女孩走過去，並對自己說，她這麼做並不是爲了要做新聞，而是要查明海蕾和丹到底發生了什麼事。

她腦子裡有套新的想法，派翠莎．麥奎德也許會給她一些新資訊，支持她的新想法，或是否定它。

溫蒂對小女孩說：「嗨。」

女孩有點嚇到，轉過來面向溫蒂。「哈囉。」

「我叫溫蒂．泰恩斯。」

「沒錯。」

「我知道，」派翠莎說，「你住在鎮上，還出現在電視裡。」

「你還報導過那個人，海蕾的手機在他那裡。」

「對。」

「你想他有沒有傷害她？」

溫蒂沒想到這孩子會問得這麼直接。「我不知道。」

「那猜一下好嗎？你覺得他有沒有傷害她？」

溫蒂想了一想。「我覺得沒有。」

「爲什麼？」

「只是感覺，沒有根據。到底是怎麼樣我眞的不知道。」

派翠莎點點頭。「也是。」

溫蒂不知道該怎麼問，要從閒聊開始，說些「你和姊姊親不親」之類的話嗎？一般來說訪問者都愛用這種話開場，先問些無關痛癢的軟問題，讓對方放輕鬆，進入狀況。可是就算沒有時間壓力（崔蒙和沃克隨時會出現），這麼做好像也不太對，女孩對她說話那麼直接，或許她也該用同樣的方法。

「你姊姊提過丹・默瑟這個人嗎？」

「警察也這麼問我。」

「你怎麼說？」

「沒有，海蕾從來沒提過他。」

「海蕾有沒有男朋友？」

「警察也問過這問題。」派翠莎說，「從她失蹤那天到現在，崔蒙調查員問過我一百萬次了，好像我隱瞞了什麼事似的。」

「有嗎？」

「沒有。」

「那她到底有沒有男朋友？」

「我想有吧，有。可是，我不知道，這有點像是祕密，對這種事海蕾很注重隱私。」

溫蒂感覺脈膊變快了。

「她有時候會溜出去見他。」

「你怎麼知道？」

「她跟我說的，她要我在爸媽面前掩護她。」

「很多次嗎？」

「兩、三次吧。」

「她失蹤那天晚上，有沒有要你掩護？」

「沒有，最後一次差不多是在那之前一個星期。」

溫蒂想了一下。「你全都跟警察講了？」

「當然，第一天就講了。」

「他們有沒有找到那個男朋友？」

「應該有吧，他們說找到了。」

「能不能告訴我是誰？」

「柯比．森尼特，跟我們同校。」

「你覺得眞的是柯比嗎？」

「她男朋友？」

「對。」

派翠莎聳聳肩膀。「我想應該是吧。」

「不確定？」

「她從來沒說是誰，只叫我幫忙掩護。」

直升機飛過頭頂，派翠莎用手遮在眼上，抬頭看，用力嚥了一口口水。「這件事感覺一直不像眞的，我覺得她好像只是去旅行，哪天早上就會回來。」

「派翠莎？」

她眼光望回來。

「你覺得海蕾是不是逃家？」

「不是。」

簡潔有力。

「你好像很有把握？」

「她幹嘛逃家？是啦，偶爾她會偷溜出去喝酒之類的，可是你知道嗎？海蕾很快樂，她喜歡學校，喜歡袋球，喜歡朋友，而且她愛我們，幹嘛逃家？」

溫蒂也想不通。

派翠莎說：「泰恩斯小姐？」

「嗯？」

「你在想什麼？」

她不想對這孩子說謊，但也不想把實話告訴她。溫蒂望向一旁，遲疑了一下。

「這是在做什麼？」她們倆轉過身，看見郡調查員法蘭克．崔蒙和沃克警長站在那裡。崔蒙繃著臉看沃克一眼，沃克點點頭說：「派翠莎，跟我來好嗎？」

沃克和派翠莎朝警方帳篷走去，留崔蒙和溫蒂獨處。他皺著眉頭對她說：「希望你不是故意來找機會跟被害人家屬講話。」

「並不是。」

「那你有什麼線索？」

「丹．默瑟喜歡年紀比較小的女孩子。」

崔蒙淡淡看她一眼。「噢，這消息真有用，謝謝你了。」

「丹．默瑟這整件事我始終覺得怪怪的，一開始就感覺怪，可是現在也不用講那麼細，總之我就是沒辦法真的相信他會是個邪惡的戀童癖。我剛和他在普林斯頓的老同學談過，他不相信丹會綁架任何人。」

「喔，有用的消息還真多。」

「可是他說丹確實喜歡年紀小的女孩子。我不是說丹不是爛人，他應該是，我只是要說，他做這種事可能沒使用暴力，而是你情我願的。」

崔蒙似乎覺得這沒什麼差別。「又怎樣？」

「派翠莎說海蕾有個祕密男友。」

「沒多祕密，他叫柯比．森尼特，是個一副龐克樣的小子。」

「你確定？」

「確定什麼？」崔蒙頓了一下，「等等，你的意思是說……」

「派翠莎說海蕾有幾次偷偷溜出家門，最後一次是在她失蹤之前一星期，她說海蕾要她幫忙掩護。」

「對。」

「你們認爲她溜出去見那個叫柯比的小子？」

「對。」

「柯比承認了？」

「沒，不算完全承認。但證據顯示他們是一對，簡訊、電子郵件之類的證據。海蕾好像打算保密，也許是因爲那小子是個龐克，如此而已。那孩子請了律師，就算無辜請律師也很正常，他是個紈袴子弟，爸媽有錢，你也知道那種人都會這樣。」

「海蕾的男朋友就是他？」

「看來就是。柯比說他和海蕾在她失蹤前一個星期分手，那正好就是她最後一次溜出去的時間。」

「查過柯比沒有？」

「當然，但那小子無關緊要。別誤會，我們可不是沒好好查，我們認眞查了柯比很久，可是她失蹤的時候他人在肯塔基，有完整可靠的不在場證明，我們查他查得鉅細靡遺，如果你來是因爲懷疑他，我可以告訴你，沒他的事。」

「不，我來不是爲這個。」溫蒂說。

崔蒙提提褲腰。「要不要和我們分享一下？」

「丹．默瑟交小女朋友。海蕾．麥奎德離家出走……沒有暴力或闖入的跡象對吧？我的意思是，說不定，那個祕密男友不是柯比．森尼特，而是丹．默瑟。」

這回崔蒙沒有立刻否定她的說法，他咀嚼了一下，嘴裡苦苦的。「你認爲，那個……海蕾和那個變態離家是自願的？」

「我還不想下那種定論。」

「很好，」崔蒙斬釘截鐵地說，「因爲她是個好孩子，非常乖，我不希望她爸媽聽到這種鬼話，對他們太不公平。」

「我不是來中傷她的。」

「好，我們先講清楚就好。」

「但爲了方便討論起見，」溫蒂說，「我們先假設海蕾眞的跟默瑟跑了，這能解釋爲什麼沒有掙扎、破壞的痕跡，也能解釋iPhone爲什麼會在旅館裡。」

「爲什麼？」

「海蕾先和丹・默瑟跑掉，然後他被人殺死，所以她匆忙逃出旅館，頭也不回。你想想看，如果丹・默瑟抓走她、殺了她，那何必留下iPhone。」

「當作戰利品？」

溫蒂皺起眉頭。「你眞的信？」

崔蒙沒說話。

「州立公園是你們用她手機裡的Google Earth找到的，對吧？」

「對。」

「設身處地一下，你不會去查綁架你的人要關你或殺你的地方吧？」

「可是，」崔蒙幫她把話說完，「卻有可能會去查和男朋友約定私奔的會面處。」

溫蒂點點頭。

崔蒙嘆口氣說：「她是個好孩子。」

「我們並沒作道德評斷。」

「沒有嗎？」

溫蒂決定不接話。

「就先當你說得對吧，」崔蒙說，「那海蕾現在會在哪兒？」

「我不知道。」

「她又爲什麼要把iPhone留在旅館裡？」

「也許走得太趕，之後又因故無法回去拿。也許丹遇害後她太害怕，所以躲了起來。」

「所以才會走得太趕，」崔蒙偏著頭，重複她說的話，「也因此才會把iPhone掉到床底下？」

溫蒂想了一想，想不出答案。

「我們一步一步來，」崔蒙說，「首先，我會派人去那家旅館，還有所有丹待過的爛窩，問大家有沒有見過他和一個十幾歲的女孩子一起。」

溫蒂說：「好。」又說：「還有一件事。」

「什麼？」

「我最後見到丹的時候，也就是他中槍之前，他剛被人揍過，揍得很慘。」

崔蒙懂她意思。「你認爲海蕾．麥奎德……如果她和他在一起，可能目睹了他挨揍的過程。」他點點頭。「也許這就是她逃跑的原因。」

可是聽他這麼說，溫蒂又覺得哪裡不太對勁，因爲這麼一來，整件事和史登斯館一〇九室就連不到一塊兒了。她想把那件事跟崔蒙說，可是現在說那個好像扯太遠，可能要再查一下。她得再去找菲爾和雪莉聊聊，或許打個電話給法利．帕克斯和史蒂芬．密奇阿諾，還要把克爾文．提弗找出來。

「所以你恐怕得查出是誰揍了丹．默瑟。」她說。

崔蒙半笑不笑地說：「關於這個，哈絲特．昆斯汀的見解倒挺有趣的。」

「哈絲特．昆斯汀？那個電視法官？」

「對，她是艾德．葛雷森的辯護律師，據她假設，丹．默瑟是她當事人揍的。」

「她怎麼知道？」

「我們在葛雷森車子後座發現丹．默瑟的血跡，並認爲有這項證據加上你的證詞，足以證明葛雷森謀殺了默瑟。」

「嗯。」

「可是昆斯汀眞厲害，她說，你們的證人，也就是你，說默瑟挨過揍，所以說不定葛雷森和默瑟前幾天剛打過架，所以車上才有他的血。」

「你信？」

崔蒙聳聳肩。「不怎麼信，但那不是重點。」

「她眞高明。」溫蒂說。

「對。昆斯汀和葛雷森算是找出辦法，把所有證據都否定掉了。我們雖然靠血跡鑑定了DNA，可是打架的說法讓它派不上用場。葛雷森開槍時在手上留下殘跡，可是射擊場老闆證實他在你目睹默瑟遭人射殺後一小時左右去練過槍，還說葛雷森是他所見過的人裡槍法最好的一個，所以他印象深刻。你雖然看見他殺死丹．默瑟，可是我們沒找到屍體也沒找到槍，而且他還戴著面罩。」

溫蒂腦子裡隱約浮現某事，卻模模糊糊，看不清楚，抓不著。

崔蒙說：「你知道我接下來要說什麼吧？」

「應該是。」

「麥奎德家的人已經夠慘了，我不想讓他們更難受，你不能報導這件事。」

溫蒂沒說話。

「反正現在我們什麼證據都還沒有，只是推測。等到水落石出，我保證第一個讓你知道，可是爲了不妨礙調查……也爲了海蕾的爸媽，你先什麼也別報出去，好嗎？」

她還在努力捕捉腦中那朦朧的念頭，但崔蒙在等她回答。於是她說：「好，一言爲定。」

□

溫蒂回到封鎖線後面，發現艾德．葛雷森靠在她車旁，她有點驚訝，但只有一點點。他故作輕鬆，可是裝得不像。他手裡拿著一根香菸，放進嘴裡深吸一口，好像那是浮潛時的呼吸管似的。

「又要在我保險桿上裝定位裝置？」她問。

「我不知道你在說什麼。」

「對啦，你那天只不過是幫我檢查輪胎而已，是吧？」

葛雷森又深吸一口菸。他沒刮鬍子，但一大早就來公園的這些男人多半都沒刮。他雙眼充血，整個人狀況比之前更糟。她想起他去家裡找她的事。

她問：「你眞的以爲我會幫你殺他？」

「要聽實話？」

「要。」

「你或許會同意我的理論，提到亞麗安娜．納斯布羅也許會讓你有點動搖，可是，我並不認爲你眞的會幫我。」

「所以你只是姑且一試？」

他沒答話。

「還是，你去找我就是爲了在車上安那個定位裝置。」

艾德．葛雷森緩緩搖頭。

「那是怎樣？」她問。

「你完全不了解狀況吧，溫蒂？」

她走近駕駛座那邊的門。「艾德，你來幹嘛？」

他朝樹林望去。「我想幫忙搜索。」

「他們不讓你幫？」

「你說呢？」

「我怎麼覺得你有罪惡感？」

他又吸一口菸。「幫幫忙，溫蒂，別作心理分析。」

「那你來找我幹嘛？」

「想聽你的看法。」

「對什麼的看法？」

他盯著捏在手裡的香菸看，彷彿答案就在上面。「你認爲是不是丹殺了她？」

她不知道要怎麼回答。「你把他的屍體怎麼了？」

「你先說，丹有沒有殺死海蕾．麥奎德？」

「我不知道。也許只是把她關在某處，可是餓到現在也快餓死了，拜你所賜。」

「是喔，罪惡感這招不錯，」他抓抓臉，「可是警察已經用過了。」

「沒效？」

「沒效。」

「你到底要不要告訴我，屍體是怎麼處理的？」

「哇，眞是的。」他用最平板的聲音說，「我，不，知，道，你，在，說，什，麼。」

眞是白搭，她要走了，還有別處得去。她腦中那模糊的念頭和普林斯頓有關。丹和海蕾一起……也許是一起跑的，但是那批老室友全都有醜聞又怎麼說？也許沒什麼大不了，也許有，總之她非查個水落石出不可。

她問：「那你找我幹嘛？」

「我想知道丹到底有沒有綁架那個女孩。」

「爲什麼？」

「我想協助調查。」

「以免晚上睡不著覺？」

「也許是吧。」

「聽了什麼樣的答案會比較好睡？」她問。

「我不懂你的意思？」

「嗯，如果丹殺了海蕾，你對你做的事就比較不會內疚了？你說過，他肯定還會再犯。雖然遲了一點，但你終究阻止了他未來的犯行。就算丹沒殺她，你依然堅信他會傷害其他人，是吧？所以無論如何，都得殺了他才能防止他再傷人。看來只有在一種狀況下你才會睡不好，那就是：海蕾還活在某處，但你害她陷入了更深的險境。」

艾德．葛雷森搖搖頭。「算了。」他掉頭要走。

她問：「我漏聽了什麼嗎？」

「我剛說了，」葛雷森丟掉菸頭，沒有停步，「你完全不了解狀況。」

23

那現在是要怎樣？

溫蒂可以繼續尋找線索，證明丹和海蕾有某種就算不當，卻是在雙方同意下成立的關係，可是就算證明了又怎樣？警方聽了她的說法，應該就會去查，她應該轉向另一個角度。

普林斯頓的五個室友。

過去一年之中，五個人有四個爲醜聞所擾，第五個說不定也是，只不過網路上沒查到。她驅車前往恩格伍德的星巴克，繼續調查。她才剛進門，還沒看見父親俱樂部的成員，就先聽見掛在頭頂上方的喇叭放著田納福萊的饒舌歌。

玲秀媚莉・木姜，我愛你

你不是木匠的夢想，你不平不板

又不容易上……

「唷，嘿。」

是田納福萊。她停下腳步。「嗨。」

田納福萊穿了件草根牌的藍色連帽外套，帽兜下還戴著紅色棒球帽，帽簷寬到連一九七八年的卡車司機在使用市民波段無線電的時候都會不好意思戴。溫蒂看見那個穿白色網球裝的坐在他身後，正在筆電鍵盤上瘋狂打字；抱著寶寶的那個年輕爸爸走來走去，發出哄小孩的聲音。

田納福萊閃亮亮的手鐲晃呀晃，好像萬聖節道具。「我昨晚演出的時候看見你了。」

「欸。」

「喜歡嗎？」

溫蒂點點頭。「很……嗯……很屌啊你。」

他龍心大悅，伸出拳頭要和她互碰，她只好照做。「你是電視記者，對吧？」

「對。」

「要來採訪我？」

忙著打電腦的白衣男幫腔說：「你眞該報導他，」他指指螢幕，「超熱門的。」

溫蒂繞過去看。「你在eBay上賣東西？」

「是啊，」白衣男說，「自從資遣之後就……」

「道格以前在雷曼兄弟上班，」田納福萊插嘴，「他早就說會出事，但沒人要聽。」

「總之，」道格謙虛地揮揮手說，「我靠著eBay，勉強沒破產。起初先賣自己的東西，賣到沒得賣了，就買些二手貨回來修一修，修好了再上網賣。」

「靠這個能過日子？」

他聳聳肩膀。「不太行，但總得有點事做。」

「比如說打網球？」

「噢，我不打網球。」

她看著他。

「我太太打，其實她是第二任，是我事業有成之後換的漂亮老婆。她老說自己為了帶小孩放棄了事業，可其實成天都在打網球。我失業後問她要不要回去工作，她說來不及了，所以現在還是天天打網球，而且恨我，連看都不想看我。所以我也穿網球裝。」

「因爲……？」

「不知道，算是種抗議吧。我爲辣妹拋棄了一個好女人，傷她很深，現在那個好女人已經往前走了，連氣都懶得氣我了。我想我是活該，對吧？」

溫蒂沒興趣繼續這話題，望向螢幕。「你在賣什麼？」

「田納福萊紀念品，我是說，他的CD啦。」

桌上就有幾張，封面上田納福萊穿得像史奴比狗狗[1]，學幫派分子作手勢，但看起來並不像在恐嚇別人，倒像中風。CD的名字叫做《郊區未開發》（Unsprung in Suburbia）[2]。

溫蒂問：「Unsprung？」

「是貧民區的俚語。」道格說。

「什麼意思？」

「你不會想知道的。總之，我們賣這些CD、T恤、帽子、鑰匙鍊和海報，剛剛還放了樣獨一無二的紀念品——田納福萊昨天晚上繫的印花方巾。」

溫蒂看看拍賣價錢，不敢相信。「超過六百美元了？」

「目前六百二，很多人下標。歌迷丟上台的內褲也很熱門。」

溫蒂對福萊說：「那歌迷不是你太太嗎？」

「又怎樣？」

好問題。「沒怎樣。菲爾在不在？」

話才出口，溫蒂就看見他在吧台後面和煮咖啡的人說話，而他一回頭見到她，臉上的笑容登時消失。

菲爾快步過來，溫蒂也迎向前去。

---

1 Snoop Dogg，美國知名饒舌歌手、唱片製作人、演員，曾獲葛萊美獎，有西岸饒舌樂教父之稱。

2 unsprung這個字的意思是，未曾肛交過的人。

「你來這裡做什麼？」

「我得跟你談談。」

「談過了。」

「還得再談。」

她向他再走近一步。「你知不知道有個女孩現在還沒找到？」

菲爾閉上眼睛。「我知道，」他說，「只是……我什麼都不知道。」

「五分鐘，為了海蕾，給我五分鐘。」

菲爾點點頭。他們去角落坐下，那張長方形桌子上有個標誌，寫著：「請將這張桌子讓給行動不便的客人。」

「你在普林斯頓念大一的時候，」溫蒂說，「除了丹之外，還有哪些室友？」

菲爾皺著眉說：「跟這有什麼關係？」

「回答我，好嗎？」

「那間套房裡住了五個人，除了我和丹以外，還有法利．帕克斯、克爾文．提弗和史蒂芬．密奇阿諾。」

「大一之後你們還一起住嗎？」

「你認真的？」

「拜託。」

「對，嗯，大二……也可能是大三，史蒂芬有一學期在西班牙，巴塞隆納或馬德里吧；法利好像大三那年住兄弟會會館。」

「你沒參加兄弟會？」

「沒。噢，對了，我大四上學期就搬走了，加入了一個在倫敦的計畫。滿意了嗎？」

「你們後來有沒有聯絡？」

「不怎麼聯絡了。」

「克爾文．提弗呢？」

「我畢業後就沒聽過他的消息。」

「知不知道他現在住哪裡？」

菲爾搖搖頭。咖啡煮好了，送到菲爾桌上，菲爾用眼神問溫蒂要不要來一杯，她搖頭拒絕。「克爾文來自布朗克斯，說不定畢業後就回去了，我不知道。」

「其他人呢？你跟他們也沒聯絡？」

「後來見過法利，不過也有一陣子了。他競選國會議員的時候我和雪莉幫他辦過募款活動，可惜後來出了點事，沒選成。」

「問題就在這裡。」

「哪裡？」

「你們全都出了事。」

他手放在杯子上，卻沒拿起來喝。「我不懂你的意思。」

她從牛皮紙袋裡拿出網路上印下來的資料，放到桌上。

「這是什麼？」他問。

「就從你開始好了。」

「我怎麼了？」

「一年前，你盜用兩百多萬公款，因此失業。」

他瞪大了眼睛。「你怎麼會知道這個數目。」

「我有我的消息來源。」

「那些指控全是子虛烏有，我沒做壞事。」

「我沒說你做壞事，你先聽我說，好嗎？先是你因盜用公款而失業，」她打開另一個資料夾，「兩個月後，法利讓嫖妓醜聞給毀了。」她打開另一個資料夾，「再過一個月左右，丹・默瑟就被我的節目爆料。接著，兩個月後，史蒂芬・密奇阿諾醫生因非法持有處方藥物被捕。」

面對一桌子資料，菲爾目瞪口呆，不敢伸手去碰。

「你不覺得這也太巧了嗎？」她問。

「那克爾文呢？」

「我還沒找到他的資料。」

「你一天之內就找出這麼多東西？」

「用不著多少時間，上個網很容易就查到了。」

田納福萊在她身後問：「能不能讓我看看。」

她轉過身，原來父親俱樂部的人都過來了。「你們偷聽？」

「別生氣，」道格說，「大家來這地方都用最大的聲音講最私密的事情，卻還以爲旁邊的人聽不見。我們聽習慣了。菲爾，他們捏造盜公款的事來開除你？」

「不，我沒被開除，那只是個藉口，我和你們一樣，是被資遣的。」

田納福萊伸手拿起資料，戴上老花眼鏡，研究起來。

菲爾說：「我還是不懂，這和那個失蹤女孩有什麼關係？」

「也許沒有關係，」溫蒂說，「可是你先聽我說完。首先，你出了件醜事，但宣稱自己是無辜的。」

「我確實無辜，要不然早給關起來了。如果公司拿得出證據，我就坐牢去了，他們知道這是不實指控。」

「你看，就是這樣。拿丹來說吧，他沒被判刑，據我所知史蒂芬・密奇阿諾和法利・帕克斯也沒坐牢。對你們這幾個人的指控全都未經證實，都沒造成眞正的傷害。」

「所以呢？」

道格說：「菲爾，這是眞的嗎？」

溫蒂點點頭。「這四個人，同一年進普林斯頓，住同一間宿舍，在同一年醜聞纏身。」

菲爾想了想。「克爾文又沒怎樣。」

「這我們還不知道，」溫蒂說，「得先找到他才能確定。」

歐文抱著小孩說：「說不定陷害他們的就是這個克爾文。」

菲爾說：「什麼陷害？」他望向溫蒂。「你在開玩笑吧？克爾文爲什麼要害我們？」

「哇，」道格說，「我看過一部跟這很像的電影，菲爾，你們是不是參加過骷髏會之類的祕密社團？」

「什麼？沒有。」

「說不定你們殺了一個女孩，埋在某處，現在她來找兇手報仇了，那部電影好像就是這麼演的。」

「道格，別鬧了。」

「他們說得很有道理，」溫蒂說，「當然電影情節除外。在普林斯頓會不會出過什麼事？」

「哪種事？」

「會讓人多年以後還要跑來找你們算帳的事。」

「沒這種事。」

他回答得太快了。田納福萊戴著半月形的老花眼鏡低頭看資料，饒舌歌手這個樣子還眞是奇觀，他說：「歐文。」

掛著嬰兒揹帶的男人走過去，福萊遞給他一張紙。「這是個影片部落格，上網看看。」

歐文說：「好。」

溫蒂問：「你有什麼看法？」

但田納福萊還在專心讀資料。她回頭看看菲爾，菲爾低頭看地板。

「菲爾，你想一想。」

「真的沒有。」

「你們幾個有死對頭嗎？」

菲爾皺起眉頭。「我們只是單純的大學生。」

「還是有可能跟別人起衝突呀。也許你們之中有人搶了人家的女朋友。」

「沒有。」

「什麼都想不出來？」

「根本沒什麼好想的，相信我，你找錯方向了。」

「那克爾文．提弗呢？」

「他怎樣？」

「他會不會覺得你們瞧不起他？」

「不會。」

「他是這組人之中唯一的黑人。」

「那又怎樣？」

「我只是瞎猜啦，」溫蒂說，「他會不會出過什麼事？」

「在學校？沒有，克爾文是個怪咖，數學天才，我們都很喜歡他。」

「你說他是怪咖是什麼意思？」

「怪咖……就是與眾不同。他的作息和別人不一樣，他喜歡深夜散步，研究數學問題的時候會大聲唸出來，他的怪是數學天才的那種怪，在普林斯頓這樣子沒問題。」

「你想不出學校裡有什麼事？」

「能讓他做出這種事的事？我想不出來。」

「最近的呢？」

「我不跟你說過了嗎？畢業後我和克爾文沒再聯絡。」

「爲什麼不聯絡？」

菲爾以問代答。「溫蒂，你念哪所大學？」

「塔夫茨。」

「同期畢業的現在還有聯絡嗎？」

「沒。」

「我也一樣啊。當年是朋友，後來失去聯絡，大學時代的朋友百分之九十九不都這樣？」

「他有沒有參加過同學會之類的活動？」

「沒有。」

溫蒂心想，她要去問問普林斯頓的校友會，說不定能問出點什麼。

田納福萊說：「我找到了。」

溫蒂轉頭看他，雖然穿著還是很糟，寬垮的牛仔褲、跟人孔洞一樣大的帽簷，艾德·哈迪牌的上衣，但想不到態度一改變，他就變了個樣，田納福萊消失，諾姆回來了。「什麼？」

「被資遣之前，我幫幾家新公司做過行銷，主要任務是要引起大眾對公司的正面注意，尤其是激發網路上的討論，所以做了大量的病毒式行銷，你對這方面了解嗎？」

「不了解。」她說。

「這招已經不合時宜，大家都用，導致雜音過多，誰也沒法突顯，但目前爲止多少還是有點效果。我們也用它爲我那個饒舌歌手的身分宣傳。打個比方好了，電影上片，你馬上會看見YouTube的預告片上面冒出一堆正面評論，討論區和部落格都有人說這部電影有多好，之類的。最早出現的影評多半都不是眞的，是電影公司雇行銷團隊做的。」

「好，那個跟這個有什麼關係？」

「簡單說，有人反其道而行，來對付這個姓密奇阿諾的人和法利．帕克斯。他們建立部落格和推特，付錢要搜尋引擎讓這些東西在搜尋這些人的時候第一個跳出來，排在最上面。這跟病毒式行銷做法相同，但目的不是建立，而是摧毀。」

「所以，」溫蒂說，「如果我想了解史蒂芬．密奇阿諾醫生，上網一查……」

「就會被負面資訊淹沒，」田納福萊幫她說完，「不但有網頁，還有推特、社群貼文、匿名郵件……」

「我在雷曼兄弟的時候也見過這種事，」道格說，「會有人去討論區對新上市的股票發表正面評論，有時匿名，有時用假名，但肯定是某個既得利益者。相對的，當然也有人會針對強勁對手散布謠言，說人家即將破產。噢，我記得有一回，有個網路財經專欄作家寫了篇文章，說雷曼兄弟在走下坡，然後呢，突然之間網路世界就冒出一大堆人罵他。」

「所以這些指控全都是捏造的？」溫蒂問，「密奇阿諾沒被逮捕？」

「不，」福萊說，「那是真的，是報紙寫的，可是其他部分，你看這提到販毒的部落格，還有法利．帕克斯那妓女的部落格，用的都是部落格的基本版型，而且除了針對這些人之外沒寫別的文章。」

溫蒂說：「抹黑專用。」

田納福萊聳聳肩膀。「他們不見得無辜，也許真的有罪……你除外，菲爾，我們知道你不會做那種事。但他們有沒有罪並不是重點，重點是有人想讓全世界都知道。」

這就符合溫蒂的理論了，有人想用醜聞毀掉他們。

田納福萊回頭問：「歐文，查到什麼沒有？」

歐文盯著螢幕說：「應該快了。」

田納福萊繼續研讀書面資料。咖啡調理師高聲喊出客人點的內容，真複雜，包括大杯、半咖啡因、百分之一、豆漿什麼的，另一位則在杯子上寫字。濃縮咖啡機煮咖啡聽起來像火車汽笛，蓋過了《郊區未開發男》的聲音。

「那你抓到的那個戀童癖呢？」田納福萊問。

「他怎麼樣？」

「有人針對他做病毒式行銷嗎？」

「我沒想過要查。」

「歐文？」田納福萊說。

「立刻查，丹．默瑟對吧？」溫蒂點點頭。歐文在鍵盤上再敲幾下。「不多，只有幾篇貼文，可是根本也用不著貼，那傢伙占的新聞版面夠多了。」

「也對，」田納福萊說，「溫蒂，你怎麼找到丹．默瑟的？」

溫蒂也正在想這個，而且不怎麼好過。「我收到一封匿名信。」

菲爾緩緩搖頭，其他人則是目瞪口呆。

「信上怎麼說？」田納福萊問。

她拿出黑莓機，把存在裡面的信找出來，拿給田納福萊看。

嗨，我看過你的節目，覺得應該把我在網上遇到那個怪人的事告訴你。我今年十三歲，在青少年社交網站的聊天室遇到一個人，他假裝和我同年，其實老很多，我想大概四十歲吧，個子跟我爸差不多高，大約是一百八十公分，綠眼睛，捲頭髮，看起來人很好，所以我跟他去看電影，然後他帶我回家。好可怕。我很怕他會對其他孩子也做同樣的事，因為他工作時會和很多小孩相處，請幫幫忙，別讓他再傷害別人。

愛胥麗（不是真名，抱歉！）

PS. 隨信附上青少年社交網站聊天室的連結，他的代號是DrumLover17。

大家輪流看信，全都默不作聲，溫蒂呆呆站著，只覺得頭暈目眩。田納福萊把電話傳回她手上，說：

「我想你回了信吧？」

「對，但沒人回我，我想追蹤發信來源，沒查到。可是我並不是只靠這封信。」溫蒂努力掩飾，不想顯得太過自我防衛。「我的意思是說，信只不過是開了個頭，我們平常就偽裝成少女，在各個聊天室等變態自投羅網，所以拿到這個連結之後，也照一貫的做法進去。DrumLover17就在那個聊天室裡，假裝是個十七歲的鼓手。我們約好見面，結果出現的人是丹．默瑟。」

田納福萊點點頭。「我看過報導，默瑟說他要去見的是另一個女孩，對吧？」

「對。他在一間街童庇護所工作，宣稱某個接受輔導的女孩打電話約他去那裡。可是你要知道，我們有證據，DrumLover17的聊天紀錄和寫給我們偽裝的十三歲女孩的色情信件，都在丹．默瑟家那台筆電裡。」

無人回應。道格揮了揮他那支不存在的球拍；菲爾看起來好像被人用木板大力敲過；田納福萊還在研究資料，回頭對歐文說：「好了沒？」

歐文說：「完整分析這段影片得用我的桌機。」

溫蒂很高興能轉換話題。「你們在找什麼？」

歐文胸前的嬰兒睡了，頭歪著，她每次看到小孩這樣都會緊張。溫蒂想起當年約翰用嬰兒揹帶把查理綁在身上的樣子，查理現在都快成男人了。每當想到約翰錯過的一切，她就好想哭。每次查理過生日、返校日，或只是和兒子坐在一起看電視，她都會想，如果約翰還在，該有多好。亞麗安娜．納斯布羅不只從她和查理身邊奪走了約翰，更從約翰身上奪走了參與這一切的機會。

菲爾說：「歐文之前是電視節目的技術人員。」

「我盡可能簡單解釋一下好了，」歐文說，「你知道數位相機可以設定畫素吧？」

「知道。」

「好，假設你拍了張照片，放到網路上，就當它是四乘六的好了，畫素愈高，檔案愈大。假設那張照片有五百萬畫素，那麼檔案大小應該和另一張照片的檔案大約相同，尤其是用同一個相機拍的。」

「嗯。」

「數位影片也是一樣，等我到家以後，會找找看有沒有特效或其他動過手腳的地方，在這裡就只能看檔案大小，除一下時間。看起來這些影片是用同一種錄影機拍的，但是就算看出這個，意義也不大，市面上錄影機太多了。不過只要能找出線索，總是聊勝於無。」

父親俱樂部的成員全在這裡，諾慢、饒舌歌手田納福萊、穿白色網球裝的道格、孩子綁在身上的歐文，還有西裝筆挺的菲爾。

田納福萊說：「我們想幫忙。」

「為什麼？」溫蒂問。

「想證明菲爾清白。」

菲爾說：「諾姆……」

「你是我們的朋友，菲爾。」

其他人紛紛附和。

「讓我們幫忙，好嗎？反正我們也沒別的事做，就只是窩在這裡為失敗自怨自艾。夠了，我們不要再哀怨，做點有建設性的事，把我們的專業拿出來用吧。」

菲爾說：「我不能叫你們做這些。」

「不用你叫，」諾姆說，「你知道我們是自願的，呵，也許我們比你還需要。」

菲爾不說話了。

「就從這些病毒式行銷查起吧，查查它是從哪兒來的。我們還可以幫你找那個叫克爾文的室友。我們都有孩子，菲爾，如果我女兒失蹤了，我也希望人家會幫忙。」

菲爾點頭說：「好。」又說，「謝謝。」

田納福萊說，我們都有專長，把我們的專業拿出來用。溫蒂忽然想到，專業？人都傾向去做自己擅長的事，不是嗎？看這些醜聞的時候，溫蒂用的是記者的角度，田納福萊用的是行銷大師的角度，歐文想到攝影……

幾分鐘後，田納福萊送溫蒂到門口，說：「保持聯絡。」

她說：「別太苛責自己。」

「爲什麼這麼說？」

「你剛講到失敗，」溫蒂朝筆電點點頭，「你不失敗，有人出六百美元來買一條你用過的印花方巾。」

田納福萊笑著說：「你覺得很厲害？」

「對。」

他湊過去低聲說：「要不要聽一個小祕密？」

「好啊。」

「出價的是我太太。事實上，她有兩個帳號，輪流喊價，好讓我有面子，還以爲我不知道。」

溫蒂點點頭。「這正好證明我是對的。」

「什麼意思？」

「你有個這麼愛你的太太，」溫蒂說，「怎麼還能算失敗？」

24

烏雲罩在靈伍德州立公園上方，天色陰暗。瑪莎．麥奎德步履艱難，跟在泰德身後，相距幾步。她希望別下雨，但天上的雲愈積愈多。

泰德和瑪莎都不是喜歡遠足和露營的人，對所有號稱「戶外活動」的事興趣都不大。在事發以前那段天真無憂的歲月裡，麥奎德夫婦喜歡博物館、書店和時髦餐廳。

泰德向右望的時候，瑪莎看得見他的側臉，在這種糟糕至極的狀況之下，他臉上竟帶著一絲笑意。

瑪莎問丈夫：「你在想什麼？」

他腳步不停，臉上的微笑也還在，眼中淚光閃閃，三個月來他們眼中經常含淚。「你記不記得海蕾上台跳舞的事？」

只有一次，當年海蕾六歲。瑪莎說：「那好像是我最後一次看見她穿粉紅色。」

「你記得她穿什麼？」

「當然，」瑪莎說，「他們扮成棉花糖。現在想起來好怪啊，我是說，那真不像她。」

「沒錯。」

「所以？」

泰德在斜坡前站定。「你記不記她跳舞的時候？」

「在中學的大禮堂？」

「對，家長全都坐在那裡，演出總長好像有三小時，無聊得要命，我們一心只等著看自己女兒上台的那兩分鐘。我記得海蕾的棉花糖舞大概排在二十五或三十個節目的第八還是第九個，她一上台我們就開始用手肘互相頂來頂去，我還記得當時笑得多開心，看著我女兒，感受到純粹的喜樂，就好像胸中有一盞燈，我望著海蕾，她那張小臉認眞得皺成一團……你也知道，海蕾從小就那麼認眞，不願出錯，每一步都那麼精準，雖然沒什麼節奏感和表情，但海蕾沒有跳錯。我看著她表演，覺得自己都快爆炸了。」

泰德看著她，彷彿要確認他記得沒錯，瑪莎點點頭，雖然情況糟成這樣，但她臉上也浮起一絲微笑。他又說：「我們坐在那裡，熱淚盈眶，心想這眞是個神奇的時刻，但最神奇的是，看看四周，看看其他家長，就會發現他們對孩子的感覺全都和我們一樣。如此簡單，如此理所當然的事，當時卻讓我有點不知所措。我不敢相信這麼強烈的感受，這麼洶湧的愛，竟然不是我們獨有。我們的經驗竟然不獨特，但因此反而變得更偉大了。我還記得我當時望著觀衆席上那些家長，人人都眼含淚水，面帶微笑；妻子伸手握住丈夫的手，不用言語交談。我還記得當時有多感動讚嘆，就好像……該怎麼說呢，我不明白那間禮堂裝了那麼多純粹的愛，怎麼還能留在地上，而沒騰空飛起來。」

瑪莎想說點什麼，卻想不出可說的話。泰德聳聳肩，轉過身，開始爬坡。他用力把腳踩進土裡，拉住旁邊的樹，借力向上。瑪莎好不容易說出一句：「泰德，我好怕。」

「我們會沒事的。」他說。

笑容已逝，烏雲愈來愈厚，將天色壓得愈來愈黑。直升機飛過上方。泰德向後伸手，瑪莎握住，他拉她上去，然後繼續一起找尋女兒。

□

兩天後，警犬小組發現海蕾．麥奎德的屍體，就淺淺埋在靈伍德州立公園邊上。

第二部

25

喪禮儀式好像都差不多，祈禱、讀《聖經》、說些慰問的話。尤其在現在這種狀況之下，聽在外人耳裡只像是要將這件事合理化或正當化，看起來十分荒謬。講道台上進行的一切都很老套，讓氣氛有所不同的是哀悼者的反應。

海蕾．麥奎德的喪禮像一條沉重陰鬱的毯子，罩住了整個社區。悲傷將你向下拖，讓你四肢無力；在你肺裡放進碎片，讓你連呼吸都痛。社區裡所有的人現在都傷心，可是溫蒂知道那不會持續太久，在約翰死的時候她已經有了經驗。悲傷有極大的破壞力，會令人心力交瘁，對朋友來說影響卻不大，就算是最親近的朋友，傷害也有限。眞正悲傷的是家人，會延續很久，也許永遠，也許原本就理應如此。

溫蒂站在教堂後方，晚到早走，從頭到尾都沒朝瑪莎和泰德望，她不敢。她自己的兒子還活得好好的。也許這是一種防衛機制，就這麼簡單，她允許自己這樣保護自己。

陽光耀眼，喪禮的日子好像總是晴天。她的心又開始要向約翰飛去，往那蓋上了的棺材飛去，但她極力壓抑，不許再想。她在街角站定，閉上眼睛，偏頭面對陽光。手表上顯示的時間是上午十一點，該去法醫辦公室見沃克警長了。

法醫辦公室位於紐華克的諾福克街，責任區涵蓋了艾塞克斯郡、哈德遜郡、帕塞伊克郡和桑莫塞特郡。紐華克新近雖整頓過市容，但那是東邊幾個街區之外的事，畢竟這是法醫辦公室，犯不著擺在什麼時髦地段。沃克警長在街邊等她，他似乎對自己過大的體型有點不太自在，總是垂著肩。他對她講話的時候微微放低身子，好像想讓小孩別怕似的，溫蒂覺得他這樣挺可愛。

沃克說：「這幾天我們都忙壞了。」

海蕾．麥奎德之死算是救了溫蒂一命，維克不但把她請回去，升她當週末主播，還有其他媒體邀訪，想請這位了不起的記者說說她是怎麼抓到丹・默瑟的，默瑟現在不只是戀童癖，還是個殺人犯。

「崔蒙調查員呢？」她問。

「退休了。」

「不辦完這個案子？」

「還有什麼要辦的？海蕾・麥奎德被丹・默瑟謀殺了，默瑟死了，案子也就算是完了，不是嗎？默瑟的屍體我們會繼續找，可是我手上還有別的案子要辦，再說，艾德・葛雷森幹掉的是敗類，誰會想審他？」

「你確定是丹・默瑟做的？」

沃克皺起眉頭。「你不信？」

「只是問問？」

「這案子不是我的，是法蘭克・崔蒙的，他似乎很確定，但一切還沒結束，我們正在挖掘丹・默瑟的人生，看看還有沒有其他失蹤女孩。要不是在那個房間裡發現海蕾的手機，我們可能永遠都不會把她和丹連起來。說不定還有別的孩子失蹤也和他有關，不過我是郡警長，那些案子不在我轄區，所以聯邦調查局會接手。」

他們走進法醫塔拉・歐尼爾平板無趣的辦公室，溫蒂很高興這地方只像副校長室，沒什麼和人體有關的東西。她之前採訪其他命案的時候見過塔拉，今天這位法醫穿著雅致的黑洋裝，垂墜的布料，貼身好看，比手術衣好多了。塔拉每次都讓她驚豔，雖然帶著點魔帝女・阿達[1]的味道，但身材高挑，頭髮黑得過分、很直很長，臉白得發亮，表情平靜，彷彿不食人間煙火。

---

1 Morticia Addams，美國知名漫畫《阿達一族》（*The Addams Family*）裡的女主人，她的臉色蒼白、一頭陰森黑髮，造型近似吸血鬼。本書多次改編成電視、電影與動畫，該角色最為知名的扮演者是安潔莉卡・休斯頓（Anjelica Huston）。

「哈囉，溫蒂。」

她站在桌子後方，伸出手，握手握得僵硬而正式。

「我不太明白爲什麼要這樣子私下見面。」塔拉說。

「嗨，塔拉。」

「就當是幫個忙吧。」沃克說。

「可是，警長，這裡又不是你的轄區。」

沃克雙手一攤。「你要我去跑一堆公文？」

「不用。」塔拉坐下，請他們也坐下。「要我幫什麼忙？」

椅子是木頭做的，很不舒服。塔拉坐得直直地，等他們回答，這種專業問診的態度用在死人身上很合適。屋裡牆面應該要粉刷一下，可是正如那些玩笑話說的，塔拉的病人是不會抱怨的。

「我在電話裡跟您提過，」沃克說，「我們想知道海蕾．麥奎德的狀況。」

「好，」塔拉看著溫蒂說，「要從確認身分開始說起嗎？」

「那再好不過。」溫蒂說。

「首先，在靈伍德州立公園找到的那具屍體是海蕾．麥奎德，毫無疑問。屍身嚴重腐壞，可是骨骼完整，頭髮也還在。簡而言之，她的外貌仍和原本相同，只是沒了皮膚。要不要看遺體照片？」

溫蒂看了沃克一眼，他好像快吐了。

「要。」溫蒂說。

塔拉把照片推到桌對面，動作就像推菜單。溫蒂抱住自己，電影裡的假血她不太敢看，就連R級片都會反胃。她快快瞥了那照片一眼，就別過頭，但短短一秒也看得出海蕾．麥奎德的屍身爛得很厲害。

「她的父母，泰德和瑪莎，都堅持要親自認屍。」塔拉的聲音還是超級平板。「兩位都確認那是他們的女兒。於是我們進一步比對骨骼的長度和大小，都吻合。海蕾．麥奎德十二歲的時候手受過傷，後來雖然痊癒，但用X光依然看得見無名指下方掌骨上的痕跡。當然，我們也從她妹妹派翠莎身上取樣，比對了DNA，也吻合。簡而言之，她的身分毫無疑問。」

「那死因呢？」

塔拉·歐尼爾雙手交疊放在桌上。「尚未確認。」

「什麼時候能知道？」

塔拉·歐尼爾伸手把照片拿回來。「事實上，」她說，「可能永遠都無法得知。」

她小心翼翼地把照片收進檔案夾裡，放到右手邊。

「等一下，你認爲死因不可能確定？」

「是的。」

「這正常嗎？」

塔拉·歐尼爾終於笑了，那笑容既燦爛又冷靜。「正常。社會大眾從小看電視長大，誤以爲法醫能創造奇蹟，以爲透過顯微鏡沒有找不出的答案。可惜事實並非如此。比如說，海蕾·麥奎德有沒有中槍？犯罪現場技術人員說，現場沒有子彈，我用X光和各種光學儀器檢查，也沒發現骨頭上有任何彈痕。但即使做了這麼多複雜的檢驗，我還是無法完全排除她死於槍擊的可能性，子彈也許沒碰到骨頭，如果只傷到肌肉組織，以現在屍身腐爛的狀況，有可能看不出來。所以我頂多只能說沒有證據顯示她受過槍擊，但並不表示一定沒有。你懂我意思嗎？」

「懂。」

「很好，同理，死者有沒有受過刀傷，我們也無法確定。如果加害者割開了動脈……」

「我懂我懂。」

「其他可能性當然還有很多。她有可能死於窒息，最經典的死法就是枕頭蓋臉，用不著幾個月，只要拖上幾天才找到屍體，就無法判定。這具屍體埋了三個多月，就更不必提了。我也做了藥物測試，想看看她體內有沒有殘留，可是屍體腐爛到這個程度，血液中的酵素都發散掉了，很多測試都沒有用。說得簡單一點，屍體在腐敗的過程中，會逐漸變成類似酒精的東西，所以就算做了藥物測試，也得不出可靠的結果。海蕾的玻璃體……也就是視網膜和水晶體之間的膠狀物，也已經瓦解，無法用來作藥物測試了。」

「所以就連他殺與否都無法判定？」

「身為法醫，我得說，辦不到。」

溫蒂望向沃克，他點點頭。「我們辦得到。我是說，你們想想看，丹・默瑟連屍體都還沒找到哩。就連找不到屍體的案子都能送上法庭了，更何況塔拉剛剛也說，這麼久以後才找到屍體的狀況並不少見。」

塔拉站起身來，顯然打算送客。「還有別的事嗎？」

「她有沒有受到性侵？」

「還是老答案，不知道。」

溫蒂起身。「謝謝你花時間說明，塔拉。」

再次僵硬而正式的握手之後，溫蒂就和沃克警長回到了諾福克街頭。

沃克問：「那些資訊有用嗎？」

「沒用。」

「我早就跟你說過啦，沒什麼線索。」

「就這樣？結束了？」

「以身為警長的我來說？是的。」

溫蒂望著街那頭。「我聽說紐華克回復到過往的樣子了。」

「這裡還沒。」沃克說。

「嗯。」

「你呢，溫蒂？」

「我怎樣？」

「對你來說，這案子結束了沒？」

她搖頭說：「還沒。」

「要跟我說說？」

她又搖搖頭。「還不行。」

「好。」大塊頭把重心換到另一腳，眼睛看著人行道。「能不能問你另一件事？」

「當然可以。」

「我覺得這樣子很混蛋，時候不對。」

她讓他說下去。

「可是這件事大概再幾星期就會結束了。等這事過去以後……」沃克逼自己抬頭看她，「我可以約你嗎？」

這條街突然顯得更荒涼了。「這時候說這個確實不對。」

沃克雙手塞進口袋，聳聳肩膀。「我向來不怎麼會說話。」

「還好啦。」溫蒂忍住笑，這就是人生，不是嗎？死亡會讓人更想好好活下去，這世上總是柳暗花明又一村。「你當然可以約我。」

□

波頓與昆斯汀聯合法律事務所位於曼哈頓中城的一棟高樓，窗景很好，哈絲特站在辦公室裡就能遠眺哈德遜河，看見由軍艦改造成博物館的「無畏號」和許多塞滿遊客的遊艇，不過她寧可生孩子也不要上那些遊艇。窗外的景色再美，看久了也不過就那樣，訪客會讚嘆，但不管你想不想承認，事實就是，天天看，再特別的景色也會變平凡。

艾德・葛雷森現在正站在窗邊向外看，如果他是在欣賞美景，那還掩飾得眞好。「哈絲特，我不知道該怎麼做了。」

「我知道。」她說。

「請講。」

「聽我專業的建議：什麼都別做。」

葛雷森依然望著窗外，卻笑了。「難怪你會賺大錢。」

哈絲特雙手一攤。

「就這麼簡單？」

「在這件事上，是的。」

「你知道嗎，我太太走了，她要帶小艾德回魁北克住。」

「眞令人遺憾。」

「全都是我的錯。」

「艾德，我沒惡意，但你知道我不會握著手安慰人或說廢話，對吧？」

「當然。」

「所以我就直說吧，你把事情搞砸了。」

「以前我從來沒揍過人。」

「現在揍過了。」

「也沒對人開過槍。」

「現在也開過了，所以呢？」

兩人陷入沉默。艾德・葛雷森安於沉默，哈絲特・昆斯汀可不行。她坐在辦公椅上晃來晃去，玩玩筆，又誇張地嘆口氣，最後站起來走到房間另一頭。

「看看這個。」

艾德轉過頭來，她指著正義女神像。「看見了。」

「你知道這是什麼？」

「當然知道。」

「是什麼？」

「你開玩笑嗎？」

「這是誰？」

「正義女神啊。」

「是，也不是。她有很多名字，正義女神、盲目正義、希臘女神泰美絲，羅馬女神賈斯提莎、埃及女神瑪亞特，還有人說她是泰美絲的女兒狄琪和阿斯特莉亞。」

「嗯，重點是？」

「你有沒有仔細看過這座雕像？大多數人第一眼看見的都是她蒙了眼，那象徵她不偏不倚，但那是胡說八道，因爲每個人都有偏見，想沒有都不行。你看看她的右手，握了把劍，是把冷酷無情的利劍，能執行致命的懲罰。可是你要知道，只有她，也就是法律系統，才能那麼做，無論法律系統有多爛，都只有它才有權用那把劍，而你，我的朋友，無權使用。」

「你是說我不應該擅自執法？」葛雷森挑起半邊眉毛，「哇，哈絲特，這見解好深刻。」

「笨蛋，你看她手上拿著天平，有人認爲天平指的是爭議雙方，也就是檢方和辯方，也有人認爲那代表公正不倚。可是認眞想想，天平指的是平衡吧？我是律師，而且我知道我有什麼樣的名聲，我知道大家認爲我顛覆法律、鑽法律漏洞、會唬會騙，那都是事實，可是我始終循體制內的規範行事。」

「那就沒關係？」

「對，因爲不會破壞平衡。」

「照你的說法，我破壞了平衡？」

「沒錯，體制的好處就在於，你可以扭它擰它，我就常幹這種事，可是只要在它的範圍之內行事，不管做對做錯，都不會出大問題。如果你不肯照規矩來，破壞了平衡，那麼無論出發點有多好，都會造成混亂和災難。」

艾德點點頭。「聽起來眞像強辯。」

她笑了。「也許是，但你明知道我說得沒錯，你想矯正錯誤，卻破壞了平衡。」

「那我是不是應該再做點什麼，把錯誤扭轉回來？」

「這種事扭不來，艾德，你明白了吧。順其自然，平衡有可能會自行恢復。」

「就讓壞人逍遙法外？」

她雙手一攤，笑著對他說：「艾德，現在壞人是誰？」

沉默。

他不知道要怎麼說才好，所以乾脆直說：「警方對海蕾．麥奎德的事，完全不了解狀況。」

哈絲特想了一想，說：「誰曉得呢，也許搞不清楚狀況的是我們。」

26

艾塞克斯郡退休調查員法蘭克・崔蒙的家是一棟殖民地風格房屋，有兩間臥室，還有修剪整齊的小草坪，門的右邊掛著紐約巨人隊的旗幟，花槽裡的牡丹顏色太過鮮豔，讓溫蒂不禁懷疑它是塑膠花。

從人行道到他家大門大約十步距離，溫蒂走過去敲了敲門，八角窗的窗簾動了動，一會兒門就開了。喪禮結束幾小時了，法蘭克・崔蒙還穿著黑西裝，領帶鬆了，襯衫最上面的兩顆釦子開了，臉上有沒刮乾淨的鬍渣，醉眼惺忪，還帶著一股酒味。

他一句招呼也沒打，沉重地嘆口氣，讓到一旁，點頭叫她進來。屋裡暗暗的，只有一盞燈，舊茶几上放著只剩半瓶的摩根船長，是蘭姆酒，嗯。幾份報紙攤在沙發上，地上有個紙箱，溫蒂覺得裡頭的東西是從他辦公桌清回來的。電視上播的是賣運動器材的節目，鏡頭前的教練過於熱情，示範者個個年輕俊美，六塊肌像打過蠟似的。溫蒂回頭望向崔蒙，他聳聳肩膀。

「退休了嘛，我打算來練個洗衣板腹肌。」

她勉強擠出笑容。邊桌上擺著幾張照片，照片中的少女留著十五、二十年前時尚雜誌上的髮型。溫蒂第一眼注意到的是她笑得好燦爛，是能炸得父母心碎的那種笑。溫蒂知道，這女孩一定是法蘭克罹癌過世的女兒。她回頭看看桌上那半瓶摩根船長，可以理解他爲什麼得靠酒過日子。

「有什麼事，溫蒂？」

「嗯，」她還沒想好要怎麼說，試著拖一點時間，「你已經正式退休了？」

「是啊，走得轟轟烈烈，對吧？」

「我很遺憾。」

「這種話，去說給受害者家屬聽。」

她點點頭。

「你上了不少報紙，」他說，「這案子讓你出名了，」他舉杯假裝要敬她，「恭喜呀。」

「法蘭克？」

「嗯？」

「別說會讓自己後悔的蠢話。」

崔蒙點點頭。「有道理。」

「正式結案了？」她問。

「從我們的角度來看，是的。壞人已經死了，也許就埋在森林裡，很諷刺吧。」

「你有沒有再對艾德・葛雷森施壓，要他交出屍體？」

「我們盡力了。」

「然後？」

「他不肯說，如果他願意說出默瑟的屍體在哪兒，我真想給他完全的豁免權，但我的大老闆保羅・克普蘭一定不肯。」

溫蒂心下盤算，也許應該再去找找艾德・葛雷森，看他現在肯不肯說。崔蒙把沙發上的報紙掀到地上，請溫蒂坐，自己坐進單人椅，拿起遙控器。

「你知道哪個節目快開始了？」

「不知道。」

「『昆斯汀開庭』。你知不知道她是艾德・葛雷森的辯護律師？」

「聽你說過。」

「噢，我忘了。總之，我們訊問他的時候，她提出了幾個有趣的論點。」他拿起摩根船長，在杯子裡倒了一些，問她要不要，她搖搖頭。

「什麼論點？」

「她說如果艾德・葛雷森殺了丹・默瑟，我們應該要頒獎章給他。」

「因為他主持了正義？」

「不，那是另一回事。」

「不然為什麼？」

「要不是葛雷森殺了默瑟，我們就不會找到海蕾的iPhone。」他用遙控器關掉電視。「她指出，我們調查了三個月，都找不到海蕾的行蹤，反倒是艾德・葛雷森給了我們唯一的線索。她又說，那變態這麼有名，和被害者住家附近又有關係，一個好警察應該早就去調查他了。你知道嗎？」

「知道什麼？」

「哈絲特說得對，他是個性犯罪，又和海蕾住的地區有關係，我怎麼會忽略掉這麼明顯的對象？說不定我原本來得及救她。」

溫蒂看著酒瓶標籤上那個自信滿滿、有點恐怖的摩根船長，獨飲的時候由他作伴還眞驚悚。她張嘴想為他辯解，他卻揮手阻止。

「請別安慰我，那是侮辱。」

他說得對。

「你今天來，不是要看我自怨自艾的吧？」

「不知道耶，我覺得這挺有娛樂效果。」

他差點就笑了。「溫蒂，你找我做什麼？」

「你為什麼認為她是丹・默瑟殺的？」

「你是說動機？」

「對，我要問的就是這個。」

「要照字母順序排列嗎？他是性侵犯，你抓到的。」

「嗯，我知道。可是在這個案子裡面，嗯，海蕾都十七歲了，在紐澤西十六歲就可以合法發生性關係。」

「也許他怕她會說出去。」

「說什麼？和她在一起又不犯法。」

「還是會害到他。」

「所以為了保密，就殺掉她？」她搖搖頭。「你們有沒有查出默瑟和海蕾之前就在一起的跡象？」

「沒有，我知道你在公園的時候就想扯這個。也許他們在他前妻家相遇，之後有了點什麼，但沒有證據，為了她父母，我也不想往那上頭想。最有可能的狀況應該是，他在惠勒家見到她，迷戀她，擄走她，做了某些事，然後殺了她。」

溫蒂皺起眉頭。「我就是沒法相信是這樣。」

「為什麼？你記不記得那個疑似她男友的柯比．森尼特？」

「記得。」

「海蕾的屍體找到之後，柯比的律師就讓他……嗯，稍稍幫了點忙。他說他們確實祕密交往過一陣子，後來分了。他說她情緒很不穩定，尤其是在知道進不了維吉尼亞大學之後。他覺得她好像對什麼東西有癮頭。」

「毒品？」

他聳聳肩膀。「這些事都犯不著讓她父母知道。」

「我不懂，這些事為什麼一開始的時候柯比不說？」

「因為他的律師怕我們知道他們交往，就會為難那孩子，積極調查他。沒錯，這倒是真的。」

「查就查呀，柯比沒做虧心事，何必怕人查？」

「誰說他沒做虧心事了？他是毒販的下線，如果海蕾真的有什麼癮頭，我想他就是來源。再說，大多數的律師都知道，無辜與否並不是重點。如果之前柯比說，對，我們談過戀愛，而且她也許嗑了我給的藥，那我們早就在他屁眼上搭帳蓬了，找到屍體之後更是非捅他不可。現在是因爲罪不在他頭上，所以柯比才肯說那些。」

「執法體系眞了不起，」她說，「拿肛門來類比更是不簡單。」

他聳聳肩膀。

「你確定柯比跟這事沒關係？」

「能有什麼關係？難不成是他把手機放到丹・默瑟房裡的？」

她想了一想。「也對。」

「他的不在場證明無懈可擊。你要知道，柯比是典型的富家子弟，半夜在人家房子上拉幾捲衛生紙對他來說就是了不起的壞事了。這事不會是他幹的。」

她背往後靠，目光落在崔蒙過世女兒的相片上，但很快就移開，也許太快了，反倒引起法蘭克注意。

他說：「那是我女兒。」

「我知道。」

「我們不談她，好嗎？」

「好。」

「溫蒂，你爲什麼要一直追這個案子？」

「有太多事我想不透原因。」

「看看那張照片，世上的事就是這樣，」他坐直身子，彷彿望進了她眼裡，「有時候，也許大多時候，都沒有原因的。」

□

溫蒂回到車上，發現田納福萊發了簡訊給她，就打回去。

「我們可能查到克爾文．提弗的消息了。」

父親俱樂部這幾天來都在打探普林斯頓那幾個校友的下落。最好找的當然是法利．帕克斯。溫蒂給這個前政客打了六次電話，都沒找到人，也沒接到回電。她並不意外，反正他住匹茲堡，要去找他比較麻煩，所以暫且放在一邊。

排名第二的是史蒂芬．密奇阿諾，她和他通過電話，約他見面。她不想在電話裡說明原因，密奇阿諾也沒問，只說他在値班，明天下午才有空。溫蒂就和他約明天。

第三位在溫蒂看來才是重點，目前為止找不到克爾文．提弗半點資料，神祕極了，就網路上的狀況而言，這人簡直像從地球上消失了。

「什麼消息？」

「他哥哥雷諾．提弗在曼哈頓幫UPS快遞送貨，是他唯一的親人，父母親都過世了。」

「他住哪裡？」

「皇后區。但不只這樣，道格在雷曼上班的時候，他們和UPS有大量的生意往來，道格打電話給之前合作的業務員，弄到了他哥送貨的行程表。現在所有東西都電腦化了，所以如果你想找他，我們只要上網就查得到他人在哪裡。」

「我想找他。」

「好，你先往上西區移動，我會把他送貨的行程用電子郵件寄給你。」

四十五分鐘後，她看見他把車並排停在西六十九街和哥倫布大街交口一家叫泰拉潘的餐廳外頭，就把自己的車停在限時停車格裡，投了幾個銅板，靠在保險桿上等。一看見那輛UPS的貨車，她腦中閃過一個電視廣告，有個長髮男子在白板上畫東西，但她只記得UPS和棕色這兩個詞，卻完全不記得那人在畫什麼。那個廣告老是在足球賽的關鍵時刻播出，所以查理每次看到它就會搖著頭說：「這男的眞欠揍。」眞有意思，她居然會記得這些事。

她想那個穿棕色衣服的人應該就是雷諾・提弗吧，他笑著回頭揮手，走出餐廳，頭髮短短的，褲子也短。穿短褲制服的男人腿都很好看。溫蒂搶先一步擋在他和貨車之間。

「雷諾・提弗？」

「是。」

「我叫溫蒂・泰恩斯，是NTC新聞網的記者，正在找你弟弟克爾文。」

他瞇起眼睛。「找他做什麼？」

「我在做他們那屆普林斯頓畢業生的報導。」

「我幫不上忙。」

「只要跟他聊幾分鐘就好。」

「不行。」

「爲什麼？」

他想繞過她上車，溫蒂硬要擋。「克爾文現在不方便見人。」

「這話什麼意思？」

「他沒辦法和你聊，也幫不了你。」

「提弗先生？」

「我還有工作要做。」

「你貨都送完了。」

「什麼？」

「你今天要送的貨已經通通送完了。」

「你怎麼知道的？」

她心想，就讓答案懸著吧。「我們不要把時間浪費在『他不能見人』之類的託辭上好嗎？我有要事找他。」

「和他那一屆的普林斯頓畢業生有關？」

「不只如此，有人要害他的老室友。」

「你認爲克爾文就是那個人？」

「我可沒這麼說。」

「他不可能。」

「要靠你幫忙證明。總之，有些人的人生被毀了，你弟弟也可能受害。」

「人家害不了他。」

「那他也許能幫幫老朋友的忙。」

「克爾文？他誰也幫不了。」

又是這種話，她有點火了。「你講得好像他死了似的。」

「跟死了差不多。」

「提弗先生，我不想說得太聳動，可是這件事眞的攸關性命，如果你們不願意和我談，那我可以找警察。我今天只有一個人來，但是我也可以回去帶整個採訪小組過來，有攝影機、麥克風，還有一票工作人員。」

雷諾．提弗呼出一大口氣，她應該只是在唬人，但他不想印證。他咬咬下唇。「我說他幫不了你，你不信？」

「抱歉。」

他聳聳肩膀。「好。」

「好什麼？」

「我帶你去見克爾文。」

□

溫蒂隔著厚厚的防護玻璃，看著克爾文・提弗。

「他來這裡多久了？」

「這一次嗎？」雷諾・提弗聳聳肩膀。「三星期吧，再過不了一星期他們大概就會放他出去了。」

「然後他會去哪兒？」

「街上，下回再做什麼危險的事，又會給抓回來。本州不再提供精神病患長期照護，所以他們明知不妥，還是得放他走。」

克爾文・提弗在筆記本上振筆急書，鼻子貼紙好近。溫蒂隔著玻璃都能聽見他大喊，內容亂七八糟沒什麼意義。克爾文看起來比同學老好多，頭髮、鬍子都灰了，牙也掉了。

「小時候他比我聰明很多，」雷諾說，「是個怪怪的天才，數學超強。那本子上寫的全是數學題，他成天寫那些東西，別的都不管。你知道嗎，我媽想盡辦法要讓他正常，學校讓他跳級，我媽都不肯。她逼他打球，努力要他當正常人。可是我們心裡有數，他一直朝著這方向走，她再怎麼樣也沒法阻止他，那簡直像單靠雙手想擋住海浪一樣。」

「他怎麼了？」

「精神分裂，他有嚴重的精神病。」

「可是，怎麼會這樣，他出過什麼事？」

「出事是什麼意思？他生病了，沒有原因。」沒有原因？這是今天她第二次聽見這話。「人爲什麼會得癌症？不是被媽媽打出來的。他體內的化學物質失衡，很久以前就這樣了，小時候他就不睡覺，沒辦法把腦子關掉。」

溫蒂想起菲爾說他是「怪咖」，是「數學天才的那種怪」。「用藥有效嗎？」

「藥物當然能讓他安靜，就好像麻醉槍對大象的效果一樣，但他變得不知道身在何處、自己是誰。剛從普林斯頓畢業的時候，他在一家藥廠找到工作，後來動不動搞失蹤，就被開除了。從此流浪街頭，有八年我們都不知道他人在哪兒，最後在一個紙箱裡找到。箱子裡全是克爾文自己的排洩物，他身上還有骨折舊傷，癒合得不好，牙也掉了。我眞無法想像他受了多少苦，不知道他那段時間都吃些什麼，過什麼樣的日子。」

克爾文又開始大叫：「希姆萊！希姆萊愛吃鮪魚排！」

她問雷諾：「希姆萊？那個老納粹？」

「這可把我問倒了，他老講些顚三倒四的話，沒什麼道理。」

克爾文又埋頭在本子上寫起來，寫得比剛才更快。

「我能和他談談嗎？」她問。

「你說笑嗎？」

「不是。」

「沒用的。」

「也不會有壞處啊。」

雷諾．提弗望向玻璃那頭。「大半時候他連我都認不出來，就好像我是透明的。我想帶他回家，可是我有老婆、孩子……」

溫蒂沒說話。

「我應該要想辦法保護他，對不對？我試過用鎖的，他會生氣，所以只好放他走，再爲他擔心。小時候我們一起去看洋基隊打球，克爾文知道所有球員的資料，甚至猜得出他們打擊之後會怎麼樣。我覺得天才是種詛咒，對，我就是這麼想的。有人說天才理解宇宙的方式與衆不同，他們看得見世界眞正的樣子，而那眞實的樣子太可怕了，所以他們才會瘋掉。看得過於清楚，導致精神錯亂。」

溫蒂瞪著前方說：「克爾文有沒有提過普林斯頓的事？」

「我媽非常以他爲榮，我們全都以他爲榮。那裡以前沒人進過長春藤學校，我們很怕他適應不良，可是他很快就交到了朋友。」

「那些朋友現在有了麻煩。」

「你看看他，泰恩斯小姐，你想他幫得上忙嗎？」

「我想試試。」

他聳聳肩膀。醫院主管要她簽下免責切結書，並建議他們離他遠點，幾分鐘後，就帶溫蒂和雷諾走進玻璃牆後的房間。門邊有人守著，克爾文坐在桌前寫東西。桌子很寬，所以溫蒂和雷諾和他有段距離。

「嘿，克爾文。」雷諾說。

「雄蜂不懂本質。」

雷諾望向溫蒂，作手勢請她說話。

「你念過普林斯頓，對吧，克爾文？」

「我說過了，希姆萊愛吃鮪魚排。」

他的眼睛仍看著本子。「克爾文？」

他沒停筆。

「你記不記得丹・默瑟？」

「白男孩。」

「對。那菲爾・騰柏呢？」

「無鉛汽油讓贊助者頭疼。」

「他是你在普林斯頓的朋友。」

「長春藤聯盟，噢，有些人穿綠鞋，我討厭綠鞋。」

「我也是。」

「長春藤聯盟。」

「對，你在長春藤聯盟交的朋友，丹、菲爾、史蒂芬和法利，記得嗎？」

克爾文終於停筆，抬起頭來，茫然望向溫蒂，卻好像看不見她。

「克爾文？」

「希姆萊愛吃鮪魚排，」他急切地低聲說，「那市長呢？他一點也不在乎。」

雷諾喪氣了，但溫蒂仍努力要克爾文正視她。

「我想跟你聊聊大學室友。」

克爾文大笑。「室友？」

「對。」

「好好玩。」他開始笑得瘋瘋癲癲。「Room-mates，『房間』加『交配』，講得好像你能和房間交配，能和房間發生性關係，讓它懷孕，你懂嗎？」

他又笑了。嗯，溫蒂心想，這總比講希姆萊和鮪魚什麼的好一點。

「你還記得那些老室友嗎？」

就像有人關上了開關似的，他突然止住了笑。

「他們有了麻煩，克爾文，」她說，「丹·默瑟、菲爾·騰柏、史蒂芬·密奇阿諾和法利·帕克斯，全都有麻煩了。」

「麻煩？」

「對。」她把那四個名字再說一遍，又一遍，克爾文變了臉色。

「噢，天啊，噢，不……」克爾文哭了。

雷諾站起來。「克爾文？」

雷諾向弟弟伸出手，克爾文的尖叫聲阻止了他，那尖叫突如其來，溫蒂嚇得向後退。

他瞪大眼睛。「疤臉！」

「克爾文？」

他猛然站起，碰倒了椅子。男護士走過去，克爾文再次尖叫，跑向牆角。男護士喊人過來幫忙。

「疤臉！」克爾文高喊，「疤臉會抓到我們！」

「疤臉是誰？」溫蒂也對他喊。

雷諾說：「放過他吧！」

「疤臉！」克爾文緊緊閉上眼睛，雙手按住腦袋兩側，好像生怕頭會裂開。「我告訴過他們！我警告過他們！」

「克爾文，你這話什麼意思？」

「別再煩他！」雷諾說。

克爾文失去了理智，不停地前後搖頭。兩名男護士走進房間，克爾文一見他們就喊：「停止尋寶！停止尋寶！」他趴到地上，開始用四肢爬行。雷諾含著眼淚，想要安撫弟弟，讓他冷靜下來。克爾文搖搖晃晃起身，兩名男護士像足球隊員似的一上一下將他撲倒。

「別傷到他！」雷諾大喊，「拜託！」

克爾文倒在地上，男護士用某種束縛工具制住了他。雷諾不斷哀求他們別傷到他，溫蒂則設法接近克爾文，伸手想碰觸他。

不斷掙扎的克爾文終於抬頭和她四目相對，溫蒂緩緩靠近，一名男護士大聲說：「離他遠點！」

她不予理會。「克爾文，那是怎麼回事？」

「我告訴過他們，」他低聲說，「我警告過他們。」

「警告他們什麼？」

克爾文哭了起來。雷諾抓住她肩膀，想把她拉開。她掙脫了。

「克爾文，你警告他們什麼？」

第三名護士來了，手裡拿著針筒，在克爾文肩膀上注射了某種東西。克爾文直直望著溫蒂的眼睛。

「停止尋寶，」克爾文的聲音突然間冷靜了下來，「我們不該再尋寶了。」

「尋什麼寶？」

藥物開始生效。「我們根本一開始就不該尋寶，」他的聲音變得好柔，「疤臉會告訴你，我們要是沒尋寶就好了。」

27

雷諾・提弗完全不知道「疤臉」是什麼意思，也不知道他弟弟尋過什麼寶。「這些話他以前也說過……疤臉啊尋寶什麼的，就跟希姆萊之類的一樣，我覺得應該都沒有意義。」

溫蒂得到了一堆不知所云的資訊，比之前更困惑。到家的時候，查理窩在沙發上看電視。

「嗨。」她說。

「晚餐吃什麼？」

「我很好，多謝關心，你呢？」

查理嘆了口氣。「我們之間用得著虛偽客套嗎？」

「這是做人的基本禮儀。」

查理動也不動。

「你還好嗎？」她並不想顯得太過關心，但是藏不住。

「我？我很好啊，幹嘛這樣問？」

「海蕾・麥奎德跟你是同年級的同學。」

「對，可是我跟她根本不算認識。」

「今天的喪禮你很多同學都去了。」

「我知道。」

「克拉克和詹姆斯也去了。」

「我知道。」

「你為什麼不想去？」

「因爲我不認識她。」

「克拉克和詹姆斯認識她？」

「不認識。」查理坐起身來。「那是悲劇，我也很難過，可是大家……包括我的好朋友在內，都只是想湊熱鬧，參加那場喪禮不是爲了致意，只是覺得去了才酷，是爲了自己，你懂我意思嗎？」

溫蒂點點頭。「我懂。」

「平常這樣沒關係，」查理說，「可是牽涉到死掉的女孩子，抱歉，我就沒興趣了。」查理把頭靠回枕頭上，繼續看電視。她望著他看了一會兒。

他沒轉頭看她，卻又嘆了口氣，問：「現在是怎樣？」

「你說起話來眞像你爸。」

他沒接話。

「我愛你。」溫蒂說。

「晚餐吃什麼？我講這句話也像我爸嗎？」

她笑出聲來。「我看看冰箱裡有什麼。」其實她知道裡頭什麼都沒有，得叫外送。今晚就吃日本壽司吧，糙米的，比較健康。「噢，還有，你認不認識柯比．森尼特？」

「點頭之交，不算認識。」

「人好不好？」

「不好，很爛。」

她又笑了。「聽說他是個小毒販。」

「他是個大混球。」查理坐起來。「你問這些幹嘛？」

「只是想從另一個角度看海蕾．麥奎德，傳聞說他們兩個在一起。」

「所以呢？」

「能不能幫我打聽一下？」

他一臉驚恐地望著她。「要我當你的臥底小記者？」

「爛主意？」

他連答都懶得答。溫蒂忽然想到另一個點子，她上樓打開電腦，在網路上搜尋圖片，找出一張完美的照片，照片裡的女孩年約十八，歐亞混血，戴著圖書館員那種眼鏡，穿著低腰褲，身材很辣。

行了，這張可以。

溫蒂迅速用那女孩的照片建立了一個臉書帳號，把大學時代最好的兩個朋友名字拆開重組出一個假名，莎朗・黑特。好，很好，現在她要加柯比為朋友。

「你在幹嘛？」

是查理。

「我在揑造個人檔案。」

查理皺起眉頭。「爲什麼？」

「我要引誘柯比加我爲朋友，然後跟他對話。」

「不會吧？」

「怎麼？你覺得行不通？」

「用那張照片肯定不行。」

「爲什麼？」

「太辣了，看起來像是廣告帳號。」

「什麼？」

他嘆口氣說：「有些公司會用這種照片來濫發廣告。你應該要找好看可是眞實一點的女生，懂我意思嗎？」

「嗯。」

「然後設定住在……比如說，格蘭洛克之類的地方，如果她就住凱索頓，他不可能不認識。」

「什麼？鎮上所有女生你都認識？」

「只要是辣妹，就算不認得也至少聽說過，所以設定地點的時候不要太遠也不要太近。說你聽朋友提過他，或是在花園之州購物中心之類的地方看見過他。噢，也許可以用那鎮上某個女生的眞名，以免他去問人或是查她電話什麼的。要確認google圖片裡找不到她別的相片。就說你剛建立臉書帳號，剛開始加朋友，免得他看你沒別的朋友，會覺得奇怪。在資訊的部分寫點東西，讓她有幾部喜歡的電影，幾個喜歡的搖滾樂團。」

「比方說U2？」

「不要挑那種超過一百歲的東西。」他說了幾個她從來沒聽過的團，溫蒂一一記下。

「你覺得能成嗎？」她問。

「很難說，可是不試怎麼知道，至少他會接受你的交友邀請。」

「那有什麼用？」

他又嘆氣了。「不是早就講過了？道理跟普林斯頓那個網頁一樣，他加你為朋友以後，你就可以看見他網頁上所有的東西，可以看他上傳的照片、塗鴉牆、朋友名單、網誌，還可以看他玩什麼遊戲之類的。」

這提醒了溫蒂，她點開普林斯頓的網頁，找到「管理員」的連結，點下去，發訊給他。那個管理員的名字叫勞倫斯．徹斯頓，簡短的自介上說他是「前學生會長」，照片中的人打著普林斯頓橘配黑的領帶，媽呀。溫蒂打了封簡短的訊息。

嗨，我是電視記者，要針對普林斯頓你們那屆畢業生做個報導，希望能和您見個面。以下是我的資料，請挑您方便的方式和我聯絡。

訊息一送出，她的手機就震動起來，有簡訊。是菲爾・騰柏發的：我們得談談。

她回傳：好啊，打給我。

他隔了一會兒才回：電話裡不能說。

溫蒂不知該怎麼想，就打：為何？

三十分鐘後斑馬酒吧見？

溫蒂不懂他為什麼要規避問題。電話裡為什麼不能說？

這回隔更久。現在不能信賴電話。

她皺起眉頭，這感覺有點詭異，可是菲爾・騰柏並不像會大驚小怪的人。算了，何必瞎猜，等下見面就知道了。她回他：好。然後回頭看查理。

「幹嘛？」他說。

「我趕著去開會，你能不能自己叫外送來吃？」

「嗯……媽？」

「幹嘛？」

「今天晚上要開畢業企畫的家長會，你記得嗎？」

她差點要敲自己的頭。「該死，我忘得一乾二淨。」

查理看看手腕，但他根本沒戴表。「噢，三十分鐘內你得趕到學校，而且你還是點心委員之類的。」

其實她分配到的任務是帶加在咖啡裡的糖和代糖，還有牛奶和奶精，這工作多重要啊，她只是太謙虛，才沒拿出來吹噓。

不去當然也行，可是學校很重視這個畢業企畫，而且最近她有點忽略兒子，所以還是拿起電話發簡訊給菲爾．騰柏好了。

改成十點好嗎？

他沒馬上回。她進臥室換上牛仔褲和綠上衣，拿下隱形眼鏡，戴起眼鏡，頭髮綁成馬尾巴。這樣看起來比較休閒，比較普通。

手機震動，菲爾．騰柏回覆：好。

她下樓去。老爹在客廳，頭上包著印花方巾，男人綁頭巾好看的不多，老爹勉強算一個。

老爹一見她就搖頭。「你怎麼戴老太太的眼鏡？」

她聳聳肩膀。

「這樣永遠釣不到男人。」

高中家長會上有什麼男人可釣？「不關你事，但今天正巧有人想約我出去喔。」

「喪禮過後？」

「對。」

老爹點點頭。「那不意外。」

「爲什麼。」

「我這輩子最棒的性經驗就發生在一場喪禮後，就在禮車後座。」

「哇，晚點能不能講細節給我聽？」

「這是反話？」

「當然。」

她在他臉頰上親一下，請他盯著查理吃飯，然後就出門上車。路上順道在超市買那些加在咖啡裡面的東西。她抵達學校的時候，停車場已滿，只好停到比佛利路上，嚴格說來，那位置離停止標誌可能不到十五公尺，可是她不想拿尺去量，今天晚上就冒個險吧。

溫蒂進去的時候，免費咖啡旁邊已經圍滿了家長，她趕緊邊道歉邊把各式咖啡伴侶擺好。討人厭的蜜麗・漢諾威擺出一副臭臉；而那些父親對溫蒂遲到則表現出無比的寬容，說眞的，也許太寬容了一點。正因如此，溫蒂才特意要穿高高扣起的上衣和不太緊的牛仔褲，戴不怎麼好看的眼鏡，還把頭髮綁起來。她從來不和已婚男人多聊，從不。噢，就讓他們說她是高傲難搞的賤人吧，在她看來，那總比被說賣弄風情好。鎭上的太太都對她懷有戒心，眞是謝了。每次參加這種場合，她都好想在T恤上寫「說眞的，我對你家老公沒興趣。」

大家談話的主題是大學，精確點說，是哪所大學收了或沒收誰的孩子。有些家長自吹自擂，有些家長開開玩笑，溫蒂的最愛是那些跟辯論後的政客一樣會「轉」的，突然誇起那些原本當作備胎的學校，彷彿比他們原本的首選還要好。也許她太沒同情心了，也許那些家長只是在努力樂觀面對失敗。

幸虧鐘聲響起，讓溫蒂回想起自己的學生時光，也讓大家走向會場。場中有幾個宣導攤位，其中一個希望家長能幫忙推廣車輛減速，牌子上寫著：「**請開慢一點，我們❤我們的孩子**。」她心想，這大概有用吧，但怎麼有點像是暗示開車的人不愛他的孩子似的。另一個攤位提供轉印貼紙讓人索取，可以貼在窗上，讓鄰居知道你家「沒有毒品」，簡直廢話。有一個攤位是國際防治酒精組織，他們呼籲家長別在家裡開酒趴的標語是「我家不開酒趴」。還有一個攤位發放不喝酒合約，要讓青少年簽名保證不喝酒也不上酒後駕駛的車，要家長同意讓孩子隨時打電話請他們去接人。

溫蒂在後面找了個位子。有個過於友善的父親吸著肚子、帶著競賽節目主持人的笑容，在她身邊坐下，指著那些宣導攤位說：「也太安全了吧，我們過度保護孩子了，你說是不是？」

溫蒂沒接話。他面帶怒容的妻子在他另一邊坐下，溫蒂和那臭臉太太打招呼，自我介紹，說她是查理的媽媽，特意不和那不安全的笑臉男作眼神接觸。

皮特・澤克校長走上講台，感謝大家在「艱難時期」前來，他帶大家爲海蕾・麥奎德默哀。先前有人質疑，爲什麼活動不延期。但學校行事曆實在太滿，找不出別的空檔，而且延期又要延多久才對呢？一天？一個星期？

所以，皮特尷尬地停頓片刻，就請蜜麗·漢諾威上台。她興奮地宣布，今年畢業活動的主題是「超級英雄」。簡而言之（其實是蜜麗的話很長），就是要把學校的體育館布置成漫畫場景，例如蝙蝠洞、超人的孤獨之堡、X戰警的變種人學校之類的。溫蒂記得前幾年好像有一回主題是哈利波特，還有一年是小美人魚。

畢業企畫眞正的目的是要讓畢業生在畢業典禮和畢業舞會之後有個安全的地方可以聚會。巴士會送學生到會場，監護人守在場外。場內當然禁酒、禁藥，雖然前幾年都有青少年偷帶違禁品進去，但畢竟有監護人守著，又有巴士接送，比起傳統派對還是安全得多。

「我想跟大家介紹一下我眾多辛苦的委員會主席，」蜜麗·漢諾威說，「叫到您名字的時候，請起立。」她一一介紹她的布置主席、飲料主席、食物主席、運輸主席、宣傳主席，他們一一起立接受掌聲。「你們其餘的人，請主動幫忙，沒有你們，我們就做不成這件事。請幫忙讓你們的孩子得到正面的畢業經驗。別忘了，這件事是爲你孩子做的，而你不應該等別人來做。」蜜莉的姿態可以更高一點，但溫蒂想像不出那會是什麼樣子。「謝謝大家，志工報名表已經傳下去了，請各位塡一下。」

接著，查克校長請凱索頓鎮的安全專員戴夫·佩寇拉警官上台，向大家說明畢業舞會後的派對有多麼危險。他說海洛因已經捲土重來。他說孩子偷家裡的處方藥辦嗑藥派對，放在大碗裡和好奇的朋友分享。溫蒂去年本想針對這個主題報導，可是苦無實例，只有傳聞。藥品管理局有位官員對她說過，嗑藥派對眞實性不高，很可能只不過是道聽塗說。佩寇拉警官接著講到未成年人飲酒有多危險：「每年有四千個孩子死於酒精過量。」不過他沒說這是全球總數還是只算美國，也沒說這些孩子到底幾歲。他重申「家長爲孩子開酒趴對孩子不好」的事實，並且表情嚴肅地說了一個因此以殺人罪入獄服刑的例子，甚至還描述受刑人獄中生活的某些細節，之前有個電視節目拿監獄生活嚇小孩，這簡直就像那個節目的家長版。

溫蒂偷偷看表，這動作也和當學生的時候一樣。九點半。她腦中不停轉著三個念頭。一，想離開這裡，去看看菲爾・騰柏爲什麼突然變得神祕兮兮。二，雖然她對整個畢業企畫不十分贊成，覺得大人做這事主要爲的不是孩子，而是自己，但還是得挑個委員會報名。蜜麗姿態雖高，但說得沒錯，查理既然也會參加，她就應該盡點力，才公平。

第三個念頭最強烈，她忍不住一直想到亞麗安娜・納斯布羅。納斯布羅就是酒後駕車撞死約翰的。她忍不住要想，如果當年亞麗安娜・納斯布羅的父母也參加過這種管太多的活動，會不會改變些什麼。也許這些過度保護眞的能救幾條人命，讓某些家庭不必經歷她和查理所受的苦。

查克回到講台上，在中場休息之前說了些感謝大家今晚前來之類的話，溫蒂四下張望，想看看有沒有熟人。沒有。查理同學的家長她認識的太少了。麥奎德夫婦當然不在，珍娜和諾爾也沒來。珍娜・惠勒爲醜聞纏身的前夫辯護，付出了很大的代價，現在海蕾・麥奎德死了，他們在郊區恐怕更難立足。

家長紛紛走向委員會報名處，宣傳委員會的主席是布蘭達・崔諾爾，溫蒂記得她和珍娜・惠勒很要好，又愛傳小道消息，過去跟她說說話準沒錯。

「嗨，布蘭達。」

「看見你眞高興，溫蒂，你要報名志工？」

「嗯，是啊，我在想，也許我能幫忙宣傳。」

「噢，那太好了，電視名記者來幫忙宣傳，再好不過。」

「嗯，我不是名記者啦。」

「噢，我覺得是啊。」

溫蒂勉強擠出笑容。「要在哪裡簽名？」

布蘭達把報名表遞給她。「我們委員會每週二、四開會，一場給你主持好不好？」

「好啊。」

她在報名表上簽名，假裝兩人很熟似地問：「你覺不覺得珍娜・惠勒也很適合加入宣傳團隊？」

「你一定是在開玩笑。」

「她不是也有新聞背景？」這完全是溫蒂胡謅的。

「誰在乎啊？她居然讓那個禽獸不如的傢伙進我們社區……那一家人已經走了。」

「走了？」

布蘭達點點頭，傾身靠過去說：「他們家掛上了出售的牌子。」

「噢。」

「艾曼達連畢業典禮都不會參加，我很同情她……又不是她的錯……但這決定是對的，對大家都好。」

「他們要搬到哪兒去？」

「嗯，聽說諾爾在俄亥俄州某個醫院找了份工作，好像是哥倫布還是肯頓，也可能是克里夫蘭（Cleveland），俄亥俄州C開頭的地名太多，好容易弄混。仔細想想，應該是辛辛那提（Cincinnati）才對，它也是C開頭的，不過那是讀『辛』，對吧？」

「對。惠勒家已經搬過去了？」

「我想應該還沒有。泰麗亞說……你認識泰麗亞．諾維屈嗎？她人很好，女兒叫艾莉，有點過胖，你不認得？好，總之，泰麗亞說她聽說他們還沒去俄亥俄，暫時住在萬豪酒店。」

賓果。

溫蒂想到珍娜之前曾說，丹有某個部分她一直碰觸不到，她是怎麼說的？念大學的時候出過事？也許應該再去找珍娜談談。

她向布蘭達說再見，邊和其他家長打招呼邊向外走，離開會場，去赴菲爾．騰柏的約。

28

這是家運動酒吧，菲爾坐在比較安靜的角落，也只是「比較」安靜而已。運動酒吧不是用來進行私密對話或沉思冥想的地方，這裡沒有紅著鼻子垂頭喪氣借酒澆愁的人，有這麼多寬螢幕電視在播球賽，還有誰會盯著空杯看。

酒吧的名字叫做「愛斑馬」，店裡面烤雞翅和莎莎醬的香味比啤酒味還濃。很吵。某公司的壘球隊在這裡辦慶功宴。洋基隊正在比賽，有幾個年輕女孩穿著印有基特名字的上衣，喊加油喊得過於激動，身旁的男伴都覺得不太好意思。

溫蒂坐進卡座，菲爾穿著萊姆綠高爾夫球衫，兩顆鈕釦都沒釦，一撮胸毛露了出來，他勉強笑了笑，目光望著一公里外的遠方。「幾年前，我們公司也有壘球隊，」他說，「好幾年前的事了。那時候我剛進公司，打完球我們也像這樣上酒吧，雪莉也會參加，她有好幾件性感的壘球球衣，你知道那種白色緊身球衣嗎？有白色七分袖的那種？」

溫蒂點點頭，他喝得太多，說話已經有點大舌頭了。

「天啊，她當時好美。」

她不答腔，讓他說下去，大部分的人都會自己說下去，訪問的祕訣就在於能夠忍得住，不要填補空檔。幾秒鐘過去，又幾秒。好吧，沉默得夠久了，有時候受訪者也需要一點誘導。

溫蒂說：「雪莉現在依然很美。」

「噢，是啊。」菲爾的笑容僵住了，啤酒喝光了，眼睛含著淚，臉都喝紅了。「但她看我的眼光已經不一樣了。別誤會，她很支持我，她愛我。她沒說錯話，也沒做錯事，可是我看得出來，現在我在她眼裡不像男人。」

溫蒂不知該說什麼才好，不知道說什麼才不會更傷，「不會啦」或「我很遺憾」都不對，她還是保持沉默好了。

「要不要喝點什麼？」他問。

「好啊。」

「我今天喝了不少百威淡啤酒。」

「挺不錯的，」她說，「我喝普通的百威好了。」

「再來點玉米片？」

「你吃晚飯沒？」

「沒。」

她點點頭，心想他總得吃點東西塡塡肚子。「那就來點玉米片吧。」

菲爾招手叫服務生過來，她穿著低胸黑白條紋裁判裝，難怪店名會叫「愛斑馬」。這名服務生名牌上寫著「愛瑞兒」，脖子上掛著口哨，眼睛下方還塗了黑色的油彩。溫蒂從沒見過裁判塗油彩，只有球員會做這種事，但她本來就不是裁判。

菲爾目送服務生離開，說：「你知道嗎？」

她沉默以待。

「我也在這麼一家酒吧打過工，嗯，說起來也沒那麼像，那是一家連鎖餐廳，正中央有吧台，你知道我說的是哪一家吧？他們用綠色飾板，牆上的裝飾走復古風。」

溫蒂點點頭，她知道。

「我就是在那裡遇見雪莉的。我是酒保，她是服務生，會到各桌主動自我介紹，推薦客人點公司促銷的開胃菜。」

「我以為你是有錢人家的小孩。」

菲爾笑出聲來，但表情並不開心，他拿起已經空了的酒瓶，想把瓶底的酒喝乾，酒瓶差點撞到臉。

「我爸媽大概認為小孩要打工才好吧。你今晚上哪兒去了？」

「我兒子學校。」

「去幹嘛？」

「討論他們的畢業活動。」

「你兒子申請到學校了沒有？」

「申請到了。」

「哪一家？」

她挪動一下身子。「菲爾，你找我什麼事？」

「這問題太私人？抱歉。」

「我只想趕快講正事，時間不早了。」

「我只是在想，現在的孩子和我們當年一樣，對那些愚蠢的夢想買單，用功讀書、拿好成績、準備入學測驗，如果有能力打球，就打球，因為對入學有幫助。他們盡可能積極參與課外活動，好擠進最好的大學，就好像人生最初的十七年就只有進長春藤學校這一個目標。」

眞的是這樣，溫蒂很清楚。你若是住這附近的郊區小孩，高中生活裡最重要的東西就是雪片般飛來的大學入學許可和落榜通知。

「你看看我那些大學室友，」菲爾現在說話比剛剛更含糊了，「普林斯頓大學畢業的菁英分子，克爾文是黑人，丹是孤兒，史蒂芬家窮得要命，法利家是天主教藍領家庭，有八個小孩。我們全都擠進去了，可也全都不快樂。我高中時代最快樂的同學只申請到蒙特克萊爾州立大學，大二就輟學，到現在還在當酒保，也還是我認識的人裡頭對生活最滿意的一個。」

凹凸有致的年輕服務生送啤酒上桌。「玉米片再一下下就來。」

「沒問題，親愛的。」菲爾說時面露微笑，他笑得很好，再早個幾年，對方應該會回他一笑，但現在不會了。菲爾的眼光在服務生身上停留得太久了些，但溫蒂覺得人家根本沒注意到。服務生離開視線範圍之後，菲爾向溫蒂舉起酒瓶，她也拿起自己的酒瓶，和他的互碰。溫蒂決定不再跟他拐彎抹角了。

「菲爾，『疤臉』這個詞對你來說有沒有什麼意義？」

他努力不動聲色，還皺起眉頭拖延時間，甚至還假惺惺地說：「什麼？」

「疤臉。」

「它怎麼樣？」

「它對你來說，有沒有意義？」

「沒有。」

「你說謊。」

「疤臉？」他緊皺眉頭，「那不是一部電影嗎？艾爾．帕西諾演的，對吧？」他裝出可怕的聲音和表情說：「和我的小朋友說哈囉。」

他想打哈哈就帶過去。

「那尋寶呢？」

「溫蒂，你從哪兒聽來這些？」

「克爾文。」

沉默。

「我今天見到他了。」

菲爾接下來說的話出乎她意料之外。「嗯，我知道。」

「怎麼會？」

他傾身向前，身後響起一陣歡呼，有人高喊：「加油！加油！」兩個洋基跑者靠一計短打衝回了本壘。第一個比較簡單，第二個差點就被封殺，但滑壘成功。支持者再次歡呼。

菲爾說：「我不懂，你想幹嘛？」

「什麼意思？」

「那可憐的女孩已經死了，丹也死了。」

「所以？」

「所以這件事已經結束了，不是嗎？」

她沒說話。

「你還想怎樣？」

「菲爾，你有沒有侵占公款？」

「有什麼差別？」

「有沒有？」

「這就是你想做的？證明我無辜？」

「不只。」

「不要幫我，好嗎？爲了我好，爲了你好，爲了大家好，拜託你放手吧。」

他望向別處，雙手摸到酒瓶，快快拿起來喝一大口。溫蒂望著他，有那麼一會兒她看見了雪莉看見的東西。他只剩個殼了，內在的……光或火什麼的東西，已經黯淡。她想起老爹說男人沒了工作會怎樣，想起某部戲裡有段台詞，說男人沒了工作就抬不起頭，無法正視孩子的眼睛。

他語氣急促。「拜託，我拜託你放手。」

「你不想知道眞相？」

他開始撕酒瓶上的標籤，眼睛盯著手，就像藝術家在雕大理石。「你以爲他們傷害了我們，其實並沒有。到目前為止的這些事，都沒什麼。如果我們隨它去，就會停止。如果我們逼得太緊……如果『你』逼得太緊，事情反而會變得更糟。」

酒標整片撕掉了，落到地上，菲爾看著它落地。

「菲爾？」

他抬頭看她。

「我不懂你在說什麼。」

「聽清楚，好嗎？聽清楚，事情會變更糟。」

「誰會讓事情變糟？」

「那不重要。」

「怎麼會不重要。」

年輕服務生抱著玉米片走過來，好高一堆，遠看像抱著小孩。她把玉米片放到桌上，問：「還要點別的東西嗎？」兩人都說不要，她就轉身離開。溫蒂靠到桌上，湊近他說：「菲爾，這事是誰幹的？」

「不是那樣。」

「不是哪樣？他們可能害死了一個女孩。」

他搖頭說：「凶手是丹。」

「你確定？」

「確定。」他抬眼和她四目相對。「你一定要相信我，只要放手，事情就會過去。」

她不說話。

「溫蒂？」

「告訴我這是怎麼回事，」她說，「我不會告訴任何人，我保證，不會有第三個人知道。」

「別再管了。」

「至少告訴我幕後黑手是誰。」

他搖搖頭。「我不知道。」

她坐挺身子。「你怎麼可能不知道？」

他在桌上丟了兩張二十元鈔票，站起身來。

「你上哪兒去？」

「回家。」

「你不能開車。」

「我沒事。」

「不行，菲爾，你醉了。」

「現在是怎樣？」菲爾朝她大吼，「你還要管我死活？」

他哭了起來。這種事在普通酒吧可能會引來好奇的眼光，可是這裡電視聲音那麼大，大家的注意力又都在比賽上，沒人有空理他們。

「到底怎麼回事？」她問。

「放手吧，聽到沒有？不僅為我們，也為你自己好。」

「我？」

「你不但會讓自己陷入危險，還會連累兒子。」

她用力抓住他胳臂。「菲爾？」

他想掙脫，可是酒喝太多，沒有力氣。

「你這是在威脅我兒子。」

「不，說反了，」他說，「是你害我兒子受到威脅。」

她放開他。「怎麼會？」

他搖搖頭。「這件事你就別再管了，好嗎？我們都放手吧。別再去跟法利和史蒂芬聯絡，反正他們也不會理你。別再去煩克爾文。沒什麼好查的，一切都結束了。丹死了。如果你再繼續施壓，會死更多人。」

29

她想逼菲爾多說一點，可是逼不出來，只好送他回家。她到家的時候，老爹和查理正在看電視。

「該上床睡覺了。」她說。

老爹發出呻吟。「噢，讓我看完好不好？」

「很好笑。」

老爹聳聳肩膀。「我還能裝得更像，只可惜時間太晚了。」

「查理？」

他直盯著螢幕不放。「我覺得已經夠好笑了。」

好極了，她想，眞是搞笑二人組。「上床睡覺。」

「你知不知道這是哪部電影？」

她看了看。「這不是白爛片《豬頭漢堡包》嗎？」

「正是，」老爹說，「在我們家呀，看《豬頭漢堡包》的時候是不能只看一半的，太不敬了。」

這片其實她也喜歡，所以乾脆坐下來一起看，想把那些煩人的事暫時拋開，可是少女命案、戀童嫌犯、普林斯頓室友都還簡單，兒子會有危險這件事她可拋不開。菲爾・騰柏不像喜歡危言聳聽的人。

也許菲爾說得有理，她報導的範圍只有丹・默瑟，頂多再加上海蕾・麥奎德。那部分確實已經結束了。她的工作也保住了。身爲記者，她和戀童癖兼殺人犯接觸還能全身而退，運氣已經夠好了，接下來應該只要和警方保持聯繫，看看還有沒有其他受害者就可以了。

她望向躺在沙發上的查理，劇中人講了句什麼，惹得他哈哈大笑。她好愛他的笑聲，哪個父母不是這樣？她看著他，想到泰德和瑪莎再也聽不見海蕾的笑聲……不能想，她逼自己別再往那上頭想了。

早上鬧鐘響的時候，溫蒂覺得自己才睡了八分鐘，她勉強起身，喊查理起床。沒人回應，再喊一次，還是一樣。

她跳下床。「查理！」

還是沒有回應。

一陣驚恐襲來，幾乎不能呼吸。她衝過走廊，心臟狠狠撞擊胸腔，轉過牆角，敲也不敲就打開門。

他在，當然，還在床上，被子蒙住了頭。

「查理！」

他呻吟一聲：「走開啦。」

「起床。」

「我不能賴床嗎？」

「昨晚就警告過你了，現在快給我起來。」

「第一堂是健康教育，不能不上嗎？求求你。」

「立，刻，起，床。」

「健康教育課耶，教我們這些容易受影響的小孩子一堆跟性有關的東西，只會害我們亂搞性關係。眞的，爲了我的道德著想，你眞的應該讓我繼續睡。」

她好不容易才忍住笑。「給，我，起，床。」

「再五分鐘好不好？拜託啦。」

她嘆口氣。「好吧，就五分鐘，多了沒有。」

一個半小時之後，健康教育都下課了，她才把他送進學校。管他的，都高中最後一年了，有大學可念了，偶爾放鬆一下又有什麼關係？溫蒂默默在心中將這件事合理化。

回到家，她打開電子信箱，勞倫斯．徹斯特回信了，他是普林斯頓那一屆畢業生臉書網頁的管理者，用詞十分客氣正式。他說他很「樂意」在她方便的時間見面，他的地址是：紐澤西州普林斯頓。溫蒂打電話過去，想約在今天下午三點，勞倫斯·徹斯特又說他很「樂意」。

掛上電話以後，溫蒂決定查看一下她在臉書上僞造的那個個人檔案，莎朗·黑特。菲爾怕得要死的那個人跟柯比·森尼特應該沒有關係。說不定整件事和森尼特都沒有關係。

但無論如何，看看臉書又不會怎樣。她一登入就欣然發現柯比·森尼特已經加她爲朋友。嗯，很好，然後呢？然後要怎樣？柯比還邀請她參加一場紅牛派對，點進去有一張照片，照片中柯比舉著一大罐紅牛飲料。

除了時間、地點之外，柯比還寫了：「嗨，莎朗，希望你能來！」

海蕾的喪禮才剛辦完，他還眞會節哀。不知道紅牛派對是什麼，可能是供應「能量飲料」紅牛的派對，也可能是指某種更強烈的東西，晚點再問問查理。

接下來該怎麼做呢？要不要和他交往，試著讓他敞開心扉？不，裝成少女來誘捕變態沒有關係，但身爲母親的她若裝成青少年去拐騙兒子的同學，就太噁心了。

那怎麼辦？

不知道。

電話響了，來電顯示的是NTC新聞網。

「哈囉？」

「泰恩斯小姐嗎？」是個女的，掐著嗓子說話。

「我是。」

「這裡是人力資源與法務處，想請您今天十二點整進公司一趟。」

「請問有什麼事？」

「我們在六樓，十二點整，費德瑞克·蒙特鳩先生的辦公室，請勿遲到。」

溫蒂皺起眉頭。「請勿遲到？」

喀嗒。

這怎麼回事？還「請勿遲到」咧。她靠向椅背。也許沒什麼大不了的，也許重新受雇需要填些文件。但管人資的講起話來爲什麼總是那麼不客氣？

下一步該怎麼做？昨晚她得知珍娜．惠勒搬進了附近的萬豪酒店，她在網上查出最近的三家萬豪酒店，分別位於錫考克斯、帕拉默斯和馬瓦。先打錫考克斯那一家。

「麻煩您幫我把電話轉給一位姓惠勒的房客好嗎？」

她想他們應該不至於用假名入住。

「我們沒有姓惠勒的房客。」

她掛上電話，改撥去帕拉默斯，一樣要找姓惠勒的房客。三秒鐘後，總機說：「請稍候，我爲您轉接。」

賓果。

電話響到第三聲，珍娜．惠勒接起來說：「哈囉？」

溫蒂掛掉電話，開車趕去，帕拉默斯的萬豪酒店只需十分鐘車程，還是當面說吧。再兩分鐘就到的時候，溫蒂又打過去。

這回珍娜的語氣有些躊躇。「哈囉？」

「我是溫蒂．泰恩斯。」

「你要幹嘛？」

「跟你見面。」

「我不想見你。」

「珍娜，我並不是要傷害你和你的家人。」

「那就別煩我們。」

溫蒂把車開進萬豪酒店的停車場。「辦不到。」

「我沒什麼好跟你說的。」

她找到空位，停進去，關上引擎。「眞可惜。下來吧，我在大廳，你不下來我不會走。」

溫蒂掛掉電話。帕拉默斯萬豪酒店位於十七號公路與花園之州大道交口，從房間望出去，要不是電器電子用品的連鎖賣場「P. C.理察」，就是一家叫作Syms的量販店，外頭掛著一個近乎自誇的大看板，寫著：有教養的消費者是我們的最佳顧客。

還眞是個度假的好地方。

溫蒂走進旅館，在大廳等候。這裡的牆全是米黃色的，鋪的又是墨綠色地毯，整個空間裡都是乏味至極的溫和色調，平淡得像在大聲宣示：這是間好旅館，但絕對沒有不必要的裝飾。茶几上放著幾份《今日美國》，溫蒂瞄了一下標題和讀者意見調查。

珍娜五分鐘後就來了，穿著寬大的運動服，頭髮整整齊齊紮成馬尾，讓原本就高的顴骨看起來尖得能切東西。

「你是來幸災樂禍的？」珍娜問。

「是啊，珍娜，我就是爲這個來的。今天早上我坐在家裡，想到林子裡找到了一個女孩的屍體，就跟自己說：『你知道現在做什麼最好，最能錦上添花？就是幸災樂禍。』所以我就來了。噢，等會兒我還要去池塘邊踢小狗。」

珍娜坐下。「抱歉，我不該說那種話。」

溫蒂想到昨晚，想到珍娜和諾爾連去開會的權利都沒有，想到他們現在的處境。「我也很抱歉，這一切肯定讓你很不好過。」

珍娜聳聳肩膀。「每次我覺得自己可憐的時候，就想想泰德和瑪莎，你懂我意思嗎？」

「懂。」

沉默。

「聽說你要搬家。」溫蒂問。

「你聽誰說的？」

「這鎮很小。」

珍娜苦笑。「哪個鎮不小？沒錯，我們要搬走，諾爾要去辛辛那提紀念醫院當心臟外科主任。」

「好趕。」

「那邊很需要他，不過事實是我們幾個月前就開始計畫這事了。」

「從你為丹辯護開始？」

她又擠出一抹苦笑。「那確實讓我們在社區裡不太好做人，」她說，「我們本來想待到學期結束，讓艾曼達能跟同學一起畢業，可是我想恐怕沒辦法了。」

「我很遺憾。」

「還是那句老話，想想泰德和瑪莎，這就顯得沒什麼大不了了。」

溫蒂也有同感。

「說吧，有何貴幹？」

「你之前一直為丹辯護。」

「對。」

「我是說，從開始到結束，你一直都為他辯護。節目剛播的時候，你好像很肯定他是冤枉的，我們上次見面的時候，你還說我毀了一個無辜的人。」

「所以你來是想要我認錯？說我錯了，你才是對的？」

「真的嗎？」

「什麼？」

「你眞的錯了？」

珍娜瞪著她。「你在說什麼？」

「你眞的認爲丹殺了海蕾？」

大廳裡靜了下來，珍娜似乎想要回答，卻沒開口，只搖了搖頭。

「我不明白，你現在覺得他無辜了？」

溫蒂不知道這題要怎麼答。「我覺得整塊拼圖少了幾片。」

「比如說？」

「我來就是想搞清楚這個。」

珍娜望著她，等她往下說，這下子換溫蒂移開目光，她不想騙珍娜。目前爲止，溫蒂一直以記者的角色在處理這個案子，但事實上不只那樣，也許她該向她坦白，大聲把事實說出來。

「我想跟你坦白一些事，可以嗎？」

珍娜點點頭。

「我工作的時候重視的是事實，而不是直覺，直覺通常會害我把事情搞砸。你明白我的意思嗎？」

「你都不知道我有多明白。」

珍娜淚眼汪汪，溫蒂的眼睛也濕了。

「我知道丹罪證確鑿，他想誘拐我在網路上虛擬的十三歲女孩，他去了那棟房子，他家和電腦裡都有物證，就連他的職業也吻合戀童癖的特徵。有太多變態的工作和青少年有關。但即使綜合這麼多事實，我的直覺仍然拚命高喊有問題。」

「之前你都一副很肯定的樣子。」

「也太肯定了，你不覺得嗎？」

珍娜想了一想，微微一笑。「我不也一樣？我們兩個都那麼肯定，總有一個是錯的吧。現在我才明白，人會做出什麼事來，眞的說不準。這是廢話，但我需要提醒。你記不記得我說過，丹有點神祕兮兮？」

「記得。」

「也許眞讓你給說中了，他有事瞞著我，我知道，這是人之常情，不是嗎？沒人徹底了解誰。雖然說起來有點老套，但也許人根本不可能了解另一個人。」

「所以你一直以來都錯了。」

珍娜咬住嘴唇，一會兒才說：「現在回想起來，也許因爲他是孤兒，所以習慣把事情藏在心裡。他有信任問題，我原本以爲那是我們分手的原因，可是現在我不知道了。」

「不知道什麼？」

珍娜流下一滴眼淚。「不知道是不是還有別的，也許他出過什麼事，在心裡留下了陰影。」

珍娜走到大廳另一邊，拿保麗龍杯裝咖啡。溫蒂也跟著倒了一杯。她們拿著咖啡回到座位，好像話題就過了。溫蒂無所謂，直覺部分她已經講完，現在要回頭講講事實。

「上次你提到普林斯頓，說他在學校出過事？」

「對，所以？」

「所以我想查一查。」

珍娜一臉困惑。「你認爲普林斯頓和這有關？」

溫蒂不想多說。「只是想查一下。」

「我不懂，他大學的事跟這些會有什麼關係？」

「我只是想換個角度來了解這件事。」

「爲什麼？」

「你能不能相信我就好？珍娜，上回這話頭是你起的頭，是你說他在大學出過事的，我想知道是什麼事。」

她好一會兒才回答：「我不知道，他不肯告訴我，那是他的祕密，也許是最大的祕密，所以我上次才會跟你提。」

「你一無所知？」

「也不是，可是我不明白。」

「可以講給我聽嗎？」

「看不出有什麼相關。」

「就說給我聽聽嘛。」

珍娜把咖啡端到嘴邊，吹一吹，喝一小口。「好，我們剛開始約會的時候，他隔週的星期六都不見人影，我並不是小題大作，可是他就是不肯說他去了哪裡。」

「你問了？」

「問了。他在交往初期就說過會有這種事，他說他需要一點隱私，他說我不需要擔心，但得了解他有這個需要。」

說到這裡，她停了下來。

「那你怎麼想？」

「我在熱戀中，」珍娜說，「所以起初我把它合理化，對自己說，有些男人打高爾夫，有些男人打保齡球，有些男人和朋友去喝酒什麼的，丹有權運用自己的時間。他在其他方面都很體貼，所以這件事我就不去管。」

大廳的門開了，一家五口晃進來，走到櫃檯。男人把他們的姓氏告訴櫃檯人員，掏出信用卡。

「你說『起初』。」溫蒂說。

「對，起初沒事。後來，大概結婚一年之後吧，我開始逼問。丹說那沒什麼大不了的，要我別擔心。可是好奇心咬得我受不了，所以，某個週六，我跟蹤他。」

她愈說愈小聲，臉上浮現一抹微笑。

「什麼？」

「這件事我從沒跟任何人講過，就連丹也不知道。」

溫蒂身體向後靠，多留一點空間給她，喝口咖啡，盡可能讓自己顯得沒有威脅性。

「說起來也沒有什麼。我跟在他車後頭開了一小時或一個半小時，他在普林斯頓下交流道，在鎮上停車，走進一家咖啡店。我跟在後面，覺得自己很傻。他獨自在那裡坐了十分鐘左右，我一直在等另一個女人出現，想像中她是個性感女教授，你知道，黑頭髮、戴眼鏡的那種。可是沒人出現，丹喝完咖啡就起身離開，走到下一個街區。眞的很詭異，我就那樣跟在他後面，我是說，我當時很愛這個男人，你都不知道我有多愛他，可是，他有些地方我碰觸不到，竟得偷偷摸摸跟在後頭，還怕他看到。那時候的感覺就跟現在一樣，又想知道眞相，又怕知道。」

珍娜又將杯子舉到嘴邊。

「他去了哪裡？」

「兩個街區之外，有一棟漂亮的維多利亞式房屋，位置在教職員宿舍區的中心點。他敲敲門就進去，在裡面待了一小時，然後出來，走回鎮上，上車，開車回家。」

旅館櫃檯人員對那一家人說，入住時間是下午四點，那個父親請他行個方便，讓他們早點入住，櫃檯人員堅持不肯。

「結果那是誰的房子？」

「有趣的地方就在這裡。那裡住的是學校的教務長，叫作史蒂芬．斯洛尼克，離了婚，和兩個孩子同住。」

「那他去幹嘛？」

「我不知道，我沒問。那天以後，我再也沒提這事，反正他沒外遇，那是他的祕密，他想說就會說。」

「他始終沒說？」

「沒說。」

她們喝著咖啡，各懷心事。

「你不必有罪惡感。」珍娜說。

「我沒有。」

「死者已矣。我和丹都不相信死後還有生命，人死了萬事皆休。他不會在乎能不能獲得平反。」

「我也沒那打算。」

「那你現在是幹嘛？」

「我也不知道，只是想知道眞相吧。」

「有時候最顯而易見的事情就是眞相，也許大家並沒有誤會丹。」

「也許吧，可是有個關鍵問題還沒有答案。」

「哪個？」

「他爲什麼要回母校找教務長？」

「我不知道。」

「你不好奇？」

珍娜想了一下。「你要去查？」

「對。」

「我們的婚姻可能就是讓那件事毀掉的。」

「有可能。」

「也可能那件事根本就沒什麼。」

「很有可能。」溫蒂也有同感。

「我認爲那女孩是丹殺的。」

溫蒂沒回答，以爲珍娜會往下說，但她沒有。那句話好像用盡了她所有的精力，說完之後她往後靠，似乎動都動不了。

過了一會兒，溫蒂才說：「也許你說得對。」

「你還是想去查教務長的事？」

「對。」

珍娜點點頭。「如果找到答案，能不能告訴我？」

「當然可以。」

30

溫蒂出了電梯，往維克的辦公室走去，途經年輕新主播蜜雪兒．費斯勒的辦公位置，蜜雪兒正在忙，小隔間裡有華特．克朗凱、愛德華．默羅和彼德．詹寧斯[1]的照片。溫蒂心想，眞受不了。

「嗨，蜜雪兒。」

蜜雪兒忙著打字，只略略揮手，沒怎麼理她。溫蒂站在她身後瞄瞄螢幕，她正在上推特，有人留了回應：「昨晚電視上你頭髮好漂亮！」蜜雪兒回他：「用了新的潤髮乳，別轉台，晚點告訴你！」

愛德華．默羅一定會以她爲榮。

「那個雙膝中槍的男人怎麼樣了？」溫蒂問。

「噢，結果是你那種新聞。」蜜雪兒說。

「什麼意思？」

「他好像是個變態。」她轉過頭來，但馬上又回頭繼續看電腦。「變態新聞不是你的專長嗎？」

溫蒂心想，原來自己還有專長，還眞不錯。「你說『變態』是什麼意思？」

「你不是我們的變態專家嗎？」

「意思是？」

「哎喲，現在不能跟你聊天，」蜜雪兒繼續打字，「我很忙。」

溫蒂站在那裡，發現克拉克說得眞對：蜜雪兒有個巨頭，和紙片人般的身形對比起來顯得更大，就好像繫在繩子上的氦氣球，脖子幾乎撐不住頭。

---

1 Walter Cronkite（1916-2009）、Edward R. Murrow（1908-1965）、Peter Jennings（1938-2005），以上皆為美國知名主播。

溫蒂看看表，再三分鐘就十二點，她快步走到維克辦公室門口，維克的祕書玫薇絲坐在那裡。

「嗨，玫薇絲。」

那女人頭也不抬。「泰恩絲小姐，有什麼事要我爲您效勞？」

她從來沒這樣稱呼過她，也許溫蒂離職這段時間裡公司有了什麼新規定，好比要求大家講話要拘謹正式。「我要跟維克講一下話。」

「蓋瑞特先生現在沒空。」她平時講話很友善，現在卻冷冰冰。

「能不能告訴他我上六樓去了，一會兒再來？」

「我會跟他說。」

溫蒂向電梯走去。也許是她想太多，可是氣氛緊張得很詭異。

溫蒂進電視台這棟大樓的次數多到數不清，但從沒上過六樓。如今她坐在一間立體派風格的白色辦公室裡，牆角有個小瀑布，有面牆上掛著一幅黑白旋渦，其他牆面全都空著。旋渦就正對著她，令她分心，玻璃桌對面，旋渦前方，坐著三個穿西裝的人，兩個男的，一個女的，全都面對她。其中一名男子是黑人，女的是亞裔，種族平衡做得眞好，只不過坐在中央主導一切的還是白人男子。

「謝謝你來見我們。」那男人說。他剛作過自我介紹，還把身旁兩人也介紹了一下，但她沒仔細聽他們叫什麼名字。

「應該的。」她說。

溫蒂發現她的椅子至少比其他人低五公分，他們想展現威嚴，這是典型但不高明的手法。溫蒂交叉雙臂，稍稍再坐低一點，就讓他們認爲自己眞的高人一等好了。

溫蒂想打破僵局。「各位找我來有什麼事呢？」

白人男子望向亞裔女子，她拿出一張紙，推到玻璃桌對面。「這是你的簽名嗎？」

那是她進公司時簽的工作合約。「看起來像是。」

「究竟是還不是？」

「是。」

「那你一定看過這份文件？」

「我猜我應該看過。」

「我不要你用猜的……」

她揮揮手讓他別說了。「我看過，有什麼問題嗎？」

「請參閱第七條第四點，在第三頁。」

「好。」她開始翻頁。

「該處提到我們對於職場中的戀情與性關係採取嚴格禁止的政策。」

她抬起頭來。「那又怎樣？」

「你看過了？」

「對。」

「看得懂嗎？」

「看得懂。」

「好，」白人男子說，「泰恩斯小姐，我們發現你違反了那條規定。」

「噢，不可能，我可以向你保證，我沒違規。」

白人男子往後靠，盤起胳臂，作出要指責她的樣子。「你認不認識一個叫維克多・蓋瑞特的人？」

「維克，當然認識，他是新聞部經理。」

「你有沒有和他發生過性關係？」

「跟維克？拜託。」

「這是『有』還是『沒有』？」

「當然沒有。你怎麼不把他也叫來問問？」

那三個人交頭接耳一陣子。「我們確有此意。」

「我不懂，你們從哪兒聽說我跟維克……」她盡可能不露出想吐的表情。

「我們接獲報告。」

「哪來的報告？」

他們沒有立刻回答，但溫蒂突然想到，菲爾．騰柏早就警告過她了。

「我們無權透露。」白人男子說。

「那怎麼行，你們對我作出這麼嚴重的指控，總得給我看看證據。」

黑人男子望向亞裔女子，亞裔女子望向白人男子，白人男子望向黑人男子。

溫蒂雙手一攤。「你們是排練過嗎？」

他們又交頭接耳一陣子，活像聽證會上的參議員，讓溫蒂坐著乾等。好不容易討論完了，亞裔女子打開另一個資料夾，推到玻璃桌對面。

「也許你該看看這個。」

溫蒂打開資料夾，裡面的文件是從網路上印下來的。內容讓溫蒂看得冒火。

我在NTC工作。我怕被開除，所以不能具名，可是我要說，溫蒂．泰恩斯太可怕了。她沒有才能，就用最傳統的方法往上爬，用睡的。目前她正和我們的上司維克．蓋瑞特亂搞，所以有求必應，上星期才因不適任而遭解雇，馬上又重獲聘用，就是因為維特怕她告他性騷擾。溫蒂做過一大堆整型手術，包括鼻子、眼睛和胸部……

溫蒂一邊看一邊想，想起菲爾的警告，想起網路謠言如何陷害法利．帕克斯和史蒂芬．密奇阿諾……現在又來陷害她，想到這件事會導致她的工作、生活、養孩子的能力都出問題。謠言總是被認作事實，控告在大眾心中就等於判了罪，你得證明自己無罪才行。

丹．默瑟不也對她說過這些？

白人男子終於清清喉嚨，說：「如何？」

溫蒂鼓起最大的勇氣，挺起胸膛。「我的胸部是眞的，不相信的話可以捏捏看。」

「不好笑。」

「我又沒笑。我是在舉證，證明這些是謊話，快，快捏一下。」

白人男子哼了一聲，指指那份文件。「也許你該看看回應部分，在第二頁。」

溫蒂努力想要維持表面的自信，卻覺得整個世界都在晃，她翻到下一頁，開始看第一則回應。

回應：我在她前公司和她同事過，看法和你完全一樣，她在那邊也搞這種把戲，把我們的已婚主管搞到離婚，她是爛人。

回應：大學時她至少跟兩位教授睡過，其中一個還是在她懷孕的時候。毀了他的婚姻。

溫蒂覺得臉好燙，她是在做上一份工作的時候嫁給約翰的，他在她離職前幾週去世，那句謊話比別的更令她憤怒，說這種話太髒、太可惡，太不公道。

「如何？」白人男子問。

「這些，」她咬牙切齒地說，「全是假話。」

「網路上到處都在講，有些部落格還被轉寄給我們的贊助者，他們要我們立即處理，否則就要撤廣告。」

「這些全是謊話。」

「我們希望你能簽放棄書。」

「放棄什麼?」

「蓋瑞特先生是你的上司，雖然我不認爲你迷戀他，但你有可能會告他性騷擾。」

「你在開玩笑?」溫蒂說。

他指著資料夾說:「有一個部落格提到，你告過主管性騷擾，誰曉得你會不會故技重施?」

溫蒂眞的生氣了，她握緊拳頭，用盡全力壓住語調。「您剛說您姓……」

「蒙特鳩。」

「蒙特鳩先生。」深呼吸。「我希望你仔細聽，專心聽，把我說的話聽清楚。」溫蒂把資料夾舉到空中。「這些全是謊言，懂嗎?全都是捏造的。我控告前公司?謊言。我和老闆或教授上床?謊言。我懷孕的時候跟丈夫以外的人上床?謊言。我整型?謊言。全是捏造，不是誇大事實，不是扭曲，全都是無中生有的謊話，你聽明白了嗎?」

蒙特鳩清清喉嚨。「我們明白你的立場。」

「誰都能上網亂講人家壞話，」溫蒂又說，「你聽不懂嗎?有人在網路上散布我的謠言，你看看那個叫『吶喊』的部落格，文章昨天才貼出來，就有這麼多回應，當然是假的，有人想整我。」

「就算眞是這樣，」蒙特鳩這話雖沒意義，卻和別的話同樣令溫蒂不爽，「我們認爲調查期間你還是暫時休假好了。」

「我可不這麼認爲。」溫蒂說。

「什麼?」

「如果你要逼我，我會讓你那一身閃亮西裝沾上洗不掉的腥。我會告電視台、告公司、各別告你們每一個人。我會寄部落格連結給我們親愛的贊助商，說你們兩個……」她指著那兩個男的，「喜歡在辦工室瘋狂做愛，讓她……」她指指亞裔女子，「在旁邊看，還打自己屁股。這是眞的嗎?嗯，是部落格上寫的，而且有好幾個部落格都這麼寫。然後我會用別的電腦留些回應，比如說，蒙特鳩喜歡粗暴的搞法，喜歡用玩具和小動物，讓動物保護組織去找你麻煩。接著我會把這些部落格連結寄給你們的家人。這樣講，大概了解了嗎？」

沒人接話。

她起身說道：「我要回去工作了。」

「不，泰恩斯小姐，你恐怕不能回去工作。」

門開了，兩名穿制服的保全人員走進來。

「我們會請保全送你出去，在調查結束之前請不要接觸這家公司的任何員工，如果你與本案相關人士聯絡，會被視作企圖以不正當手段影響調查結果。還有，你針對我和我同事的威脅，會列入紀錄。耽誤您不少時間，謝謝。」

31

溫蒂打給維克，玫薇絲不肯幫她轉。很好，那就這樣吧。去普林斯頓的車程有九十分鐘，她邊開車邊生氣，邊想這到底是怎麼回事。那些雖是沒憑沒據的可笑八卦，但溫蒂知道，這些謠言會讓她的職業生涯蒙上陰影，也許永遠無法消除。從前她也聽過不少酸話，在這一行表現優異的女性只要略具姿色就免不了會傳出這種閒話。可是現在，只因為某個白癡寫在部落格上，就可信了？歡迎光臨電腦時代。

好吧，夠了。

快到了。溫蒂把心思放回案子上，線索紛紛指向普林斯頓，有四個人——菲爾．騰柏、丹．默瑟、史蒂芬．密奇阿諾和法利．帕克斯在過去一年中遭人陷害。

問題是，怎麼陷害的？

更大的問題是，陷害他們的人是誰？

溫蒂覺得應該從菲爾．騰柏查起。她塞上耳機，打給溫。

和之前一樣，溫接起電話，只用傲慢的語氣說了兩個字：「說吧。」

「能再幫我一個忙？」

「是『我能請你』再幫我一個忙？好的，溫蒂，可以。」

「感謝您在緊急狀況下還糾正我的語法。」

「不客氣。」

「你記不記得我之前打聽過一個菲爾．騰柏，侵占兩百萬被開除的那個？」

「記得。」

「假設菲爾是被陷害的，他沒拿錢。」

「好。」

「要怎麼做才能這樣陷害他?」

「我不知道,問這個幹嘛?」

「我相當確定他沒偷那筆錢。」

「是喔,你爲什麼會『相當確定』?」

「他親口跟我說的。」

「噢,這證據還眞有力。」

「不只這個啦。」

「我在聽。」

「嗯,如果菲爾眞的偷了兩百萬美金,不早進牢裡去了?至少公司會逼他還錢吧?我現在不想講太多細節,可是受害者不只他一個,他大學的室友最近也都醜聞纏身。在其中一個案子上,我還可能成了被壞人利用的傻子。」

溫沒說話。

「溫?」

「我在聽。我喜歡『被利用的傻子』這字眼,你不喜歡嗎?這意思是……或至少是暗指女性性格中特別容易上當受騙的部分。」

「是啊,很棒吧。」

他就連嘆氣都嘆得那麼高傲。「你要我怎麼幫?」

「能不能幫我查一下?我得知道陷害菲爾.騰柏的人是誰。」

「好。」

喀嗒。

又是直接掛斷。這回她不怎麼意外，只是有點失望，本想接句俏皮話什麼的，可是電話那頭已經沒人了。她握著電話等了一下，懷著一絲希望，也許他會立刻回撥，但這次沒有。

勞倫斯．徹斯頓家有洗石子的外牆和白色百葉窗，玫瑰花圃圍著一根旗桿，黑色三角旗上有個橘色的大P，噢，我的媽呀。徹斯頓站在門口迎接她，用雙手和她握手，胖胖的紅臉讓人想到胖貓。他穿著一件藍色的休閒西裝外套，領子上有普林斯頓校徽；繫著照片上那條普林斯頓領帶；卡其褲熨得很平；有流蘇的休閒鞋擦得很亮；當然，沒穿襪子。他看起來就好像早上剛去過學校的禮拜堂，然後在路上就老了二十歲。溫蒂進門時心想，他整個衣櫥裡一定全是休閒西裝和配好的卡其褲。

「歡迎光臨寒舍。」他問她要不要喝點東西，她婉拒了。他在桌上擺了一盤迷你手指三明治，溫蒂顧及禮貌拿了一個，難吃到令人懷疑裡頭是不是真有手指。徹斯頓滔滔不絕地聊起他們那屆的畢業生。

「我們出了兩位普立茲獎得主，」他說，「其中一位是女性。」

「女性啊。」溫蒂僵硬地笑了笑，眨眨眼。「哇。」

「還出了一位聞名全球的攝影家、幾位執行長……這是當然，有一位同學被選進克里夫蘭布朗隊，噢，還有一位同學得到奧斯卡金像獎提名，嗯，雖然是最佳音效獎，而且他沒得獎，但已經很不容易了。有好幾位同學在現任總統的執政團隊裡。」

溫蒂頻頻點頭，像個白癡，不確定自己臉上的笑容還能撐多久。徹斯頓一一打開剪貼簿、相簿、畢業紀念冊和新生照片名冊，現在又開始說起他有多支持他的母校，好像她聽了會有多意外似的。

她必須轉移話題。

溫蒂拿起一本相簿，開始翻閱，希望能在裡面看見她要查的那五個人，可惜沒那運氣。徹斯頓還在講。好吧，得有所行動了。她拿起新生相片名冊，直接翻到M開頭的那一頁。

「噢，你看，」她打斷他的話，指著史蒂芬．密奇阿諾的照片說，「這不是密奇阿諾醫生嗎？」

「嗯，是啊。」

「他幫我媽看過病。」

徹斯頓有點不自在。「那很好。」

「也許我也該訪問他一下。」

「也許吧，」徹斯頓說，「可是我沒有他現在的住址。」

溫蒂繼續看那本名冊，裝出驚訝的表情。「哇，你看這個，密奇阿諾醫生和法利・帕克斯居然是室友，他不是選國會議員的那個嗎？」

勞倫斯・徹斯頓笑著看她。

「徹斯特先生？」

「叫我勞倫斯吧。」

「好。法利・帕克斯是不是競選國會議員的那個？」

「我能不能叫你溫蒂？」

「你能。」她不知不覺和溫用了同樣的字眼。

「謝謝。溫蒂，也許我們應該都別再演戲了。」

「演什麼戲？」

他搖搖頭，好像對愛徒十分失望似的。「搜尋引擎很有用的，記者要來採訪，你以爲我不會google一下？人都有好奇心啊。」

她沒說話。

「所以我知道你加入了普林斯頓畢業生的臉書，更重要的是，我知道丹・默瑟的新聞是你報導的，或者應該說，是你創造的。」

他看著她。

她說：「這些小三明治眞是太好吃了。」

「我太太做的，難吃得要命。總之，我想你今天來是想蒐集背景資料。」

「既然你都知道，爲什麼還肯見我？」

「有何不可？」他反問，「既然你的報導涉及普林斯頓的畢業生，我寧可配合，以確保你得到的資訊無誤。」

「嗯，謝謝。」

「不客氣。我能幫你什麼？」

「你認不認識丹·默瑟？」

他捏起一個三明治，咬一小口。「認識，但不熟。」

「對他有什麼印象？」

「你是要問，他像不像戀童癖兼殺人犯？」

「從這裡說起也不錯。」

「不，溫蒂，他不像那種人。可是我承認我比較天眞，總看別人好的一面。」

「能不能跟我說說他是怎樣的人？」

「丹是個認眞的學生，聰明又用功。他很窮，而我父母都是校友，事實上，我是家裡念普林斯頓的第四代了，丹和我不在同一個圈子裡。我愛這所學校，從不諱言，但丹對學校簡直到了敬畏的地步。」

溫蒂點點頭，好像這話眞有什麼了不起的用處，其實並沒有。「他跟誰比較要好？」

「你剛已經提到兩個，其他的也知道了吧？」

「他的室友？」

「對。」

「你都認識？」

「只是點頭之交。我和菲爾·騰柏大一都參加歌唱社，很有意思。你應該知道，新生的室友是學校指定的，有時很糟糕，我大一的室友是個白癡學者，除了念書什麼都不會，還整天吸大麻。不到一個月我就搬走了。他們五個倒一直都處得很好。」

「能不能講些他們當年的事給我聽？」

「哪一類的事？」

「他們怪不怪？會不會不受歡迎？有沒有敵人？有沒有涉及什麼奇怪的活動？」

勞倫斯・徹斯特放下手裡的三明治。「你怎麼會問這種問題？」

溫蒂講得很含糊。「要作報導嘛。」

「我看不出關聯。你要打聽丹・默瑟的事我能理解，但是你今天來，如果是想把他的室友跟那些讓丹鬼迷心竅的事連到一起……」

「我沒那意思。」

「不然呢？」

她不想講太多，就拿起畢業紀念冊，翻來翻去，拖延時間。她不用看也感覺得到他盯著她看，再翻幾頁，發現一張有丹、克爾文和法利的照片。丹站在中間，三人臉上都掛著開懷笑容。畢業，終於成功畢業了。

勞倫斯・徹斯特還在看，她心想，算了，有什麼大不了的。

「他們……住那間宿舍的人，最近都遇上了麻煩。」

他沒說話。

「法利・帕克斯退出了選舉。」她說。

「我聽說了。」

「史蒂芬・密奇阿諾因藥物被捕，菲爾・騰柏丟了工作，丹的事你知道。」

「我知道。」

「你不覺得怪？」

「不算特別奇怪。」他鬆開領帶，彷彿它忽然之間成了套住脖子的繩索。「你想從這個角度報導？普林斯頓某間宿舍的室友全都陷入困境？」

她不太想回答這個問題，決定轉移話題。「丹．默瑟之前常來這裡，我是說，常回普林斯頓。」

「我知道，我常在鎮上看到他。」

「知不知道他來做什麼？」

「不知道。」

「他會去教務長家。」

「我完全不知道。」

就在這個時候，溫蒂突然發覺有件事很奇怪，紀念冊上的名單照姓氏字母排列，可是在T那一行，最後一個名字是法蘭西斯．托坦丹。

「菲爾．騰柏哪兒去了？」她問。

「什麼？」

「菲爾．騰柏的名字不在名單裡。」

「菲爾沒跟我們一起畢業。」

溫蒂背脊一涼。「他休學了？」

「呃，不是，他被迫提前離開學校。」

「等一下，你是說，菲爾．騰柏沒畢業？」

「據我所知，嗯，對，他沒畢業。」

溫蒂覺得口乾舌燥。「爲什麼？」

「我不確定，雖然有些傳聞，可是整件事沒人聲張。」

她靜坐不動，十分鎮定。「能不能講給我聽？」

「我不知道這樣好不好。」

「這很要緊。」

「怎麼會？都那麼多年了，而且說真的，我覺得學校有點反應過度。」

「我只是私下問問，不會報導出去。」

「我不知道。」

沒時間耗了，蘿蔔給完，就要拿出棒子。「你告訴我，我就不報。但如果你不肯老實說，我會去查，查到底，把所有的陳年往事都挖出來。到時候所有事情通通都會上電視。」

「我討厭人家威脅。」

「我討厭人家支吾。」

他嘆口氣。「那真的沒什麼，而且我對內情也不清楚。」

「可是？」

「可是，好吧，愈說愈像有多嚴重了，其實傳言只說，菲爾課餘時間出現在他不該在的屋子裡，簡而言之，他在校園裡擅自闖入了某人住處。」

「偷東西？」

「拜託，不是啦，」他好像覺得她的話荒謬至極，「只是好玩而已。」

「你們這些傢伙把這種事當遊戲？」

「我有個朋友念罕布夏學院，你知道那間學院嗎？不知道也沒關係，總之他偷校車得了五十分，有些教授想開除他，可是他跟菲爾一樣，都只是好玩，後來他受到的懲處是停學兩週。老實說我也參加了，我們那組在教授車上噴漆，得三十分。我有個朋友從來訪的桂冠詩人桌上偷筆。全校都在玩，我是說，所有宿舍都在比。」

「比什麼？」

勞倫斯．徹斯特笑著說：「尋寶呀，我們在玩尋寶遊戲。」

32

「**我們不該再尋寶了……**」

那是克爾文說的話。

也許他的話終究有其意義。她問勞倫斯・徹斯特知不知道疤臉是什麼，但問不出個所以然來。他只知道菲爾・騰柏在玩尋寶遊戲的時候被抓到，遭退學處分，就這樣，沒了。

溫蒂回到車裡，拿出手機，想打給菲爾。

有十六則未讀簡訊。

她的心差點跳到喉嚨裡。**查理出事了嗎？**

她趕快按V，先聽留言。才聽到第一則留言，她就放下心來，接著被另一種負面情緒淹沒，查理沒事，但另一件事也不是好事。

「嗨，溫蒂，我是ABC新聞網的比爾・朱利亞諾，我們想跟您聊聊，聽聽您這方面對於不當行爲……」嗶。

「我們要報導你和上司的戀情，想聽聽你這邊的說法……」嗶。

「某個由你節目揭發的戀童癖，以你有性攻擊行爲做爲理由，要求法院重新審理，他說你是因爲他要跟你分手，所以挾怨報復……」嗶。

她按下取消鍵，瞪著手機，該死，她眞希望自己夠有修養，能夠超越這些事。

可是不行，她氣死了。

也許當初該聽菲爾的話，放手不管，現在來不及了，不管怎麼做都不可能從這堆狗屎中毫髮無傷地脫身了。就算抓到在網上散布謠言的爛人，逼他（或她）在超級杯實況轉播中承認那些全是胡說，也洗不掉她沾上的一身腥。不管公不公平，那股子腥臭味都會跟著她，而且可能會跟上一輩子。

牛奶灑都灑了，哭也沒用，對吧？

忽然間另一個念頭閃過：被她抓到的那些人不也是同樣的情形？就算到了最後，有些人獲判無罪，節目也已經播出去了，他們沾上的腥臭味還能洗得掉嗎？也許這是宇宙間的報應，是她這個賤人的業障。

現在沒空想這些。但也許所有事情都有關聯，其實是同一件事。她所做的、她的報導對那些男人產生的影響和普林斯頓這幾個人發生的事，也許都有關聯，只要解開一個謎，一切謎底就全解開了。

她的人生已經陷入泥淖，變得一團亂，不管她想不想走，都走不開了。

菲爾·騰柏玩尋寶遊戲玩到被學校開除。

也就是說，他至少在溫蒂告訴他克爾文提到尋寶的時候說了謊，甚至於……嗯，她也不知道甚至於怎麼樣，還是先打電話問他吧。打他手機，沒人接；打到家裡，也沒人接。溫蒂打到手機裡留言：

「我知道尋寶遊戲的事了，打給我。」

五分鐘後，她敲教務長的門，沒人應。再敲，還是沒人應。噢，不，不行。她繞到窗邊偷看，燈關著。她把臉貼到窗上，想看清楚一點。如果被校警抓到就慘了。

有動靜。

「嘿！」

沒回應。再看，沒動靜了。敲敲窗戶，沒人過來。她回到門口，繼續敲門。身後有個男人說：「需要幫忙嗎？」

她轉過身來，一見那說話的人，腦中閃過的第一個念頭就是「紈袴子弟」。那人波浪般的頭髮有點過長，穿著花呢外套，打著領結。就只有在上流學府才會出現這種打扮。

「我來找教務長。」溫蒂說。

「我就是路易斯教務長，」他說，「有何貴幹？」

她心想，沒時間拐彎抹角。「你認識丹・默瑟嗎？」

他想了一想才說：「好像有點印象，可是……」他雙手一攤，聳聳肩膀，「我應該認識他嗎？」

「應該認識，」溫蒂說，「因爲過去二十年來，他每兩星期就來你家一次，隔週週六。」

「啊，」他笑了，「我四年前才搬來，之前住的是前任教務長帕西恩，但我想我知道你說的是誰了。」

「他來找你做什麼？」

「他不是來找我。我的意思是，沒錯，他來這間屋子，但不是找我，也不是找帕西恩教務長。」

「那他來幹嘛？」

他走過去，用鑰匙開鎖，推開門，那門發出咯吱咯吱的聲音。他探頭進去。「克莉絲塔？」

屋裡很暗，他揮手要她跟上，她就跟著走到門廳。

有個女人喊：「教務長？」

腳步聲向他們走來，溫蒂回頭看看教務長，他使了個近似警告的眼神。

怎麼回事？

「我在門廳。」他說。

腳步聲之外，那女人又說：「你四點的約取消了，還有，你得……」

克莉絲塔從餐廳走出來，看見她就站住。「噢，我不知道你有客人。」

「她不是來找我的。」路易斯說。

「噢？」

「我想她要找的人是你。」

那女人偏過頭，像狗在辨識牠剛聽見的聲音。「你是溫蒂・泰恩斯？」

「是的。」

克莉絲塔點點頭，彷彿早知道溫蒂會來。她向前一步，臉上照到了一點光，只有一點點，但夠亮了，溫蒂看見她的臉，倒抽了一口氣。她這麼驚訝不是因爲她的臉很嚇人，而是因爲有一塊拼圖拼上去了。

克莉絲塔人在室內，卻戴著太陽眼鏡，可是你第一眼注意到的不會是這個。

見到克莉絲塔，你第一個會注意的是，她臉上那兩道交叉成十字的、粗粗的紅疤。

□

疤臉。

她自我介紹，說她叫克莉絲塔・史塔克威爾？

她看起來年約四十，不過很難說得準。她身材苗條，身高大約一七〇，有細緻的手，舉止優雅。她們在餐桌旁坐下。

「不好意思，我想保持這個暗度，可以嗎？」克莉絲塔問。

「沒問題。」

「別誤會，我知道大家會盯著我的臉看，這很自然，我不介意，這比某些人假裝看不見我臉上的疤好多了。我的臉成了房間裡的大象，你懂我意思嗎？」

「我想我懂。」

「出了那件事之後，我眼睛變得對光敏感，待在暗一點的地方會比較舒服。眞適合我，是吧？在這裡主修哲學和心理學的學生都可以拿這當主題來研究了。」她站起來。「我要喝茶，你要不要？」

「好啊，我能幫忙嗎？」

「不用，我沒問題，薄荷茶還是英國早餐茶？」

「薄荷茶。」

克莉絲塔笑著說：「選得好。」

她啪一聲打開電壺，拿出兩個馬克杯，放入茶包。溫蒂注意到她做事的時候頭一直側向右邊。克莉絲塔回座以後，直挺挺坐了一會兒，彷彿要讓溫蒂有機會能把她臉上的傷看個清楚。她的臉眞的好可怕，從額頭到脖子都有疤，紫紅色的醜陋皺褶撕裂了她的皮膚，高高突起，整張臉看起來就像立體地圖。沒有皺褶的地方也有深紅的斑點，好像有人拿鋼絲絨磨過她的皮膚。

「我簽了合約，不能透露當時發生的事。」克莉絲塔・史塔克威爾說。

「丹・默瑟死了。」

「我知道，但合約還在。」

「不管你說了什麼，我都絕對不會告訴別人。」

「你是記者，不是嗎？」

「是，可是我可以跟你保證。」

她搖搖頭。「我不覺得有這個必要。」

「丹死了；菲爾・騰柏的公司說他侵占公款，開除了他；克爾文・提弗進了精神病院；法利・帕克斯近來也有麻煩。」

「我應該要爲他們難過嗎？」

「他們對你做了什麼？」

「還不夠清楚嗎？要我把燈開亮點嗎？」

溫蒂伸手按住克莉絲塔的手。「請告訴我，到底發生了什麼事？」

「我認爲還是不說的好。」

廚房水槽上方的鐘滴答作響，溫蒂可以望出窗外，看見正要去上課的大學生，一個個都年輕又有活力，套句老話，他們的人生就在轉角處等著。明年查理也會進大學，成爲他們的一分子。你可以告訴這些孩子時間過得多快，大學一眨眼就過去，然後十年又十年；可是他們不會聽，不可能聽，也許這樣也好。

「我想，發生在這裡的那件事……那些人對你做的那件事，是一切的開端。」

「怎麼會？」

「我不知道。所有的事查到最後都指向它。不知怎的，當年發生的那件事好像有了自己的生命，到現在還在找受害者，連我也不放過。是我抓到丹．默瑟的，有可能他罪有應得，也可能我冤枉了他，總之現在我脫不了關係了。」

克莉絲塔．史塔克威爾吹吹茶。她的臉看起來好像有人把它翻了個面，把血管和軟骨都翻到了外面來。「那年他們大四，」她說，「我早他們一年畢業，正在修比較文學碩士。我有經濟上的困難，和丹一樣，我們都半工半讀。他在體育系幫忙洗衣服；我在這裡工作，幫史拉特尼克教務長照顧小孩，做點家事，整理檔案什麼的。教務長離婚了，我又和孩子處得很好，所以念碩士的時候，我就住在這裡，住後頭的房間，噢，我到現在都還住在這裡。」

窗外走過兩個學生，其中一個放聲大笑，笑聲傳進來，洪亮好聽，突兀極了。

「總之，事情發生在三月。史拉特尼克教務長出門演講，孩子去紐約和媽媽住，我那天晚上和未婚夫一起吃飯。馬可在念醫學院二年級，第二天有個重要的化學考試，要不然……嗯，說起『要是』，那可多了。要是他第二天不用考試，我們就會回他住處，或者，家裡正好沒人，他也可能留在我這裡。可惜馬可陪我吃飯已經耽誤太多時間，放我下車後，就去醫學院圖書館了。我也有功課要做，所以拿著筆記本到這兒來，我是說，就在這張餐桌上。」

她瞪著桌面，彷彿那本筆記還在那裡。

「我泡了杯茶，就和今天一樣，坐在這裡，正要開始寫論文，忽然聽見樓上有聲音。我知道家裡沒人，理應害怕，對吧？我記得英文教授有一次在課堂上問大家，世上最可怕的聲音是什麼。男人痛苦的大叫？女人恐懼的尖叫？槍聲？嬰兒哭聲？教授搖搖頭說：『都不是，最恐怖的聲音是，你一個人在家，四下裡黑呼呼的，你知道只有你在，幾公里之內都不可能有別人，可是，忽然，樓上傳來馬桶沖水的聲音。』」

克莉絲塔對溫蒂笑笑，溫蒂努力回她笑容。

「總之，我沒害怕，也許我應該怕的。這是另一個『要是』。要是我直接打電話找校警來就好了，一切就都會不同了，對吧？我會有完全不同的人生。那天晚上我有個最棒、最帥的未婚夫，如今他娶了別人，生了三個孩子，非常幸福。要是那天晚上沒有出事，和他結婚生子的人就會是我吧。」

她喝口茶，雙手捧著茶杯，讓那些「要是」的念頭過去。「總之，我循聲上樓，聽見有人低語偷笑，嗯，我明白了，是學生，就算之前心底有一絲恐懼，現在也一掃而空，樓上準是幾個胡鬧的學生想在教務長家搞鬼。我上樓之後，他們安靜下來。剛剛的聲音聽起來像在教務長臥室，所以我朝那邊走去，走進臥室，四處張望，沒看到半個人，太黑了，得等眼睛適應。我心想，你在幹嘛？開燈就好啦。於是我伸手要去開燈。」

克莉絲塔突然講不下去了，臉上的疤，紅色的部分，顏色開始變深。溫蒂伸出手去，但克莉絲塔堅強的態度令她又縮回了手。

「接著我不知道發生了什麼事，至少當時並不知道，現在當然知道了。可是當時，嗯，簡單地說，我聽見很大一聲，有東西砸碎了，然後我的臉就炸開，感覺上像炸開，像炸彈炸在我臉上。我摸摸臉，感覺到臉上有碎玻璃，手都刮破了。血一直流，流進鼻子裡、嘴裡，我嗆到了，不能呼吸。有那麼一秒鐘或兩秒鐘不覺得痛，接著突然就痛起來，就好像臉皮被剝了下來。我尖叫著倒在地上。」

溫蒂的脈搏變得好快。她想問問題，想知道細節。但她沒開口，靜靜坐著，讓克莉絲塔用她自己的方式說這整件事。

「我倒在地上，一直尖叫，雖然看不見，但聽見有人跑過身邊，就伸出手，絆倒了他。他跌倒在地，罵了一聲，我抓住他的腿。我不知道爲什麼要這麼做，我想都沒想，全憑本能。他拚命亂踢，想要掙脫。」她愈說愈小聲，像在耳語。「我並不知道自己滿臉都是玻璃碎片，鏡子破了，我滿臉都是碎片，他亂踢之下，碎片扎進我皮膚裡，深及骨頭。」她嚥口唾沫。「最大的一片離右眼很近，我原本就可能會失明，他這麼一踢，玻璃像刀一樣刺進……」

她大發慈悲，沒再說下去。

「之後的事我不記得，我暈過去了，三天後才醒。之後幾週一直反覆失去意識，動了很多手術，痛到受不了，用藥用得昏沉沉。噢，我跳太快了，那天晚上的事還沒說完。校警聽見我尖叫，在教務長家院子裡抓到菲爾．騰柏，他鞋子上沾滿我的血。我們都知道還有其他學生在場，那是場尋寶遊戲，教務長的內褲在寶藏之列，六十分。菲爾．騰柏要找的只是一條內褲，惡作劇而已，沒別的。」

「你說你聽見了別人的聲音，聽見耳語和偷笑。」

「對。但是菲爾宣稱他只有一個人，他的朋友和他的說法相同，我處在昏迷狀態，無法反駁，而且說眞的，我也不知道實情。」

「菲爾獨力承擔所有的責任？」溫蒂問。

「是的。」

「爲什麼？」

「我不知道。」

「我還是不懂，他到底對你做了什麼？我是說，那些玻璃到底是怎麼來的？」

「我走進房間的時候，菲爾躲在床後面。他看見我伸手要開燈，嗯，大概是爲了轉移我的注意力，一個大玻璃菸灰缸往我身邊扔了過來，原本應該只會弄出聲音，引我轉頭，讓菲爾能逃掉，但是那邊有面古董鏡，菸灰缸砸碎了鏡子，碎片飛到我臉上，很扯吧？」

溫蒂沒說話。

「我在醫院裡待了三個月，失去一隻眼睛，另一隻也嚴重受損，視網膜剝離。有陣子我完全看不見，後來一眼視力漸漸恢復，在法律上我還是盲人，但其實有些模糊的影子，只是畏光得厲害，尤其見不得日光。還眞切合我的狀況，是不是？據醫生說，我的臉皮被一片片削掉了，治療初期的照片我看過，如果你以爲現在這算糟……那時看來就像生的牛絞肉，我沒別的形容詞可用了，我的臉就像被獅子吃掉了。」

「我很遺憾。」溫蒂不知道還能說什麼。

「我的未婚夫，馬可，他人太好了，還繼續留在我身邊，認眞想起來，那眞是英雄行爲。我從前很漂亮，現在講自己漂亮沒關係，沒人會說我厚臉皮了。我那時候眞的是美女，而他也英俊得要命。馬可沒離開我，卻常把目光移開。那不是他的錯，他從沒想過要和這樣的人共度一生。」

克莉絲塔說到這裡就停了下來。

「然後呢？」

「我逼他離開。我原本以爲我知道愛是什麼，但直到那天才眞正了解到愛究竟是什麼。雖然和馬可分手比玻璃刺臉更痛，我還是逼他離開，因爲我夠愛他。」

她停下來，喝口茶。

「其餘的你應該都猜得到。菲爾家付我錢，要我守口如瓶，那是筆很慷慨的數目，交付信託，按週給付。如果我說出去，給付就停止。」

「我不會說出去的。」

「你以爲我擔心的是這個？」

「我不知道。」

「我不擔心這個。我日常花費很少，又有地方可住。我後來還是住在這裡，當史拉尼克教務長的助理。只是不帶小孩了，他們看到我的臉會怕。他過世之後，帕西恩教務長好心讓我留任，現在路易斯教務長也是。信託給付的錢我多半都捐給慈善團體。」

沉默。

「那麼丹和這事有什麼關係？」溫蒂問。

「你覺得呢？」

「我想那天晚上他也在。」

「對，他們五個通通都在，我到後來才知道。」

「怎麼知道的？」

「丹告訴我的。」

「菲爾幫他們擔下了所有的罪？」

「對。」

「為什麼呢？」

「我想，因為他是個有肩膀的人吧。而且他家有錢，另外四個沒有，也許他不想出賣朋友。」

溫蒂覺得有道理。

「丹來看你？」

「對。」

「為什麼？」

「想給我一點安慰。我們聊了很多。他對那天晚上的事抱歉極了，說他們不該逃跑，一開始不逃，就不會有後來的事。他第一次來的時候，我氣到不行，但後來我們成了朋友，在這張桌子旁一聊就是好幾個小時。」

「你說你氣到不行？」

「那天晚上我失去了一切。」

「沒錯，你生氣也是應該的。」

克莉絲塔笑了。「噢，我懂了。」

「懂什麼？」

「我來猜猜。我生氣，氣到不行，我恨他們，所以籌畫了報復行動。我是怎樣，等了二十年才動手？你是這樣想的？」

溫蒂聳聳肩膀。「看起來確實像是有人要報復他們。」

「而我嫌疑最大？我是夜夜磨刀的疤臉女？」

「你不覺得你嫌疑最大嗎？」

「眞像部爛恐怖片，可是……」她又把頭側向一邊，「溫蒂，你覺得我像壞人嗎？」

溫蒂搖頭。「不像。」

「而且……」

「什麼？」

克莉絲塔雙手一攤。她仍戴著太陽眼鏡，但一滴眼淚從她僅存的那一眼流了下來。「我原諒他們了。」

沉默。

「他們只不過是念大學的孩子，在玩尋寶遊戲。他們不是故意要傷害我的。」

就這樣，這麼傻的話裡蘊含了無比的智慧，你聽她講話的語氣就知道那出自眞心。

「人活在這世界上，難免和其他人碰撞，碰撞中偶爾有人會受傷。他們只不過是想偷一條蠢內褲，沒料到事情會變成這樣。我恨過他們一陣子，可後來仔細想想，那有什麼用？恨人很花力氣，緊握著恨，會害我們握不住眞正重要的東西，你知道嗎？」

溫蒂的淚水一下子湧了上來，她拿起茶來喝一口，薄荷茶滑下喉嚨的感覺眞好。放下恨？這句話她沒辦法接受。

「也許他們還傷了別人。」溫蒂說。

「我想應該沒有。」

「也或許有人想為你報仇。」

「我媽已經去世，」克莉絲塔說，「馬可娶了另一個人，婚姻幸福美滿。不會有人想替我報仇。」

死胡同。「丹第一次來的時候說了些什麼？」

她笑著說：「那是我們的祕密。」

「他們全都有麻煩上門，肯定有原因。」

「你是為這個來的？溫蒂，你是想幫他們解決問題？」

溫蒂不說話。

「還是，」克莉斯塔又說，「你怕自己不小心陷害了無辜的人？」

「都有吧。」

「你希望找出解決之道？」

「我希望能找到答案。」

「想不想聽聽我的看法？」克莉絲塔問。

「想。」

「後來我對丹很了解。」

「聽得出來。」

「我們坐在這張桌子旁邊無所不談，他跟我說他的工作，說他怎麼遇見前妻珍娜，說婚姻失敗都是他的錯，說他們離婚後依然很親，說他的寂寞。這個我和他倒是都有。」

溫蒂等她下結論。克莉絲塔調整一下太陽眼鏡的位置，溫蒂還以為她要把眼鏡摘下來。但她只是調調位置，想要注視溫蒂的眼睛。

「我認為丹．默瑟不是戀童癖，也沒殺人。也就是說，是的，溫蒂，我想你陷害了一個無辜的人。」

33

溫蒂眨眨眼睛，走出陰暗的廚房，踏上教務長宿舍的草坪。她看著陽光下的學生，他們天天經過這間屋子，但可能不知道自己和屋子裡的疤臉女子只隔著多麼細的一條線。溫蒂在那裡站了一會兒，側頭迎向陽光，張著眼睛，讓陽光照得流淚，這感覺眞他媽的好。

克莉絲塔・史塔克威爾原諒了那些傷害她的人。

她講得好輕鬆。溫蒂用盡全力不去聯想她自己和亞麗安娜・納斯布羅的狀況，只專注在眼前的事上：如果最委屈的人都原諒了，放下了，那還有誰無法原諒，放不下？

她看看手機，又有好多記者留言，她一一跳過。老爹打來過，沒留言。她打回去，響第一聲老爹就接起來，說：「一堆記者來過。」

「我知道。」

「你現在知道我爲什麼反對槍枝管制了吧。」

今天太難熬，像過了一輩子那麼長，但聽見這話溫蒂終於大笑出來。

他問：「他們要幹嘛？」

「有人在散播和我有關的謠言。」

「比如說？」

「比如說我和上司睡覺之類的。」

「有記者信這種狗屎？」

「顯然是。」

「謠言是眞的嗎？」

「假的。」

「可惡。」

「對啊。你能不能幫我個忙？」

「那還用說。」老爹說。

「我現在狀況一團糟，說不定有人會跟著我。」

「我全副武裝。」

「用不著那樣，」她希望眞用不著，「我想請你把查理帶開幾天。」

「你覺得他有危險？」

「不知道。就算沒有危險，謠言也會在鎭上傳開，我怕學校裡有些孩子會爲難他。」

「那又怎樣？查理經得起，不會怕人家嘲笑，他是個堅強的孩子。」

「我現在不想要他堅強。」

「喔，好，那我來處理，我們去住汽車旅館，好嗎？」

「要挑正派的地方，老爹，按小時計費和天花板上有鏡子的那種不行。」

「知道了，別擔心。如果你需要我幫忙……」

「那還用說。」溫蒂說。

「好，保重，我愛你。」

「我也愛你。」

掛掉這通電話，溫蒂立刻又打給維克，還是沒人接。這混蛋開始令她發火了。接下來該怎麼做呢？嗯，普林斯頓那五個室友的祕密她已經揭開，但二十年前的事和現在的事到底有什麼關係，她還是不知道。當然，有一個人可以問。

菲爾。

她試著再打一次。浪費時間。還是直接上門找吧。出來應門的是雪莉。「他不在。」

「你知道嗎?」溫蒂問。

雪莉沒說話。

「你知不知道在普林斯頓發生的事?」

「知道不久。」

溫蒂想接著問下去,但忍住了。雪莉什麼時候得知怎樣的內情並不重要,她得和菲爾談。「他在哪兒?」

「父親俱樂部。」

「別通知他我要去找他,好嗎?」胡蘿蔔和棍子又要一起出動了。嗯,沒辦法,時間緊急。「如果你警告他,害我找不到人,我就只好再回來。下一次我會怒氣沖沖地帶著攝影機和其他記者一起來,把事情搞大,讓你的鄰居……甚至小孩都知道。你聽懂了嗎?」

「你說話眞夠利的。」雪莉說。

溫蒂並不想威脅這女人,可是謊言和刺探已經太多了。

「別擔心,」雪莉說,「我不會打給他。」

溫蒂轉身要走。

「還有……」雪莉說。

「什麼?」

「他很脆弱。小心一點,好嗎?」

溫蒂很想說,克莉絲塔・史塔克威爾的皮膚更脆弱,可是這話不該她講。她開車去星巴克,停在標著「限投二毛五硬幣」的停車格裡,她沒有二毛五的硬幣,唉,又要冒險了。

眼淚再次湧上,她在星巴克門口站定,先調整一下情緒。

他們全都在。諾姆，也就是田納福萊，盡全力把自己打扮成饒舌歌手；道格穿著他的白色網球衫；歐文抱著孩子；菲爾穿西裝、打領帶。即便到了現在，即便到了這個時候，他們還是擠著一張圓桌，低頭湊在一起低聲說話。溫蒂看得出他們的肢體語言很不對勁。

菲爾看見她，臉垮了下來，閉上眼。她不在乎。她擠到那張桌旁，低頭瞪他。他在她眼前彷彿洩了氣。

「我剛跟克莉絲塔·史塔克威爾談過。」她說。

其他人沉默旁觀。溫蒂和諾姆四目相對，他搖搖頭，勸她住手。她沒住手。

「現在他們連我也找上了。」溫蒂說。

「我們知道，」諾姆說，「我們找到那些網路謠言，弄掉了一些網站，可是沒辦法全弄乾淨。」

「所以現在這也是我的事了。」

「犯不著這樣的，」菲爾仍然低著頭，「我警告過你，我求過你別插手。」

「我沒聽，我錯了。好，告訴我這是怎麼回事。」

「不。」

「不？」

菲爾站起身來，走向門口。溫蒂擋住他的去路。

「讓開。」他說。

「不。」

「你跟克莉絲塔·史塔克威爾談過？」

「對。」

「她跟你說了什麼？」

溫蒂遲疑了一下。她不是答應克莉絲塔，不會說出去嗎？菲爾趁她遲疑，繞過她走向大門，溫蒂想跟過去，諾姆伸手抓住她肩膀，她含怒回頭。

「你打算怎樣？在大街上撲倒他？」

「你不知道我知道了什麼。」

「他被普林斯頓退學了，」諾姆說，「沒畢業。我們知道，他說了。」

「他有沒有說他做了什麼？」

「那有什麼差別？」

她說不下去了，她想到克莉絲塔的話，她說她原諒他們，說他們只是一群在玩尋寶遊戲的孩子。

「他有沒有說陷害他的是誰？」她問。

「沒有。可是他要我們別插手。我們是他的朋友，溫蒂，我們要忠誠以待的是他，不是你。我想他已經夠苦的了，你不覺得嗎？」

「我不知道，諾姆，我不知道誰在找他和他室友的麻煩，現在連我也要害。我連海蕾・麥奎德是不是丹・默瑟殺的都不知道，說不定凶手還逍遙法外。你懂我意思嗎？」

「我懂。」

「那麼？」

「我們的朋友要求我們不要插手，所以我們不能再管。」

「好。」

她氣呼呼地向大門走去。

「溫蒂？」

她回過頭，他那副裝扮實在可笑，紅頭巾加黑色棒球帽、白腰帶，手表表面大得像衛星訊號接受器。好個田納福萊。「幹嘛？」

「我們有照片了。」

「什麼照片？」

「影片的定格照片。說法利勾搭她的那個妓女。歐文讓影片定格，改善陰影部分的影像，好不容易弄出了清楚的照片。現在我們有照片了，要嗎？」

她沒說話。歐文把那張十乘八的照片遞給諾姆，諾姆再遞給她。她低頭看照片。

諾姆說：「她看起來年紀很小，你覺不覺得？」

溫蒂的世界原本已經搖搖晃晃，這下子徹底脫離了軌道。

是的，那女孩看起來年紀很小，太小了。

而且很像素描畫像中的柴娜，也就是據丹所說他那天原本要見的人。

□

她懂了。這張照片點醒了她，他們真的被陷害了。

但究竟是誰幹的，原因爲何？依然是謎。

溫蒂到家時，門口只剩一輛採訪車。她看見那輛車就冒火，不敢相信那居然是她自家公司的車。NTC新聞網。她平日的工作伙伴攝影師山姆站在採訪車旁邊，身旁的人是……深呼吸……是那個氣球頭蜜雪兒．費斯勒。

蜜雪兒把NTC的麥克風夾在臂彎裡，正在整理頭髮。溫蒂眞想把車子轉過去撞她，看著那顆大腦袋瓜撞地開花。但她沒那麼做。她開進車庫，自動門在她進去之後關上，她下了車。

「溫蒂？」

是蜜雪兒在敲車庫門。

「蜜雪兒，這是我家，滾開。」

「只有我一個人，沒有攝影機，也沒有麥克風。」

「我家有朋友在，他有槍，而且想用得要命。」

「聽我講一下下就好？好不好？」

「不好。」

「你一定要聽，這事和維克有關。」

這就另當別論。「和維克有關？什麼事？」

「溫蒂，先開門吧。」

「你先說。」

「他出賣你。」

她的胃往下掉。「什麼意思？」

「開門，溫蒂。不攝影、不錄音，我保證這只是私人談話。」

可惡。她有點掙扎，可是說眞的，這能有什麼壞處？她想知道蜜雪兒要講什麼，不惜讓笨蛋進家門。

查理每次到家都把腳踏車順手扔，眞擋路。她跨過腳踏車，伸手一扭門把，沒鎖。查理老是忘記鎖門。

「溫蒂？」

「從後門進來吧。」

她走進廚房，老爹已經走了。字條上寫，他會去接查理。很好。她打開後門，讓蜜雪兒進來。

「謝謝你讓我進來。」

「維克是怎麼回事？」

「電視台高層跑去對維克施壓。」

「所以？」

「維克承受不住壓力，就說你追他，說你迷戀他。」

溫蒂僵住了。

「這是電視台發表的聲明。」

蜜雪兒遞給她一張紙。

我們NTC對於溫蒂·泰恩斯之事無可奉告，只想澄清一點，就是，我們的新聞部經理維克多·蓋瑞特沒有做出任何違法或不道德的事，屬下對他有任何非分之想他一概拒絕。求愛不遂就糾纏不休是現今社會嚴重的問題，許多無辜的人為此所苦。

「求愛不遂就糾纏不休？」溫蒂抬起頭，「他們眞的寫出這種東西？」

「很厲害對吧，寫得不清不楚就沒人能提告。」

「你想要的是什麼？蜜雪兒，你該不會以爲我會想上電視跟他們對幹吧？」

蜜雪兒搖頭。「你沒那麼笨。」

「那你來幹嘛？」

蜜雪兒舉起那份聲明。「這是不對的。雖然我們不是好朋友，而且我知道你怎麼看我……」蜜雪兒抿住那張塗了太多唇蜜的嘴，閉上眼睛，好像在考慮接下來該怎麼說才好。

「你相信這份聲明嗎？」

她倏然睜開眼。「不信！拜託，你？糾纏維克？殺了我吧。」

要不是溫蒂吃驚過度，整個人呆住，她搞不好會去擁抱蜜雪兒。

「我知道這句話很老套，但我之所以當記者是因爲想發掘事實。而這件事太狗屎，你被陷害了，所以我要讓你了解狀況。」

溫蒂說：「哇。」

「怎麼？」

「沒什麼，只是意外。」

「我一直都很欣賞你，你把自己經營得很好，處理新聞報導也很厲害。我知道聽起來很假，可是這是眞的。」

溫蒂呆呆站著。「我不知道要說什麼。」

「什麼都不用說。如果你需要任何幫助，我都會幫你，就這樣。我先走了，要去做上次我跟你說的那條新聞……就是那個雙膝中槍的變態亞瑟・勒曼。」

「有新發展？」

「不太算。那傢伙很可能是罪有應得，可是這也太離譜了，拍兒童色情照片還被判過刑的人居然能當兒童曲棍球教練？」

溫蒂頸後汗毛都豎起來了。

曲棍球？

她和查理還有他的朋友一起看過那則新聞。「且慢，他是在南山體育館門口中槍的，對吧？」

「對。」

「不對呀，我記得在哪裡看過，那間體育館對教練會做背景調查。」

蜜雪兒點點頭。「是的，但他們沒查到勒曼的犯罪紀錄。」

「怎麼會？」

「因爲調查背景的時候，只查得到美國境內的罪案，」蜜雪兒說，「而勒曼是加拿大人，好像是從魁北克來的。」

34

溫蒂很快就把事情全連到了一塊兒。

蜜雪兒．費斯勒幫了大忙。那個性罪犯亞瑟．勒曼的資料她蒐集得很齊全，包括族譜。溫蒂沒想到蜜雪兒做起功課這麼認眞，好吧，也許她的頭偏大了點，但有可能是窄肩膀造成的對比效果。

「接下來呢？」蜜雪兒問她。

「我想我們應該聯絡沃克警長，丹．默瑟的案子是他管的。」

「好，電話不如由你來打？你認得他。」

溫蒂找出沃克的號碼，按下通話鍵。蜜雪兒坐在一旁，盡責地拿出小本子，握好了筆。響到第四聲沃克才接，溫蒂聽到他清清喉嚨說：「我是米奇．沃克警長。」

「我是溫蒂。」

「噢，噢，嗨，你好嗎？」

噢，噢，嗨？他語氣好僵。溫蒂心想，手機上難道沒顯示是她打的？

「我的新聞想必你已經聽說？」溫蒂說。

「對。」

「好極了。」現在沒空解釋，反正也不重要……去他的。但她還是會痛。「你有沒有聽說過亞瑟．勒曼的案子？雙膝中槍的那個。」

「有啊。」

「有沒有聽說亞瑟．勒曼是艾德．葛雷森的小舅子？」

沃克停頓半晌，才說：「不會吧。」

「還有更精采的，勒曼在他外甥的曲棍球隊當教練，也許有人對他的族譜不熟，他外甥就是小艾德，也就是艾德・葛雷森的兒子，兒童色情照的受害者。」

「不會吧。」

「還有，射傷勒曼膝蓋的人開槍時距離相當遠。」

「有職業水準。」沃克說。

「射擊練習場的人是不是也這麼說過艾德・葛雷森？」

「是。我的天啊。可是，我不懂，你不是說親眼看見葛雷森殺了丹・默瑟爲兒子報仇？」

「是啊。」

「所以他槍擊了兩個人？」

「嗯，我想是吧。你記不記得在靈伍德州立公園找海蕾・麥奎德屍體的時候，艾德・葛雷森跑來幫忙？」

「記得。」

「那時候他說我不了解狀況，我想現在我懂了。他殺了一個無辜的人，被罪惡感壓得喘不過氣。」

蜜雪兒一直在作筆記，溫蒂都不知道她在記什麼。

「我想事情應該是這樣的，」溫蒂說，「丹・默瑟沒坐牢，艾德・葛雷森很憤怒，就殺了默瑟，毀屍滅跡。她太太知道以後，嚇壞了，就說：『你做了什麼？拍照的人不是丹，是我弟弟。』也可能小艾德把實情告訴了他，我不知道。可是你試著揣摩一下葛雷森的心路歷程，幾個月來他每場聽證會都出席，代表受害者對媒體講話，要求嚴懲丹・默瑟。」

「然後卻發現他殺錯了人。」

「對。而且他知道亞瑟・勒曼，也就是他的小舅子，不會受到制裁。如果勒曼受審，他的家人就毀了。」

沃克說：「那是更大的醜聞，全家人要再受一次罪，他還得向全世界承認自己之前一直都錯了。所以，葛雷森乾脆開兩槍讓他變成殘廢？」

「對，我想他上回搞成那樣，這一回不想再殺人，下不了手了。」

「無論如何，那畢竟是他太太的弟弟。」

「對。」

溫蒂望向蜜雪兒，她拿著手機，正在低聲講話。

沃克說：「聽說，葛雷森的太太離家出走，孩子也帶走了。」

「也許是因爲他殺了丹。」

「也許是因爲他對她弟弟開槍。」

「對。」

沃克嘆了口氣。「這些事要怎麼證明？」

「我不知道。勒曼可能不會說，但你的人也許可以給他一點壓力。」

「就算問出話來又有什麼用？他是在黑影裡中槍的，又沒有其他證人，你也知道葛雷森多會湮滅證據。」

他們陷入沉默。蜜雪兒掛掉電話，在本子上又記了些東西，畫幾個長箭頭，然後瞪著本子皺起眉頭。

溫蒂問：「怎麼了？」

蜜雪兒又開始動筆。「還不確定，可我總覺得有些地方不太對勁。」

「哪裡不對勁？」

「可能沒什麼大不了吧，但是時間軸有誤，勒曼是在丹・默瑟被殺前一天中槍的。」

溫蒂的手機震動起來，有插撥。看看來電顯示，是溫。「我得掛了，」她對沃克說，「有另一通電話進來。」

「我剛剛態度不好，對不起。」

「沒事的。」

「等這件事結束以後，我還是想打電話約你。」

她忍住笑，說：「嗯，等這件事結束以後。」然後結束通話，接聽插播。「哈囉。」

「應你所請，」溫說，「我查了菲爾．騰柏的離職始末。」

「是誰陷害他的，查到了嗎？」

「你在哪裡？」

「家裡。」

「來我公司，有東西給你看。」

□

溫很有錢，超級有錢。

舉例來說：「溫」是溫莎．霍恩．洛克伍德三世的簡稱。他的辦公室在四十六街和派克大街交口的洛克─霍恩大樓裡。

用想的就知道了。

溫蒂把車停在大都會人壽大樓。她爸從前上班的地方就在不遠處，她還記得爸爸袖子總捲到手肘，隨時預備好動手幫忙，不想被當成只會支使別人做事的主管。爸爸的手臂很壯，讓她好有安全感。他過世多年，但到現在她都還好想投入爸爸懷中，聽他說一切都會沒事。這種需求永遠在，無論你長多大都不會消失。約翰也給過溫蒂安全感。說起來有點反女性主義，居然向男性尋求安全感，可是事實如此。老爹很好，但她不是他的責任；而查理，嗯，他永遠都是她的小孩，她永遠都有責任要照顧他，而不是讓他照顧。那兩個給過她安全感的男人都已經死了，他們從來不曾讓她失望，但現在她身邊繞著一堆麻煩，心中卻有個小小的聲音說，她讓他們失望了。

溫的辦公室往下搬了一層，電梯門一開就看見ＭＢ經紀公司的牌子。接待員聲音很尖。「泰恩斯小姐，歡迎光臨。」

溫蒂差點又退回電梯裡。那接待員的身材像美式足球的正絆鋒，擠在小小一件黑色緊身衣裡，就好像《砲彈飛車》裡的亞德莉安．巴比歐，只不過是惡夢版，臉上的妝像用雪鏟化的。

「噢，嗨。」

一位身穿白色燕尾服的亞裔女子出現。她高眺苗條，模特兒似的，魅力十足。兩位女子並肩而立，讓溫蒂忍不住聯想到保齡球正要擊倒球瓶。

亞裔女子說：「洛克伍德先生正在等您。」

溫蒂跟著她走，她打開辦公室的門說：「泰恩斯小姐來了。」

坐在桌子後方的溫站起身來。他長得非常好看。雖然不太算她的菜，可是金色鬈髮加精緻五官的帥哥外表下，有種冷靜的力量。他的藍眼睛冷冰冰的，彷彿隨時能給人致命一擊。

溫對那亞裔女子說：「謝謝，米，麻煩你通知貝利先生，我們準備好了。」

「這就去。」

米走出辦公室。溫走過來親親溫蒂的臉頰，動作略顯遲疑。

「你看起來太棒了。」

「謝謝，我感覺不到。」

「我想你最近累壞了吧。」

「沒錯。」

溫坐下，張開雙臂。「我很樂意給你安慰與支持。」

「安慰與支持的意思是？」

溫挑動眉毛。「在無干擾的狀況下性交。」
她驚訝地搖搖頭。「你故意挑這種爛時機出手。」
「哪有？但我能諒解。要不要來杯白蘭地？」
「不用，謝謝。」
「我喝你介意嗎？」
「請自便。」
溫有個古董地球儀，裡頭放著水晶酒瓶。他的書桌是厚實的櫻桃木桌。房間裡有幾幅描繪獵狐景象的畫作，地上鋪著東方地毯。角落有高爾夫球練習用的人工草皮，牆上掛著大螢幕電視。溫說：「告訴我，這整件事是怎麼回事？」
「不說可以嗎？我眞的只需要知道陷害菲爾．騰柏的人是誰。」
「當然可以。」
門開處米帶一位繫著領結的老人走了進來。
「啊，」溫說，「黎德利，謝謝你來。這是溫蒂．泰恩斯。這位黎德利先生是貝利兄弟信託的共同創立者，也就是你那個騰柏先生的前雇主。」
「很高興見到你，溫蒂。」
大家坐下。溫的桌上什麼都沒有，只有一大疊看起來像卷宗的東西。「我和貝利先生有件事要先和你達成共識，」溫說，「這些事情只能在這間屋子裡談，不能說出去。」
「我是記者。」
「那你一定遇過很多『私下討論，請勿公開』的狀況。」
「好吧，我不公開。」
溫說：「我以朋友身分請你保證，絕不向任何人洩露接下來的談話內容。」

她看看黎德利．貝利，再將目光緩緩移回溫臉上。「我保證。」

「好。」溫望向黎德利．貝利，貝利先生點點頭。溫把手放在那一大疊卷宗上。「這些都是菲爾．騰柏先生的資料，你知道他之前是貝利兄弟信託的理財顧問。」

「是的，我知道。」

「我剛花了幾小時，把這些資料看完了，我花時間慢慢看，研究騰柏先生的交易模式，包括在網路交易中買進賣出的模式。因爲我對你評價很高，溫蒂，並且尊重你的聰明才智，所以在仔細檢查這些工作紀錄的時候，一心只想看出菲爾．騰柏是怎麼被陷害的。」

「結果？」

溫和她四目相對，溫蒂心中一冷。「菲爾．騰柏並沒有偷兩百萬美元，我估計總數應該將近三百萬。你想知道菲爾是怎麼被陷害的，答案是，沒人陷害他。菲爾．騰柏精心安排的詐騙行爲至少可以回溯到五年前。」

溫蒂搖搖頭。「也許不是他，他有搭檔，還有助理，也許他們之中哪一個……」

溫仍然盯著她眼睛看，手伸出去拿起一支遙控器，按下按鍵，電視就打開了。

「貝利先生非常好心，把監視器畫面也讓我看了。」

電視螢幕上出現一間辦公室，監視器居高臨下，拍到菲爾．騰柏正在餵碎紙機吃文件。

「你的菲爾．騰柏正在銷毀原本應該郵寄給客戶的對帳單。」

溫按下遙控器，螢幕跳出另一個畫面。菲爾先是坐在桌前，然後站起來，走到印表機旁。「騰柏先生正在印假的對帳單，稍後會寄出。溫蒂，這種影片要繼續看還有的是，但不用懷疑，菲爾．騰柏詐騙了他的客戶和貝利先生。」

溫蒂轉頭問黎德利．貝利：「如果菲爾眞的是小偷，怎麼沒被逮捕？」

有那麼一會兒，誰也沒說話。黎德利．貝利看溫，溫點點頭。「沒關係，她不會說出去。」

貝利先生清清喉嚨，調整一下領結。他個子小，乾乾瘦瘦，是那種有人會覺得親切可愛的老先生。

「貝利兄弟信託是我和我哥哥史丹利在四十多年前創立的，」他說，「我們兩人的桌子面對面，在同一間辦公室裡奮鬥了三十七年，日復一日，努力建立起這家價值上億的公司。我們的員工超過兩百人，在業界居於領導地位，我很認眞看待這分責任，尤其在我哥哥過世之後，更是責無旁貸。」

他停下來，低頭看手表。

「貝利先生？」

「嗯。」

「如果菲爾·騰柏眞的偷了您的錢，您爲什麼不告他？」

「他偷的不是我的錢，是客戶的。他的客戶，也就是我的客戶。」

「都一樣吧。」

「不，不一樣。那不是單純的語意學問題，我以兩種不同的立場來解釋給你聽。無論我是冷血的生意人，還是一個以客戶福祉爲己任的老人，這件事都只有一種處理方法。先當我是個冷血的生意人，在後馬多夫[1]的環境下，如果貝利兄弟信託的頂級理財顧問玩起龐氏騙局[2]，你想想會有什麼後果？」

答案很明顯，溫蒂眞不懂自己之前怎麼沒想到。眞有意思，菲爾還一直用來自我辯護，一直用這來證明他被人陷害——**「不然他們怎麼沒抓我去坐牢？」**

「從另一個立場來說，」他又說，「那個以客戶福祉爲己任的老人覺得他對把財產託付給他公司的人有

1 Bernard Madoff，曾任美國那斯達克交易所主席，被美國當局以證券詐騙的罪名起訴。馬多夫詐騙案造成的損失金額高達五百億美元，可能是史上最大規模的詐欺案。

2 Ponzi scheme，即俗稱的「老鼠會」吸金模式，是指用後來的投資者的錢回繳給前面的投資者當作回報，此稱謂源自美國一名義大利移民查爾斯·龐茲（Charles Ponzi），他於一九一九年開始策畫陰謀，成立空殼公司非法吸金。

責任，所以我清查所有帳戶，用我個人的資金把虧空的數目補足，也就是說，客戶的損失由我個人來承擔。」

「而且不讓任何人知道。」溫蒂說。

「對。」

難怪溫要她發誓保密。突然之間，所有拼圖都自動歸位，至少大部分都拼好了。

她懂了，大致上懂了，也許全都懂了。

「還有問題嗎？」溫問。

「你是怎麼抓到他的？」她問。

黎德利．貝利稍稍挪動了一下身子。「龐氏騙局是撐不了太久的。」

「我知道，可是你怎麼會想到要查他呢？」

「兩年前，我請一家公司調查所有員工的背景，只是一般的檢查，沒什麼特別，可是菲爾．騰柏的個人檔案有瑕疵，引起了我們的注意。」

「什麼瑕疵？」

「菲爾在履歷上說了謊。」

「哪方面？」

「學歷。他說他畢業於普林斯頓大學，那不是眞的。」

35

現在她懂了。

溫蒂打手機給菲爾，還是沒人接。打去他家，也沒人接。從溫的公司出來以後，她先去恩格伍德，菲爾家沒人。又去星巴克找，父親俱樂部的人通通不在。

她想打給沃克，或者打給法蘭克·崔蒙，海蕾·麥奎德的案子是他負責的，丹·默瑟極有可能並沒殺害海蕾。她想她也許知道凶手是誰，但還不確定，只是推測而已。

黎德利·貝利離開之後，溫蒂將所有的事向溫全盤托出。原因有二。第一，她想說給聰明的人聽，也聽聽他的看法，溫很合適。第二，她希望除她以外還能有別人知情，當作備份，這對資訊和她自己來說，都是一層保障。

溫聽她說完，打開最底下的抽屜，拉出幾把手槍，要她挑一把。她婉拒了。

查理和老爹還是不在家，屋子裡靜悄悄的。明年查理上大學以後，家裡就會一直靜下去。她不喜歡這樣，想到要一個人待在這樣的屋子裡就難過，也許該換間小房子了。

喉嚨好乾。她灌下一整杯水，再倒一杯，上樓坐下，在電腦鍵盤上打字，驗證她的理論。她依醜聞發生的相反順序來google史蒂芬·密奇阿諾、法利·派克斯、丹·默瑟、菲爾·騰柏。

現在她看得懂了。

接著她google自己，看看那些關於她「性行爲不檢點」的報導，搖搖頭，好想哭，不是爲自己一個人，而是爲他們所有的人。

這一切眞的起源於大學時代的那一場尋寶遊戲？

「溫蒂？」

她應該害怕，但她並不怕。這再一次證明她想的沒有錯。她轉過身來，菲爾・騰柏就站在門外。

她說：「知道實情的還有別人。」

菲爾笑了，他紅光滿面，顯然喝了太多酒。「你以爲我會傷害你？」

「你已經傷了我，不是嗎？」

「也對，但我不是爲那個來的。」

「你怎麼進得來？」

「車庫門開著。」

查理那可惡的腳踏車。她不知道現在該怎麼做才對，可以用手機偷撥九一一之類的號碼，也可以偷寄一封電子郵件出去求救。

「別怕。」他說。

「那你介不介意我打通電話給朋友？」

「我想還是不要比較好。」

「如果我堅持要打呢？」

菲爾掏出一把槍。「我沒打算傷害你。」

溫蒂當場僵住。槍一出現，你就看不見別的東西了。她嚥了口口水，努力不要示弱。「嘿，菲爾？」

「怎樣？」

「要想表達不想傷人的意圖，掏槍眞是個好辦法。」

「我們得好好談談，可是我不知道要從何說起。」

「不如就從你把鏡子碎片踢進史塔克威爾眼睛裡的事開始吧。」

「溫蒂，你眞做了不少功課。」

她不吭聲。

「你說得對，一切就是從那裡開始的。」他嘆了口氣，槍垂在身側。「當時的事你都知道了，對吧？我躲起來，然後聽見克莉絲塔慘叫。我朝門口跑，她絆倒我，抓住我的腿。我不是故意要傷她，我只是想逃，慌了手腳。」

「你之所以去教務長家，是爲了尋寶遊戲。」

「我們都去了。」

「你卻一肩擔下所有的罪。」

有那麼一會兒，菲爾茫然地望著遠方。她心想，現在槍沒指著她，也許該趁機逃走，不會再有更好的機會了。但溫蒂沒動，好一會兒他才說：「對，沒有錯。」

「爲什麼？」

「當時只覺得那麼做才對，你知道嗎，我靠著許多優勢進了那所學校，財富、家世，還有私立預校的教育，他們卻得努力奮鬥，省下每一分錢。這點很吸引我，而且他們是我的朋友。再說，反正我無論如何都免不了挨罰，何必拖別人下水。」

「佩服。」溫蒂說。

「當時我只知道闖了禍，並不知道闖了那麼大的禍。屋子裡很黑，我以爲克莉絲塔尖叫是因爲害怕。我認罪的時候，並不知道她傷得那麼重。」他歪著頭說。「我很想相信就算我知道也不會改變作法，還是會幫朋友擔罪，可是說眞的，我不知道。」

她向電腦瞄了一眼，想看看有什麼地方是點一下就能求救的。「那後來呢？」

「你都知道了啊，不是嗎？」

「你被退學了。」

「對。」

「你爸媽付錢讓克莉絲塔保持沉默。」

「我爸媽嚇壞了。他們付錢善後，然後叫我離開，把家族企業交給我弟弟，我出局了。不過，也許這是件好事。」

「你自由了。」溫蒂說。

「對。」

「現在你和你的室友一樣，和你佩服的那些人一樣了。」他笑了。「沒錯。因此，我也和他們一樣，努力奮鬥，省下每一分錢，拒絕所有援助，靠自己的力量在貝利兄弟信託找到了工作，建立起客戶名單，盡全力讓客戶滿意。我娶了雪莉，她在各方面都極好，我們成了家，生了漂亮的孩子，買了好房子，一切全靠自己，沒靠關係，沒靠幫忙……」

他愈講愈小聲，最後笑了。

「笑什麼？」

「你啊，溫蒂。」

「我怎麼了？」

「我們在這裡，只有我們兩個。我拿著槍，把我做的壞事全都講給你聽；而你一直問問題，想拖延時間，希望警察能及時趕到。」

她沒說話。

「可是我來這裡爲的不是我自己，溫蒂，我是爲你來的。」

她看著他，雖然他有槍，雖然現在狀況如此，但害怕的感覺忽然消失了。「什麼意思？」她問。

「等會兒就知道。」

「我寧可……」

「你想要答案，對不對？」

「對。」

「我剛講到哪裡？」

「你結婚了，找到工作，沒靠關係。」

「對，謝謝。你說你見到黎德利．貝利了？」

「對。」

「老好人一個，對不對？非常有魅力。他向來誠信待人，我從前也是。」他低頭看看手中的槍，好像那把槍是虛空之中突然冒出來的。「人不會一開始就有意做小偷，我敢說就連伯納．馬多夫一開始也不是故意的。你只是想盡心盡力爲客戶做到最好。但這是個割喉世界，有時候你做了筆爛生意，賠了些錢，可是知道能賺得回來，所以就先挪點錢進那個帳戶。只要一天，或一星期，等下筆生意賺回來，就可以把洞補好。這不算偷，最後客戶也不會有所損失。一開始都只是這種小事，你小小越界一下，沒什麼大不了。可是這種事一開始就停不了，你永遠不能承認，一承認就毀了，不但失業，還得坐牢。你別無選擇，只好不斷挖東牆補西牆，從彼德的帳戶挪錢給保羅，希望接下來能有奇蹟出現，讓你翻身。」

「重點是，」溫蒂說，「你從客戶那裡偷了錢？」

「對。」

「給自己加了薪？」

「門面好看很重要。」

「是喔。」溫蒂說。

菲爾笑笑。「當然，你是對的，聽起來像在合理化，但我只是想讓你了解我的心情。黎德利有沒有告訴你他們怎麼會想到要查我。」

她點點頭。「你在學歷上造假。」

「對。教務長宿舍那一夜陰魂不散，又找上我了。就因爲多年前出過那一件事，突然之間，我的世界崩壞瓦解，你能想像那種感覺嗎？當年的事不能怪我，但我爲大家承擔，如今，多年以後，我還得受罪。」

「你說不能怪你是什麼意思？」

「就是字面意思。」

「你人在那裡，你踢了克莉絲塔．史塔克威爾的臉。」

「事情不是從那裡開始的，她沒跟你說菸灰缸的事？」

「有啊，你丟的。」

「她說是我丟的？」

溫蒂想了一想，好像沒有，是她自己順理成章那麼想的。

「不是我丟的，」他說，「有人丟了個菸灰缸過去，打破了鏡子。」

「你不知道是誰？」

他搖搖頭。「在場的人都說不是自己。所以我才說不能怪我。現在我又一無所有了。公司解雇我，對我爸媽來說就像壓垮駱駝的最後一根稻草，他們和我斷絕關係，雪莉和孩子看我的眼神也變了。我跌落到谷底，不知道如何是好，這一切就只因爲那場該死的尋寶遊戲。所以我去找老同學幫忙，法利和史蒂芬都說，他們很感激我當年一個人擔罪，可是現在他們也無能爲力。於是我就想，我根本就不該做那種傻事，如果五個人一起承擔，負擔會輕得多，學校對我的處罰不會那麼重，現在我也不會獨自陷入困境。看看他們，我那些不肯伸出援手的老朋友，他們都過得很好，事業成功……」

「所以，」溫蒂說，「你決定要死大家一起死？」

「怪我嗎？當年的事只有我一個人付出代價，現在在他們眼中，我完蛋了，沒救了，連救都不值得救。他們說我家很有錢，要我回家求援。」

溫蒂心想，菲爾終究還是擺脫不了他家的財富和地位，無論他有多想和那些朋友一樣靠自己奮發向上，在他們看來他始終是另一種人，眞的有困難時還有家人可靠。

「你在父親俱樂部學到了病毒式行銷。」她說。

「對。」

「我早該想到的。剛剛查了一下，法利在網路上被罵到臭頭，史蒂芬也是，我也是，而丹早就臭到不行。可是你，菲爾，你侵占公款的事網路上一個字也沒有，爲什麼？如果有人想報復你們，爲什麼獨獨不寫你？事實上，你偷錢的事沒人知道，之前你給父親俱樂部的說法是資遣，直到我朋友告訴我你偷兩百萬元遭到解雇，你才突然向大家開誠布公。後來你知道我去了普林斯頓，就把退學的事也說了出來。」

「正是。」菲爾說。

「那麼，來說說你的手法吧，首先，你找了個女孩子來扮演柴娜，她是丹說的那個青少年，也是法利的妓女。」

「沒錯。」

「從哪兒找來的？」

「她是妓女，我花錢請她演兩個角色，就這麼簡單。至於史蒂芬．密奇阿諾的部分，嗯，把藥藏進車子的後車廂，再叫警察來，這也不難。至於丹……」

「你利用我。」溫蒂說。

「我沒針對你，只是某天晚上看見你的節目，心想，哇，用這種方法來報復，再好不過了。」

「你怎麼辦到的？」

「那有何難？我僞裝成十三歲女孩，用『愛胥麗』的名義寫封電子郵件給你，然後再冒充丹進聊天室和你對話。我去拜訪丹，把照片和筆電藏在他家。我雇了個妓女，自稱柴娜，跑去找丹求助。你在網路上約『戀童癖丹』……」菲爾邊說邊用手指畫出兩個引號，「在特定時間去特定地點，柴娜就叫丹在同樣的時間去那個地方。丹去了，你的攝影機也錄了……」他聳聳肩膀。

「哇。」她說。

「抱歉把你給扯進來，更抱歉的是後來還散布你的謠言，我做得太過分，我錯了，我很難過，所以才會過來。我要補償你。」

他一直說他是爲了她來的，眞是瘋了。她說：「你做這些事，找這些人的麻煩，全是爲了報仇？」

他低下頭，說出的話讓她意外：「不。」

「怎麼不是？菲爾，你失去了一切，所以要拖無辜的人陪葬。」

「無辜？」他聲音裡忽然出現了怒氣，「誰無辜？」

「你是說，那天晚上在教務長宿舍的事，他們也有錯？」

「不，我說的不是這個。我要說的是，他們確實有罪。」

溫蒂問：「有什麼罪？」

「你還不明白？法利確實召妓，他性好漁色，人盡皆知。史蒂夫也確實利用醫生的身分非法販賣處方藥。去問警察，他們逮不到他，但都清楚得很。我沒陷害他們，只是揭發。」

兩人沉默下來，靜得能聽見嗡嗡聲，溫蒂覺得自己在發抖。要講到重點了。他沉住氣，知道她會開口。

「那丹呢？」溫蒂問。

他呼吸有點亂了，他想自我克制，可是過往種種一擁而上。「我就是爲這個來的，溫蒂。」

「我不懂。你剛說法利性好漁色，史蒂芬販毒。」

「對。」

「獨漏一個人，所以我問：丹．默瑟眞有戀童癖嗎？」

「你想知道眞相？」

「不想，菲爾，我查了這麼多之後還是希望你騙我。你陷害他是因爲他罪有應得？」

「丹的部分，」他緩緩說道，「並沒照計畫走。」

「請別再考我語意學了。他有沒有戀童癖，有還是沒有？」

他望向左邊，鼓起勇氣。「我不知道。」

她沒想到會是這種答案。「怎麼會？」

「我挖洞讓他跳的時候，並不認爲他是。現在我不確定。」

她聽得頭暈。「這話什麼意思？」

「我剛說我去找過法利和史蒂芬，」他說，「他們沒興趣幫我。」

「對。」

「然後我去找丹。」菲爾舉起槍，換手拿。

「他怎麼反應？」

「我坐在他那間破房子裡，心想，何必找他，他哪裡幫得了我？他工作中接觸的都是窮人，絕對沒錢。丹問我要不要喝啤酒，我拿了一瓶，把我發生的事告訴他。他十分同情地聽我講完，然後看著我的眼睛，說他很高興我去找他。我問，爲什麼？他就把這些年來去找克莉絲塔・史塔克威爾的事告訴我。我很震驚。接著，他把眞正的實情告訴了我。」

溫蒂明白了，這就是克莉絲塔不肯告訴她的事。

「丹第一次來的時候說了些什麼？」

溫蒂抬頭看他。「菸灰缸是丹扔的。」

「那是我們的祕密。」

菲爾點點頭。「他看見我躲到床後面，其他人……法利、史蒂夫和克爾文都往外溜，克莉絲塔・史塔克威爾伸手開燈的時候，他們都下樓下到一半了。丹想分散她的注意力，讓我有機會逃走，就把菸灰缸扔過去。」

「沒想到打破鏡子，扎了她一臉玻璃。」

「對。」

她在腦中設想當時的狀況，想像丹認錯，而克莉絲塔就這樣接受了道歉。他們畢竟只是孩子，還在念大學，在玩尋寶遊戲。原諒那有這麼容易？但是，對克莉絲塔來說，也許就這麼容易。

「而這麼多年來，」溫蒂說，「你一直都不知道。」

「我一直都不知道丹說謊。他拚命解釋，說他是窮孩子，省吃儉用，全靠獎學金過活，而且就算承認也只會毀掉自己，救不了我。」

「所以他就沒說。」

「他跟其他人一樣，覺得我有錢，有家人，有人脈，可以花錢讓克莉絲塔保密，所以就讓我爲他所做的事付出代價。你看，溫蒂，丹沒那麼無辜。事實上，他應該是罪最重的一個。」

她能想像菲爾聽到他是丹的代罪羔羊時，有多麼憤怒。

「但他沒性騷擾小孩，對不對？」

菲爾想了一想。「沒有，我想沒有。至少我起初認爲沒有。」

她努力想把整件事想通，卻想起了海蕾．麥奎德。

「天啊，菲爾，你做了什麼？」

「那些傢伙說得沒錯，我已經完蛋了。現在就連僅存的善行也讓我親手毀了。這就是復仇的下場，仇恨會啃噬靈魂，我一開始就不該打開那道門。」

溫蒂不知道他指的是哪一道門，是通往教務長宿舍的門，還是通往仇恨的門。溫蒂想起了克莉絲塔．史塔克威爾的話，她說，緊握著恨，會害我們握不住眞正重要的東西。

還沒完，海蕾．麥奎德的事還沒講。

「知道丹不用坐牢以後，」溫蒂說，「法官放他走之後……」

他臉上的笑讓她渾身發冷。「說呀，溫蒂。」

她說不下去，這太不合理。

「你在想海蕾・麥奎德的事，是嗎？你想不通她和這整件事到底有什麼關係。」

溫蒂說不出話來。

「繼續說呀，溫蒂，想說就說吧。」

她愈想愈覺得不合理。

他表情平靜了下來，平靜得近乎安詳。「沒錯，我傷害了他們。可是我犯法了嗎？很難說。我雇了個女孩子去散布法利的謠言、演戲騙丹。那有罪嗎？頂多是輕罪。我在聊天室裡假裝成另一個人，你不也是？你說法官放了丹，沒錯，但那又怎樣？我並不是眞的要送他們去坐牢，只想讓他們受點罪而已。他們也眞受了罪，對吧。」

他等她回應，溫蒂勉強點點頭。

「所以，我何必殺人嫁禍給他？」

她擠出一句：「我不知道。」

菲爾傾身向前，低聲說：「我沒有。」

溫蒂快喘不過氣來了，她想放慢思緒，也許退後一步，想清楚。找到海蕾・麥奎德的屍體時，她已經死了三個月，爲什麼？難道菲爾爲了預防丹脫罪，就預先殺她，好嫁禍給丹？

這合理嗎？

「溫蒂，我是做父親的人，不可能殺十幾歲的孩子，不，要我殺誰我都下不了手。」

她知道，在網路上造謠和謀殺有很大的距離，找同學報仇和殺死少女也差太多。

一口氣聽到太多眞相，她用盡力氣理解，卻有點愣住了。

「把iPhone拿到他房間去的不可能是你，」溫蒂緩緩說道，「因爲你不知道他住在那裡。」她頭還在暈，她努力集中精神，努力把事情想清楚，答案現在顯而易見。「不可能是你。」

「沒錯，溫蒂。」他露出笑容，平靜的表情又回到臉上。「所以我才會來，記得嗎？我說我是爲了你來的，不是爲我自己。這是我送你的最後一份禮物。」

「什麼禮物？我不懂。那支iPhone怎麼會跑到丹的房間裡？」

「你知道答案，溫蒂，你怕你冤枉了好人，但是你沒有。在他旅館房間找到那支手機只有一種解釋：它一直都在丹手裡。」

她望著他問：「丹殺了海蕾？」

「當然。」他說。

她既無法移動，也無法呼吸。

「現在你全明白了，溫蒂，你自由了。對這一切我很抱歉，不知道告訴你這些事來當作補償夠不夠，但我盡力了。我一開始就說過，我今天來這裡的目的，是想幫你。」

菲爾．騰柏舉起槍，閉上眼睛，看起來好平靜。「幫我跟雪莉說，對不起。」溫蒂大叫，伸手想要阻止。

可惜距離太遠。

他將槍管朝上，頂住下巴，扣下扳機。

36

五天後

警方前來收拾了殘局。

沃克和崔蒙都來看她，聽她講述經過，她盡其所能把所有細節都講清楚。媒體對此極有興趣。法利・帕克斯發表聲明，譴責那些「驟下斷論」的人，但並未重新參與選舉。史蒂芬・密奇阿諾醫生拒絕接受採訪，宣稱他爲了「追求其他興趣」而選擇不當醫生了。

菲爾・騰柏對他們的看法沒錯。

生活很快回復到近乎正常的狀態。溫蒂澄清了行爲不檢的謠言，重回NTC工作，但公司變得令人難以忍受。維克・蓋瑞特無法面對她，只好透過助理玫薇絲分派工作，目前爲止溫蒂接到的都是爛差。如果狀況再這樣下去，她就得採取激烈手段。

但不是現在。

老爹宣布，最遲這個週末他就要再度上路，他之所以留下來這麼長時間，是爲了要確認溫蒂和查理沒事，但正如老爹所說，他「是個浪跡天涯的人，是顆滾石」，不適合久待一處。溫蒂明白，可是天啊，她一定會想念他。

神奇的是，那些網路謠言澄清之後，公司能接受，凱索頓的居民卻不能。在超市裡大家對她視若無睹，不打招呼，接送孩子的時候其他母親會避開她。到了第五天，溫蒂要出發去畢業企畫宣傳委員開會前兩小時，蜜麗・漢諾威打電話來說：「爲了孩子好，我建議你退出委員會。」

「爲了孩子好，」溫蒂答道，「我建議你去吃屎。」

她用力掛上電話，身後有人鼓掌，是查理。「媽媽，幹得好。」

「那女人心胸眞狹窄。」

查理大笑。「我上回不是說我想蹺健康教育課嗎？」

「嗯。」

「凱西．漢諾威請假，因爲她媽怕上課內容會敗壞她的道德。有趣的是，她的綽號叫做『手淫漢諾威』，我的意思是，她根本就是個賤貨。」

溫蒂轉身看著兒子走向電腦，坐下來，開始打字，眼睛盯在螢幕上。

「說到賤貨……」溫蒂想跟兒子談談。

他抬頭看她。「嗯？」

「最近有些謠言，和我有關，在網路上，放在部落格裡。」

「媽？」

「嗯？」

「你以爲我住山洞？」

「你看過了？」

「看過了。」

「怎麼都沒提？」

查理聳聳肩膀，回頭繼續打字。

「我要你知道，那些都不是事實。」

「你是說，你沒靠睡覺往上爬？」

「喂。」

「媽，我知道那不是事實，好嗎？你不用特地跟我講。」

她盡全力忍住不哭。「朋友有沒有拿這件事爲難你？」

「沒有。」他說。又說：「嗯，好吧，克拉克和詹姆斯想知道你對年輕人有沒有興趣。」

她皺起眉頭。

「這是笑話。」

「很好笑。」

「放輕鬆啦。」他繼續打字。

她往門口走去，想讓他有點隱私。如果她眞這樣走了出去，那麼一切就到此結束。問題都有了解答：菲爾陷害朋友，丹殺了海蕾。雖然丹殺人的動機不明，令人心煩，但人生有時候就是這樣，你也沒有辦法。可是她沒走出房間，她有點想哭，不想一個人，所以就問兒子：「你在幹嘛？」

「看臉書。」

她想起了她那個僞造的個人檔案，那個用來和柯比・森尼特「交朋友」的假身分：莎朗・黑特。

「紅牛派對是什麼東西？」她問。

查理停下打字的手。「你從哪兒聽來的？」

溫蒂提醒他，她捏造身分，在臉書上和柯比・森尼特接觸。「柯比邀『莎朗』參加紅牛派對。」

「給我看。」

查理登出臉書，把電腦前的座位讓給溫蒂。她坐下，以「莎朗・黑特」的身分登入，輸入密碼：Charlie，把那則邀請叫出來給他看。

「遜。」查理說。

「什麼？」

「你知道學校的零容忍政策吧？」

「知道。」

「澤克校長在這種事上簡直就像納粹，如果學生喝酒被抓到，就不許參加任何運動社團，還會通知那些審核大學入學資格的人，把事情搞大。」

「我知道。」

「你也知道青少年都是白癡，老愛把自己喝那種東西的照片貼在網路上，例如，呃，臉書。」

「嗯。」

「所以，有人就想出了辦法，在照片上加紅牛。」

「加紅牛？」

「對。假如有人參加派對，又因為自尊太低而喝了瓶百威，心想，哇，我好酷，得讓大家都瞧見我有多酷，就會叫人幫忙拍張喝啤酒的照片，好上網貼給他那些遜咖朋友看。問題是，要是讓澤克校長或他那些第三帝國的爪牙看見怎麼辦？這時候解決問題的辦法就是，用photoshop在啤酒上面貼罐紅牛。」

「你在說笑？」

「我說真的，而且這法子還真有用。你看。」

他伸手拿過滑鼠，點了一下。一大堆柯克．森尼特的照片跳了出來，他一張張點開。「你看，他那伙人和他們的馬子老在照片裡拿著紅牛。」

「不要用『馬子』這種詞。」

「好啦。」

溫蒂一張一張點開來看。「查理？」

「嗯？」

「你有沒有參加過紅牛派對？」

「那是遜咖去的場子。」

「意思是說你不會去？」

「我不會去。」

她看著他。「你有沒有參加過喝酒的派對？」

查理摸摸下巴。「有。」

「你有沒有喝。」

「喝過一次。」

她回頭繼續在電腦上看照片，看柯比・森尼特和他那些滿臉通紅的同伴，人人手裡都拿著紅牛。某些照片看得出修片的痕跡，紅牛的罐子有時太大，有時太小，有時蓋住了手指，或者放太歪。

「什麼時候？」

「沒事的啦，媽，我就只喝過那麼一次。高二的時候。」

她正不知道該不該再往下問，突然看見一張能扭轉一切的照片，柯比・森尼特坐在前面，後頭有兩個女孩背對相機，柯比笑得很開心，右手拿著紅牛，身穿紐約尼克隊的球衣，頭戴黑色棒球帽。但吸引她目光，讓她停下來多看一眼的，是他坐的那張沙發。

亮黃色的底，藍色的花。

這張沙發溫蒂見過。

單單一張照片還沒什麼，但她想起了菲爾的遺言。他說那是份禮物，他想讓她不再自責，擔心自己害了無辜的人。菲爾・騰柏深信不疑，溫蒂也想相信，因爲只要丹是凶手，她就能解套，不但沒害無辜的人，還抓到了一名凶手。

那麼，她爲什麼不信？

她的直覺說她誤會了丹・默瑟，雖然不知道是怎麼個誤會法，但自從他打開紅門走進陷阱的那一刻起，她潛意識裡就一直有這種感覺。過去幾天來，溫蒂叫自己的直覺去冬眠。但它始終都在。

37

搬家卡車停在惠勒家門口。

大門開著，門口搭了個搬貨用的斜坡。兩個戴工作手套的男人身上繫著負重皮帶，正在運餐櫥下斜坡。其中一個口中直說：「穩住，穩住。」好像那是什麼咒語似的。院子裡那面「吉屋出售」的牌子還在，下頭沒掛仲介公司的名字。

溫蒂等餐櫥運下來之後，就走斜坡上去，探頭進門，問：「有人在家嗎？」

「嘿。」

珍娜走了出來。她也戴著工作手套，穿著牛仔褲，白T恤外面罩了件法蘭絨襯衫，袖子捲到手腕上，但整件衣服實在太大。溫蒂心想，這是她丈夫的。小女孩會拿爸爸的舊襯衫當工作服，長大後就穿先生的舊衣服做家事，感覺和他很親近。溫蒂也這麼做，她喜歡身上有丈夫的味道。

「找到買主沒有？」

「還沒。」珍娜的頭髮向後綁起，有幾絡髮絲掉了下來，就塞到耳後。「諾爾在辛辛那提的工作下週就開始。」

「好快。」

「是啊。」

「諾爾一定馬上就去找新工作了。」

珍娜遲疑了一下才說：「應該是吧。」

「因為幫戀童癖辯護留下了污名？」

「對。」珍娜雙手叉腰。「怎麼了？」

「你有沒有去過紐華克的弗瑞迪高級豪華套房酒店？」

「弗瑞迪什麼？」

「那是紐華克的一家幽會旅館。你去過嗎？」

「沒有，當然沒有。」

「有意思。我給櫃檯經理看你的照片，他說丹遇害那天你去過，還跟他要了丹房間的鑰匙。」

溫蒂在唬她，櫃檯經理確實認出了珍娜，說她兩週內來過，可是他不確定是哪一天。他也記得沒多問就給了她鑰匙，住郊區的太太上這種旅館，你當然不能叫人家拿證件出來確認身分。至於那一間房，他就不記得了。

「他認錯人了。」珍娜說。

「我不這麼認為。重點是，等我報警以後，警察也不會這麼認為。」

兩個女人就這麼面對面站著，氣勢上互不相讓。

「菲爾・騰柏沒想到你。」溫蒂說。「你知道他自殺了吧。」

「知道。」

「他以為海蒂・麥奎德是丹殺的，因為他想不出其他嫌犯。沒人知道丹躲在那家旅館裡，也就是說，沒人會把海蕾的iPhone栽給他。他忘了有你，珍娜。我也是。」

珍娜脫下手套。「那又怎樣？」

「這個呢？」

溫蒂把柯比・森尼特的照片遞給她，黃底藍花的那張沙發此刻就在她們身後，用塑膠布包著，準備搬上車運去辛辛那提。珍娜盯著相片看得太久了點。

「你女兒有沒有告訴過你，紅牛是什麼？」

珍娜把照片還她。「這也不能證明什麼。」

「當然能。因為我們都知道眞相了，不是嗎？只要我去告訴警方，他們就會向學生施壓，拿到沒修過的照片原檔。我知道柯比來過，他和海蕾大吵一架，分了手。我和他單獨談話的時候，他告訴我，海蕾失蹤那天晚上，這裡有個酒趴，就在你家。他說只有四個孩子來。只要警方施壓，那些孩子就會說眞話。」

這也是唬爛。沃克和崔蒙單獨訊問過柯比，用盡方法逼問，直到柯比的律師拿到放棄聲明，保證柯比不會被告，而且談話內容也不會外洩，他才終於說出派對的事。

珍娜盤起雙臂。「我不懂你在說什麼。」

「你知道我覺得最神奇的是哪一點？海蕾失蹤之後，沒有一個孩子站出來說話。不過當天來這裡的人也不多就是了。柯比說他問過你繼女艾曼達，艾曼達說他走後不久海蕾也走了。澤克校長對酒精實施零寬容政策，如非必要，沒人會承認自己喝酒。柯比說，他怕被踢出棒球隊，而另一個女孩在波士頓學院的候補名單上，如果澤克校長讓波士頓學院知道她喝酒，她就鐵定進不去。所以，他們保持沉默，孩子最會這套。既然艾曼達說海蒂離開時人還好好的，他們又何必質疑？」

「我想你該走了。」

「我不但想走，還想直奔警局。你知道他們可以給予參加酒趴的孩子豁免權，重建那天晚上的現場。他們會查閱附近的監視錄影帶，查出你去過汽車旅館，把手機栽給了丹。法醫會重新檢驗海蕾的屍體，輕輕鬆鬆戳破你的謊言。」

溫蒂轉身要走。

「等等。」珍娜信了。「你要怎樣？」

「要聽眞話。」

「你身上有沒有竊聽器？」

「竊聽器？你電視看太多了吧。」

「你身上有沒有竊聽器？」她又問了一次。

「沒有。」溫蒂張開雙臂。「要不要檢查？」

搬家工人回來了，其中一人問：「惠勒太太，接下來先搬小朋友的房間好嗎？」

「好。」珍娜回頭望向溫蒂，眼中帶淚。「我們去後院說。」

珍娜・惠勒帶路，拉開玻璃門，後院有個游泳池，水上漂著一個藍色浮板。珍娜盯著它看了一會兒，又緩緩環顧四周，活像是來看房子的買家。

「那是意外，」珍娜說，「聽完事情經過之後，我希望你能理解。畢竟你也是母親。」

溫蒂的心往下一沉。

「艾曼達在學校人緣並不好，有些人不在乎這種事，只要找到別的興趣，或和其他不怎麼受歡迎的孩子做朋友就好，你懂的。可是艾曼達的情形不同，大家老挑剔她，派對也不邀她參加。我站出來為丹說話以後，這種狀況好像變得更嚴重，但說真的，也沒法更嚴重多少。艾曼達是那種對什麼事都很在乎的小孩，老是坐在房裡哭，我和諾爾都不知道要怎麼辦。」

說到這裡，她停了下來。

「於是你決定開個酒趴。」溫蒂說。

「對。細節就不說了，總之，那看起來是個好主意。你知道嗎？那個星期高四的學生發現布朗克斯有家酒吧賣酒不問年齡，全都大老遠開車去喝。你問查理，他一定知道。」

「別扯到我兒子。」

珍娜舉起雙手裝出投降狀。「好好好，隨你便，總之我說的是實話。他們全都跑去那家店喝酒，再開車回來。所以我和諾爾就想，我們也可以在家開個派對，大人待在樓上，免得打擾年輕人，現場擺點冰啤酒。我們並不是要鼓勵他們喝，只是，拜託，你也當過高中生，小孩子就是會喝酒。在家喝至少比較安全。」

溫蒂腦中閃過畢業企畫家長會上那些勸導家長別在家中開酒趴的標語，當時有個父親說那是「過度保護」，她心裡還多少有點同意。

「海蕾．麥奎德也來了？」溫蒂問。

珍娜點點頭。「她並不怎麼喜歡艾曼達，之前只來過一次。我想她只是想利用她得到酒精而已。那天來的孩子很少。海蕾．麥奎德沒能進入維吉尼亞大學，心情不好，和柯比大吵一架，所以柯比提早離開。」

珍娜愈說聲音愈小，眼睛再度望向泳池。

「然後呢？」溫蒂問。

「海蕾死了。」

她就這麼直接說了出來。

搬家工人咚咚咚地下樓，有人罵了句髒話。溫蒂和珍娜．惠勒站在那裡，陽光無情地曬在她們身上，院子裡靜悄悄，沒有一點聲音。

「她喝太多了，」珍娜說，「酒精過量。海蕾個子很小，卻從酒櫃裡找出一瓶沒開封的威士忌，喝個精光。艾曼達還以爲她只是醉倒而已。」

「你沒打九一一？」

她搖搖頭。「諾爾是醫生，能做的都做了，也救不回那孩子，太遲了。」珍娜總算把目光從泳池上移開，望向溫蒂，眼神充滿懇求。「請設身處地想一下，好嗎？那孩子已經死了，無論怎麼做她都不會活過來。」

溫蒂說：「死者已矣。」這是上次見面時珍娜對溫蒂說過的話。

「你在諷刺我。但沒錯，死者已矣。海蕾已經死了，那是場可怕的意外，現在不管怎樣她都回不來了。我們站在她旁邊，諾爾拚命做人工呼吸，可是一點用也沒有。你說這怎麼辦？你是記者，一定做過這類酒趴的相關報導。」

「對。」

「出了這種事，開酒趴的家長就得坐牢，你知道吧？」

「知道，這是殺人罪。」

「但這是意外啊，你明白嗎？她喝太多了，這是意外。」

「一年四千起。」溫蒂想起佩寇拉警官說過的統計數字。

「海蕾躺在那裡，死了。我們不知道要怎麼辦才好。如果報警，就要坐牢，我們的人生就毀了。」

「總比死了好。」

「可是那沒有用？你懂嗎？海蕾已經死了，就算毀了我們的人生，也救不回她。我們當時真是嚇壞了。別誤會，海蕾死了我們也很難過，可是人死了你還能怎樣？我們都嚇傻了，你懂嗎？」

溫蒂點頭。「我懂。」

「請設身處地想想，要是你的家庭就要毀於一旦，你會怎樣？」

「我？可能會找個州立公園埋了她。」

沉默。

「不好笑。」珍娜說。

「你不就這麼做了？」

「想像一下，假如那是你家，查理上樓去臥室找你下來，他有個朋友躺在地上，死了。你沒逼那孩子喝酒，沒逼她把酒喝下去，卻要爲此坐牢，說不定查理也要坐牢。你會做什麼事來保護家人？」

這下子溫蒂就不講話了。

「我們不知道要怎麼辦，驚慌失措。我和諾爾把屍體放進後車廂，我知道這聽起來很可怕，可是我們別無選擇。一旦報警，我們就完了，而那孩子也不會活過來。我只能一直這麼對自己說。如果能讓她復活，我願意拿自己的命去換，可是人死不能復生。」

「你們把她埋在森林裡？」

「起初我們沒這麼想，我們想載她去歐文頓之類的地方，讓她早點被發現。可是後來想到，法醫一驗出酒精中毒就會循線查到我們，所以只好把她藏起來。想到泰德和瑪莎毫不知情，我就覺得好難過，可是我眞的不知道還能怎麼辦。後來大家開始說海蕾逃家，我又想，這樣子會不會比知道她死了好些？」

溫蒂沒回答。

「溫蒂？」

「你要我設身處地替你來想。」

「對。」

「我設身處地替泰德和瑪莎想了一想，你是不是打算讓他們永遠都不知道實情？如果我的女兒原本好好的，突然消失不見，接下來這一輩子我只要聽見門鈴或電話響，都會衝過去。」

「這比知道女兒死了更糟？」

溫蒂連答都懶得答。

「你要知道，」珍娜又說，「這段日子我們也像是活在地獄，每次門鈴或電話響，都擔心是警察。」

「哇，」溫蒂說，「我眞爲你感到難過。」

「我說這些不是要博取同情，是爲了說明接下來的事。」

「接下來的事我知道，」溫蒂說，「丹沒親人，最親的就是你，警方來報訊，他的死訊成了你的喜訊，對嗎？」

珍娜低頭看地，用寬大的法蘭絨衫把自己裹緊，好像它能提供什麼防護作用似的，整個人看起來更小了。「我愛那個人，聽到消息傷心得要命。」

「可是正如你說的，死者已矣。丹反正已經背了戀童的臭名，而且不相信死後還有生命，也不會想回復名譽。」

「那是眞的。」

「電話紀錄顯示，丹只打過電話給兩個人，除了你，就是他的律師富萊・希克利。你是他唯一信賴的人，知道他在哪裡。海蕾的手機還在你這裡，於是你就想，栽贓給一個死人又何妨？」

「他不會再受傷害了，你不懂嗎？」

雖然可怕，但這確是事實，人都死了，你要傷也傷不了他。

「你故意用海蕾iPhone裡的Google Earth查靈伍德州立公園。如果丹殺她之後埋在那裡，她怎麼會查公園的位置？沒道理。我想來想去只有一種可能，就是，殺死海蕾的凶手想讓人找到她的屍體。」

「我們不是殺她的凶手，」珍娜說，「那是場意外。」

「我現在沒心情上語意學的課，珍娜，你爲什麼要把靈伍德州立公園打進Google Earth裡？」

「因爲不管你怎麼想，我都不是禽獸。我看見泰德和瑪莎那麼痛苦，才發現不知情太折磨人了。」

「你那麼做是爲了他們？」

珍娜面對她說：「我想要他們得到某種程度的平靜，讓他們的女兒有個眞正的葬禮。」

「你人眞好。」

「你這是說反話。」珍娜說。

「那又怎麼樣？」

「那是種掩飾。我們做的事確實不對，我們錯了，但你多多少少能夠理解，因爲你也是個媽，我們都會竭盡所能保護自己的孩子。」

「沒到要把人家的女兒埋進森林裡的程度。」

「是嗎？你不會做這種事？任何狀況下都不會？如果查理有生命危險……我知道你丈夫過世了……但如果一起意外事件要害他去坐牢，你會怎麼做？」

「我不會把人家的女兒埋在森林裡。」

「喔，那你會怎麼做？我還眞想知道。」

溫蒂沒回答。她真的想了一下，如果約翰還在，查理上樓求助，那女孩死在地上……不，她犯不著想，這事又沒發生，她想太多了。

「她的死是意外。」珍娜柔聲說。

溫蒂點頭。「我知道。」

「你了解我們為什麼會那麼做嗎？不同意也沒有關係，但你了解嗎？」

「我想，有某種程度的了解吧。」

珍娜仰起那張淚痕斑斑的臉，望著她說：「那你現在會怎麼做？」

「如果你是我，會怎麼做？」

「我會隨它去，不插手。」珍娜拉住溫蒂的手。「拜託，求求你，別管這件事了。」

溫蒂想了想，她來時只有一個念頭，現在立場動搖了嗎？她試著想像：假如約翰在世，查理上樓求助，女孩躺在地上，死了……

「溫蒂？」

「我不是法官，也不是陪審員，」她腦中閃過艾德．葛雷森所做的事，「我沒資格懲罰你，也沒資格赦免你。」

「這話什麼意思？」

「對不起，珍娜。」

珍娜倒退一步。「你沒有證據，對剛說的一切我會全盤否認。」

「你可以試試看，但恐怕沒用。」

「我們會各說各話。」

「不。」溫蒂指指院子外頭。法蘭克．崔蒙和另外兩名警察正朝這邊走來。

「我說謊，」溫蒂掀開襯衫，「我裝了竊聽器。」

38

那天晚上，一切都結束以後，溫蒂一個人在門廊坐著，查理在樓上用電腦，老爹走到她身旁，兩人一坐一站，仰望星空。溫蒂喝白酒，老爹喝啤酒。

「我準備好了，要走了。」他說。

「喝了啤酒不能騎車。」

「才喝一瓶。」

「一樣。」

他坐下來。「好，反正我們也得先聊聊。」

她喝口酒。眞奇怪，酒精害死了她丈夫，酒精害死了海蕾・麥奎德，但這個涼爽的春天晚上，他們兩個居然還是坐在這裡喝酒。改天，等清醒的時候，溫蒂要好好來深思這個問題。

「怎麼了？」她問。

「我回紐澤西不只是爲了要來看你和查理。」

她轉頭看他。「還爲什麼？」

「我收到一封信，」他說，「是亞麗安娜・納斯布羅寫的。」

溫蒂瞪著他看。

「我這星期和她見面了，不只一次。」

「然後？」

「我想原諒她，溫蒂，我不想再緊抓著這件事不放，約翰也不會希望我繼續恨她。」

她沒說話。她想到克莉絲塔・史塔克威爾，克莉絲塔原諒了當年傷害她的那些學生，說人如果緊抓著恨，就會握不住眞正重要的東西。菲爾．騰柏就是因爲復仇，才付出了慘痛的代價。

但是亞麗安娜所做的，並不是大學生惡作劇。她酒後駕車，一再重犯，害死了她丈夫。溫蒂忍不住要想，假如丹．默瑟還活著，會原諒她嗎？這兩件事能不能拿來比較？能不能比較又重要嗎？

「對不起，老爹，」她說，「我不能原諒她。」

「我不是要你原諒，我尊重你的做法，只是希望你對我的做法也給予尊重，你辦得到嗎？」

她想了一想。「可以，我辦得到。」

他們安靜自在地坐著。

「我在等。」溫蒂說。

「等什麼？」

「等你跟我說查理。」

「說他什麼？」

「你有沒有把這件事告訴他？」

「那不該由我來說。」老爹起身回屋，繼續打包。一小時後，老爹走了。溫蒂和查理坐在電視機前，在各頻道間轉來轉去，各種影像在她眼前跳來跳去。她站起來，走進廚房，回來的時候拿了個信封，交給查理。

「這是什麼？」他問。

「亞麗安娜．納斯布羅寫給你的信。先看。如果想聊，我在樓上。」

溫蒂把床鋪好，讓門開著，靜靜等。等了好久，才聽見查理上樓的聲音。她抱住自己。他探頭進來說：「我要去睡了。」

「你還好嗎？」

「很好。我現在不想談，可以嗎？我想自己先想一下。」

「好啊。」

「媽媽晚安。」

「查理晚安。」

□

兩天後，就在凱索頓高中的女子袋球隊打郡冠軍賽之前，球場上舉行了一場紀念儀式。一面寫著海蕾・麥奎德公園的標誌在默哀中升起，掛到記分板上。

溫蒂站在遠處看。泰德和瑪莎當然都在，僅存的一對兒女派翠莎和萊恩站在身邊。溫蒂望著他們，覺得自己的心又再碎了一次。海蕾的名字下面掛了一句標語：**我家不開酒趴**。這面標語升起的時候，瑪莎・麥奎德的眼光掃向人群，看見了溫蒂。她對溫蒂微微頷首，溫蒂也點點頭，一切盡在不言中。

比賽開始，溫蒂轉身離開。退休郡調查員法蘭克・崔蒙也來了，站在很後面，穿著之前喪禮上那件皺巴巴的黑西裝。得知自己接案之前海蕾・麥奎德就已死亡，應該能讓他稍稍釋懷，可是今天法蘭克看起來好像還是難過得不得了。

沃克穿著全套警長制服來參加儀式，還佩了槍，站在柏油路上和蜜雪兒・費斯勒講話。蜜雪兒是NTC派來採訪這條新聞的，溫蒂過來，她就讓開，讓他們兩人能單獨講話。沃克緊張得一下子把重心放在左腳，一下子又把重心換到右腳。

沃克說：「你還好嗎？」

「我很好。丹・默瑟是無辜的，你知道吧？」

「我知道。」

「也就是說，艾德・葛雷森殺了個無辜的人。」

「我知道。」

「你不能輕易放過他，他也得受法律制裁。」

「即使他當時以為丹是戀童癖？」

「對。」

沃克不說話。

「聽到了嗎？」

「聽到了，」沃克說，「我會盡力。」

他沒說「但是」，他不用說。溫蒂盡了全力想回復丹的名譽，但沒什麼人在乎。死者已矣。溫蒂轉身去找蜜雪兒．費斯勒，蜜雪兒望著人群，正忙著在小本子上記東西，就跟她們上回見面時一樣。

這讓溫蒂想到一件事。

「嘿，」溫蒂問，「你上回說時間軸怎麼了？」

「你把時間順序搞錯了。」蜜雪兒說

「噢，艾德．葛雷森先射傷他小舅子勒曼，然後射殺默瑟。」

「對，不過我想這應該不重要吧？」

溫蒂現在有時間可以好好想想這件事。

這還真重要極了。

她轉過身，瞪著沃克槍套裡的槍。

沃克問：「有什麼不對勁嗎？」

「拖車屋停駐場找到幾顆子彈？」

「就只有打進煤渣磚裡那一顆。」

「對，為什麼？」

溫蒂向她的車子走去。

沃克說：「等等，這是怎麼回事？」

她沒回答，把自己的車從頭到尾檢查了一遍，沒有半點損傷，連擦到的痕跡都沒有。她激動得摀住了嘴，免得尖叫出聲。

溫蒂跳上車，直奔葛雷森家而去。他蹲在後院拔草，看見她嚇了一跳。

「溫蒂？」

「殺死丹的人，」她說，「也對我的車開了槍。」

「什麼？」

「大家都說你的槍法是專業級的。我看見你對著我的車，開了好幾槍，可是我的車上沒有彈痕。整個停駐場裡只找到一發子彈，打在牆裡，留在最明顯的位置。」

艾德・葛雷森抬頭問她：「你在說什麼？」

「專業的射擊手，那麼近的距離，怎麼可能打不中丹？又怎麼可能打不中我的車？連地也沒打著？答案是：不可能。這一切只是作戲。」

「溫蒂？」

「怎樣？」

「放下吧。」

兩人站在那裡對看了好一會兒。

「不可能。我還欠丹一條命。」

他沒說話。

「想想還眞諷刺。我去見丹的時候，他讓人打得全身是傷。哈絲特・昆斯汀利用我這句證詞，說你狠狠揍過他，所以車上才會有他的血。警方以爲她狡辯，殊不知那是事實。你找到了丹，把他揍得很慘，要他承認罪行，但他沒承認，對不對？」

「對，」艾德．葛雷森說，「他沒承認。」

「而你相信了他，發覺他可能受了冤枉。」

「可能。」

「接下來我就猜不到了，還是你告訴我吧，你回家後，逼小艾德把實情講給你聽？」

「放下吧，溫蒂。」

「拜託，你明知道我沒辦法放下。是不是小艾德跟你說，拍照的是他舅舅？」

「不是。」

「不然是誰？」

「我太太，好嗎？她看我一身是血，就要我停手，告訴我相片是她弟拍的，求我放下。她說小艾德已經沒事了，她弟也開始接受治療。」

「但你不願放下。」

「對，我不願意。可是我也不想叫小艾德作證告自己的舅舅。」

「所以你就開槍射爛他膝蓋。」

「我沒笨到會回答這個問題。」

「沒關係，答案你我心裡有數。然後呢？你打電話去向丹道歉？」

他沒回答。

「不管法官怎麼處理這個案子，我的節目都已經毀掉了丹的人生。即使現在，我都公開爲他澄清了，大家仍然認爲他有戀童癖。無風不起浪，對不對？他就算跳到黃河也洗不清，這輩子算是完了。你應該也很自責，想要彌補。」

「放手吧，溫蒂。」

「你之前是聯邦警官，你們常常要處理證人保護計畫，對不對？你有讓人消失的辦法。」

他不說話。

「所以這件事要解決很簡單，只要假裝他死掉就好。可是工作中你可以找屍體作假，也可僞造警方報告，現在卻沒屍體可用，得找個可靠的證人，得是個絕對不可能幫助丹・默瑟的人才行。這角色由我擔任再適合不過。爲了讓警方相信我的話，你留下足夠的證據：一發子彈、他的血跡、有人看見你搬地毯、你的車去過現場、我的車上有你裝的衛星定位裝置，你甚至還去了射擊場。這些證據拿來說服警方是夠了，要拿來定你的罪卻還不夠。你槍裡只有一發眞子彈，就是一開始射進牆裡的那一發。其餘都是空包彈。你車後座丹的血跡是故意抹的。噢，更聰明的是，你故意找了個手機收不到訊號的拖車停駐場，證人得開上好一段路才能報警，讓你有時間把丹送走。後來他們在丹的旅館房間找到那支iPone，你嚇到了吧？你跑去公園打聽消息，生怕自己幫的是個眞正的殺人犯。」

她等他說話。他細細研究她的表情。

「溫蒂，你眞會胡說八道。」

「這一切我都無法證實……」

「是啊，」他說，「因爲全是瞎扯。」他微微牽動嘴角。「你今天也戴了竊聽器？」

「我沒戴竊聽器。」

他搖搖頭，朝屋裡走去。她緊跟在後。

「你還不懂嗎？我並不想證實任何事情。」

「那你來幹嘛？」

淚水湧了上來。「他會發生這些事情，我有責任。是我設計害他上電視的，是我讓全世界的人都誤會他有戀童癖。」

「這倒不假。」

「如果你殺了他，那也是我害的。我這一輩子身上都得背著一條人命，無法彌補。但如果你幫他逃走了，那麼也許，只是也許，他現在還好好的。也許他會理解，他會……」

她話沒講完。他們走進了屋子裡面。

「會怎樣？」

實在很難說得出口，她眼淚直流。

「會怎樣，溫蒂？」

「也許，」她說，「他會原諒我。」

艾德．葛雷森拿起電話，撥了一長串號碼，對著話筒說了一組像密碼的東西，又聽了一會兒，然後把電話交給溫蒂。

尾聲

「丹先生？」

我在一座充當學校的帳篷裡教孩子識字，這是非營利組織LitWorld在非洲推動的計畫。「什麼事？」

「無線電，找你的。」

村子裡沒電話，安哥拉卡賓達省對外唯一的通訊工具是無線電。剛從普林斯頓畢業的時候我曾參加世界和平組織，在臨近的村子服務。你應該聽過「上帝關上一扇門，就會開啓另一扇」之類的話。當初我打開那扇紅門的時候，並不知道有另一扇門將會爲我而開。

艾德・葛雷森是我的救命恩人，他有個叫泰瑞絲・柯林斯的朋友在山另一頭的村子教書。知道實情的就只有他們兩個。對其他的人來說，丹・默瑟已死了。

那並不假。

我之前就說過，丹・默瑟的人生毀了。我改名丹・梅耶，展開了新的人生。有趣的是，我並不怎麼懷念過去的生活。人生中的某些經歷……也許是某個殘酷的寄養家庭，也許是我對克莉絲塔所做的事，也許是因爲我讓菲爾・騰柏一個人擔下了罪名，總之，過去的那些事給了我強烈的欲望要做現在這些工作。你也許會覺得這像在贖罪，但我想這也有可能是天職，有些人天生要當醫生，有些人天生愛釣魚，有些人天生是灌籃好手。

我有很長一段都在抗拒。我娶了珍娜，但正如我一開始所說的，我命中註定孤獨。現在我不抗拒了，我不但接受，而且擁抱自己的命運。因爲（雖然說起來老套，卻是眞的）只要看見這些孩子臉上的笑容，就不會覺得孤單了。

我不回頭看，世人要說丹・默瑟有戀童癖，就讓他們去說吧。這裡沒有網際網路，我沒法上網看家鄉發生的事，也不想看。我想念珍娜、諾爾和他們的孩子，但那無妨。我有點想告訴她事實。珍娜是這世上唯一會眞的爲我傷心的人。

不知道，也許有一天我會告訴她。

我拿起無線電對講機。來到這裡之後，這是第一次有人找我。號碼只有泰瑞絲．柯林絲和艾德．葛雷森兩個人知道，所以當話筒那頭傳來另一個熟悉的聲音時，我很意外。她說：「對不起。」

我想我應該要討厭這個聲音，應該很氣她才對，但我一點也不氣。我笑了。到頭來，她竟然讓我感到前所未有地開心。

她愈講愈快，邊哭邊講，解釋她爲什麼這樣做、那樣做。我沒怎麼聽，因爲我並不需要知道那麼多。溫蒂打來，只是想聽那四個字。我靜靜等她說完，等她給我說話的機會，然後滿懷喜悅地對她說：

「我原諒你。」